KB267153

Map Of Chronicle
West End Is.
Swerin
Nord Straits
Cape Of Grand Sea
Red Bay
Reiern C. S.
Mid Mts.
Amerin
Krimwalt
Shawenn Plain
Queens Bay
Green Straits
Silie Is.
Grand Sea
Olive Peninsula
Jack Ketch's Coast

White Sea
Nord Sea
N
W
E
S
Kamin
Kamin Bay
Pollian
Slaiv
Jaar Mts.
Veil C. U.
Stoltz
Valhenia
Apyano
Apyano Bay
Green Sea
Panion
Desert Coast
Rodian Is.
Khajaratagoha
?
Great Desert
< Illustrated by KWON >

Lancer of Regina

3

여왕의 창기병 3

권병수 판타지 장편 소설

초판 1쇄 찍은 날 § 2001년 5월 25일
초판 1쇄 펴낸 날 § 2001년 6월 5일

지은이 § 권병수
펴낸이 § 서경석
펴낸곳 § 도서출판 청어람
편집 § 문혜영 · 허경란 · 박영주 · 김희정 · 권민정
마케팅 § 정필 · 강양원

등록번호 § 제1081-1-89호
등록일자 § 1999. 5. 31
어람번호 § 제1-0106호

주소 § 경기도 부천시 원미구 심곡1동 350-1 남성B/D 3F ☎ 420-011
전화 § 032-656-4452 팩스 § 032-656-4453
e-mail § eoram99@chollian.net

ISBN 89-5505-097-6 (SET) / ISBN 89-5505-099-2 04810

3

STIGMA

n. 치욕. 오명. 낙인. 징후. 성흔

도서출판
청어람

목 차

Chapter 5

찻잔 속의 폭풍

〈 5 〉

라이어른의 새벽은 추웠다. 특히 중앙산맥의 영향을 받는 남부 지방의 새벽은 한여름에도 추위를 느낄 지경이었다. 동쪽 하늘이 희뿌옇게 밝아오기 시작하며 라트에일 영주의 성이 세워진 언덕 아래로 흐르는 강에서 새벽 안개가 도시 쪽으로 밀려들고 있었다.

"제기랄! 추워!"

"교대 시간 얼마 안 남았어. 근무 끝나면 뜨거운 걸로 뭐라도 먹자구."

"내가 밀주를 사기로 하지. 밥은 네가 사."

"그러지. 망할! 그 귀족 나부랭이들을 잡으려고 온 도시를 뒤집어엎어야 한다니."

"교대 병력 없이 밤새 보초를 서는 건 그래도 나은 거야. 릿센의 말을 들어보니 밤새도록 도시를 뒤지고 다녀야 한다더군. 라트에일이 좀 큰 도시야?"

"아아! 언제 나팔이 불려나. 얼마나 남았어?"

정문의 좌측에서 경비를 서던 병사는 힐끔 옆을 돌아보았다. 그 순간 그는 그대로 얼어붙어 버렸다. 정문 우측에 서 있는 사람은 그의 동료가 아니었다. 검은 머리의 사내는 롱 소드를 든 채로 히죽 웃어 보였다. 그리고 방금 전까지 잡담을 하던 병사의 동료는 사내의 발치에 나뒹굴고 있었다. 병사가 뭐라고 입을 열려는 순간 차가운 감각이 느껴졌다. 파일런 디르거는 가볍게 자신의 검을 뿌려 피를 털어냈다. 이언은 롱 소드를 지팡이처럼 두 손으로 짚은 자세로 웃었다.

"검날 망가져."

"네네."

이언은 검을 들고 정문 안쪽을 들여다보았다. 안개가 어슴푸레하게 감돌고 있는 정원은 조용했다. 이언은 피가 흐르는 튜멜의 롱 소드를 가볍게 쥐어보았다.

"교대 나팔 시간은 언제입니까?"

"아까 마을 종소리를 기준으로 앞으로 반 시간 정도?"

"빠듯하군요. 병력이 얼마 없기를 빌어야겠습니다."

"미리 말해 두지만, 자네식의 무책임한 도박은 이번으로 끝일세. 이건 작전이 아냐."

"그리고 여긴 전장이 아닙니다만."

"가지."

파일런이 먼저 정문을 통과했다.

라트에일의 영주 란쯔 레프카의 성은 전형적인 라이어른식 성곽 구조였다. 때문에 영주의 성에 둘러쳐진 성벽은 망루나 능보(Bastion)가

없는, 그저 높은 돌담에 불과했다. 물론 적의 돌격을 저지하기에는 충분한 높이와 강도를 가진 성벽이었다. 안쪽에 위치한 두 번째 정문 좌우에 붙어서 정원을 살펴보던 파일런과 이언은 아무도 없다는 결론에 도달했다. 안개가 낮게 깔린 풀밭에는 인기척이 없었다.

어제 오후, 파일런과 이언은 나란히 도시 외곽 경계를 강행 돌파해 강 하류 쪽으로 말을 달렸다. 그들은 서너 명의 경비대원을 베어 넘겼고, 보란 듯이 경계선을 돌파해 사라져 버렸다. 곧바로 대규모의 추격대가 결성되어 추적을 시작했고, 그 무렵 파일런과 이언은 지도에서 미리 확인했던 수심이 얕은 지점을 통해서 강을 건넜다. 그리고 다시 그들은 강 건너편의 강둑 아래쪽으로 몸을 은폐한 채 최대 속도로 라트에일을 지나 좀 더 상류까지 올라가 다시 강을 건넜다.

이때가 자정 무렵이었다. 반나절 동안에 간간이 말의 휴식을 위해 멈춰 서는 것을 제외하고는 기록적인 이동이었다. 다시 그들이 라트에일로 잠입한 것은 멀리 교회에서 새벽 3시를 알리는 종소리가 들려올 무렵이었다.

그들은 곧바로 말에서 내려 어둠을 이용해 영주의 성까지 진입했다. 그때는 추격대가 하류 지역의 마을들 수색을 마치고 되돌아올 시점이었다. 파일런과 이언이 강의 하류를 선택한 것은 지도상으로 볼 때 하류 쪽에 크고 작은 마을들이 밀집해 있었고, 또한 몸을 숨길 만한 숲이 많다는 데 있었다.

추격대가 그 모든 지역을 수색하기는 불가능했다. 대다수 병력이 수색대로 결성되었고, 나머지 인원들의 태반은 도시의 야간 순찰로 돌려졌다.

하지만 라트에일은 결코 작지 않은 도시였고, 태반이 추격대로 편성되었기 때문에 도시 순찰대원의 숫자는 그다지 많지 않았다. 파일런과 이언은 도시에서 성으로 들어오는 진입로를 경비하는 바라크를 어둠에 의지해 비교적 쉽게 통과했다.

"침입자다!"

파일런과 이언이 안개 속에서 몸을 낮추고 정원을 거의 다 건너갔을 때 누군가 고함을 질렀다.

"제기랄! 빌어먹을! 불꽃!! 태워라!!"

새벽의 어스름한 안개를 걷어내며 화염이 허공을 가로질렀다.

"크와악!"

화염에 휩싸인 병사는 사지를 내저으며 비명을 질렀지만 화염은 냉정하게 병사의 피부와 옷을 태우고 있었다.

"으아악! 살려줘! 밀레느! 밀레느!"

불길에 휩싸인 병사는 바닥을 구르며 누군가의 이름을 부르며 고통에 찬 비명을 질렀다. 병사는 이내 숨이 끊어져 버렸지만, 그의 비명소리는 모두를 깨우기에 충분했다. 화염은 섬뜩하게 이글거리며 병사의 시체를 태우고 있었다.

"마법을 쓰지 말라고 했잖아! 어쨌거나 감옥으로 가! 내가 시간을 끌겠네."

"위험하면 후퇴하십시오."

"그러지."

파일런은 웃음 비슷한 표정을 짓더니 이내 현관 쪽으로 달려갔다. 안에서는 잠이 덜 깬 병사들과 막 교대를 준비하던 병사들이 몰려나오고 있었다. 현관으로 올라가는 계단은 적의 난입을 막기 위해 좁게 만들어져 있었다. 그것은 내려올 때도 같은 룰을 적용받는다는 것을 의미했다. 파일런은 첫 번째로 내려오던 병사의 가슴에 검을 찔러 넣었다.

"제발 라이어른의 다른 성들처럼만 지어져 있어라."

이언은 보편적인 라이어른의 성에서 지하 감옥이 위치하는 뒤뜰로 달려가면서 중얼거렸다. 그의 머리 속으로 빠르게 보편적인 라이어른 식 성곽 구조가 펼쳐지고 있었다. 어디선가 허공을 나는 콰렐의 섬뜩한 소리가 들려왔다.

"우, 우와악!!"

오른쪽 팔꿈치가 잘려져 나간 병사는 악에 받친 비명을 질렀다. 동맥이 잘려져 나간 사내의 팔에서 피가 뿜어져 나와 돌벽에 기묘한 무늬를 그렸다. 병사는 피가 솟구치는 오른팔을 내저으며 버둥거렸다. 이언의 전투용 가죽 부츠가 병사의 가슴을 밟았고, 롱 소드를 거꾸로 쥔 이언은 롱 소드로 사내의 목줄기를 찔렀다.

"컥! 어… 어… 엄마… 쿨럭!"

병사는 부릅뜬 눈으로 허공을 노려보면서 쿨럭거리며 피를 토해냈다. 그 순간 또 다른 병사가 검을 머리 위로 치켜들고 달려들었다. 이언은 재빨리 손을 앞으로 뻗었다. 병사가 이언의 손바닥을 바라보는 순간 고열의 불길이 병사의 얼굴을 태웠다.

"크악!"

화염을 정면으로 맞은 병사는 버둥거리며 몸부림을 쳤다. 이언은 롱 소드를 수평으로 휘둘러 이미 화염에 휘말린 병사의 목을 잘라냈다. 불붙은 병사의 머리가 바닥을 굴러 내려가기 시작했다. 이언은 자신의 얼굴로 튄 피를 닦아내며 헐떡거렸다.

"막아!"

　비좁은 나선형 돌 계단 아래쪽에서 서너 명의 병사들이 올라오며 고함을 질렀다. 이언은 튜멜의 롱 소드를 바닥에 팽개치면서 싸늘하게 웃었다. 허공으로 뻗은 이언의 두 손에선 붉은빛이 어지럽게 휘몰아쳤다.

　"화염!! 업화의 불꽃!"

　후아악!

　순식간에 두 사람이 겨우 어깨를 나란히 하고 통과할 수 있는 나선형 복도가 화염으로 가득 찼다. 화염은 벽과 천장, 바닥의 이끼들을 태우며 돌 벽을 따라 아래로 뻗어 내려가 병사들을 덮쳤다. 사방이 밀폐된 공간 속에서 한 방향으로 강제로 분출된 화염은 원래의 위력을 상회하는 결과를 가져오고 있었다. 병사들은 화염을 고스란히 뒤집어쓰면서 화염의 위력에 밀려 아래로 쓸려 내려갔다.

　"크윽! 제기랄! 우웩!"

　이언은 벽을 짚으며 위액을 토해냈다. 식은땀에 젖은 검은 머리칼이 이언의 뺨과 이마에 달라붙어 있었다.

　"난 전생에 무슨 죄를 지어서 마법사 따위가 된 거냐!! 제기랄!"

　이언은 롱 소드를 집어 들고 입가에 흘러내린 위액을 닦으며 계단을 뛰어 내려갔다.

　"여어! 오랜만이군."

　쇼는 히죽 웃으며 바닥에서 일어서다가 입술을 깨물었다. 쇼는 웃다 말고 다시 바닥을 뒹굴며 고통스러운 신음을 토했다.

　"잘 지냈냐? 꼬락서니가 멋지군."

　"별로. 고문하던 녀석이 남자 취향이었던 것 같아……."

쇼와 레이드는 바지만 걸친 차림으로 바닥을 뒹굴고 있었다. 두 사람의 상체는 채찍에 맞아 온통 피가 말라붙어 있었다. 쇼와 레이드는 각자의 상처를 만져 보다가 나직하게 신음을 내뱉었고, 곧바로 무서운 욕설들이 터져 나왔다.

"제기랄! 아퍼!! 그 대머리 자식! 죽여 버리겠어!"

"끄응, 죽이는 걸로 부족해. 갈아 마셔 버리겠어."

쇼와 레이드는 문 앞에 서 있는 이언에게 다가서면서 여전히 욕설을 멈추지 않고 있었다. 그렇지만 감옥 밖으로 나온 쇼와 레이드는 황당한 시선으로 바닥을 노려보며 욕설을 멈추게 되었다. 심장을 관통당한 사내가 바닥에 널브러져 있기 때문이다.

"이 자식, 네가 죽였냐?"

쇼는 바닥에 굴러다니는 롱 소드를 집어 들면서 이언을 노려보았다. 쇼는 옆구리의 화상 자국을 한 손으로 감싸고 있었다. 이언은 지친 얼굴로 이마의 땀을 닦아냈다. 레이드는 여기저기 널려 있는 롱 소드에는 관심도 주지 않은 채 한쪽에 고문 도구로 놔둔 쇠 지렛대를 집어 들었다.

퍼억!

시체를 검으로 내려치는 소리는 섬뜩했다. 쇼는 자신을 고문했던 사내의 목을 롱 소드로 내려쳤다. 시체의 몸에서 머리가 간단히 떨어져 나왔다. 쇼는 험한 욕설을 내뱉으면서 잘려져 나간 시체의 머리를 걷어차 버렸다. 이언은 피식 웃으며 쇼를 바라보았다. 쇼는 잠시 동안 호흡을 가누며 시체를 내려다보았다.

"시원하냐?"

"부족해! 산 채로 살가죽을 벗기려고 계획하고 있었단 말이다!"

"어쨌거나 그 다혈질 남작이 여기 없으니 다행이군. 근데 내 딸내미는 어디 있어?"

"카라와 함께 우릴 기다리고 있어. 설명할 시간 없어."

이언이 레이드에게 대꾸하는 사이에 쇼는 감옥 안쪽으로 들어가기 시작했다.

"어디 가냐?"

"그 덜떨어진 남작 녀석이 밤새도록 소리를 질러서 잠을 못 잤어. 조용히 좀 하라고 전해줄려고."

쇼는 여기저기 피가 말라붙은 상체를 드러내고 롱 소드를 든 채로 안쪽으로 들어갔다. 곧바로 이언과 레이드가 쇼의 뒤를 쫓았다.

"귀가 유난히 밝은데?"

"산속에서 오래 살다 보면 소리에 민감해져."

튜멜은 자신의 눈을 믿을 수가 없었다. 튜멜은 얼빠진 표정으로 입을 벌리고 있었다. 두 사람은 온몸에 핏자국이 말라붙은 모습이었고, 한 사람은 피를 뒤집어쓴 모습이었다. 튜멜의 프록코트 위에 앉아 있던 레미는 현기증을 느끼며 주저앉았다.

"어, 어떻게 된 거냐……."

"우선은 여기서 도망가는 게 먼저야."

이언은 튜멜의 롱 소드를 주인에게 던져 주며 웃었다. 반사적으로 검을 받아 들던 튜멜은 기겁을 하면서 바닥에 주저앉았다. 무언가가 썩은 물 웅덩이가 튜멜의 바지를 적셨지만, 중요한 건 그것이 아니었다.

"우웨엑!!"

튜멜은 바닥에 격렬하게 구토를 하기 시작했다. 끈적이는 피와 살점이 롱 소드의 손잡이까지 흘러 내려와 있었다. 튜멜은 썩은 물에 자신의 손을 닦아내면서 격하게 위액을 토해냈다.

"쇼, 레이드! 바보 남작과 노처녀를 맡아. 각자 능력껏 항구로 도망쳐. 에피와 카라가 기다리고 있을 테니까."

"너는?"

"디르거 경과 시간을 끌겠어."

"난 도망가면 된다니, 맘에 드는 작전인데!"

이언은 또 다른 롱 소드를 가볍게 휘둘러 보며 무게를 가늠하다가 눈살을 찡그렸다. 쇼는 폼멜 끝으로 머리를 긁적거리며 태연하게 웃고 있었다.

"치사한 자식!"

이언을 선두로 그들은 지하 감옥에서 빠져나왔다. 그리고 그들은 일제히 입을 쩍 벌렸다. 그들은 절망이라는 단어의 의미를 실감나게 깨닫고 있었다.

"오, 신이시여!"

"우라질!!"

"엿 먹을!!"

성안은 병사들로 가득 차 있었다. 도시 순찰 병력이 모두 성으로 집결하고 있었다. 시간이 지날수록 집결하는 병사들의 숫자는 늘어나고 있었다.

"벼랑 쪽으로 뛰어!"

이언은 다급하게 명령했다.

〈 6 〉

"꺄악!! 무, 무슨 짓이야?!"

레미 아낙스는 다급하게 자신의 스커트 자락을 쓸어 모으며 비명을 질렀다. 그녀의 회색 원피스 자락은 힘없이 찢겨 나갔다. 레미는 두 손으로 허벅지 아래로 드러난 흰색 판탈렛(Pantalet)을 가리며 악을 쓰고 있었다. 그렇지만 아무도 레미가 지금 입고 있는 속옷 바지에는 관심을 갖고 있지 않았다. 레미는 수치심과 모멸감에 입술을 깨물며 이언을 노려보았다. 이언은 단검을 다시 허리춤으로 찔러 넣으며 웃었다.

"치렁치렁한 치맛자락은 헤엄치는 데 방해가 되거든. 레이드!"

"왜?"

"레미를 맡아. 책임지고 항구까지 데리고 가."

"잠깐! 여, 여기서 뛰어내리라는 거야?! 난 못해. 죽어도 못해!"

"미치겠군! 그럼 죽어버렷!"

"꺄악!"

이언은 난폭하게 레미의 등을 떠밀었다. 레미는 비명을 지르며 절벽 아래로 떨어졌다. 강 쪽 절벽에 건축된 성벽은 절벽을 타고 적군이 기어오르지 못하도록 역경사로 벼랑 바깥쪽이 돌출된 형태로 지어져 있었다. 그렇기 때문에 도중에 절벽에 충돌한 위험은 거의 없었다.

"뭐 해? 빨리 가!"

"알았어, 허참."

레이드는 혀를 차면서 절벽 아래로 뛰어내렸다. 튜멜은 창백한 표정으로 성벽에 매달려 아래를 내려다보고 있었다. 잠시 후 레미가 수면 위로 올라오자 튜멜은 간신히 안도의 한숨을 내쉴 수 있었다. 레미가 이언 쪽을 올려다보면서 뭐라고 소리를 질렀지만, 거리가 멀었고 사방에서 고함 소리가 터져 나오는 상황에서는 전혀 알아들을 수가 없었다.

"나중에 죽여 버리겠다는데?"

쇼는 힐끔 아래를 내려다보다가 이언을 보면서 말했다.

"어떻게 알아?"

"입술 모양. 거리가 멀어서 자신은 없지만."

"너, 사람의 눈이냐? 저 거리에서 입술이 보이냐? 어쨌거나, 우리도 가자!"

"난 못해."

"크악!"

"제길!"

이언과 쇼는 동시에 튜멜을 사납게 노려보면서 욕설을 내뱉었다.

튜멜은 창백한 얼굴로 침을 삼켰다.

"난 수영을 못해."

"뭐?! 미치겠군!"

"우리질! 끝장이다!!"

이언과 쇼는 전혀 화를 내지 못했다. 화를 낼 여유가 없었다. 그들을 발견한 병사들이 달려들기 시작한 것이다.

"팔다리 하나씩 잘라서 생포해!"

"지랄하네! 할 수 있으면 해봐! 베일의 하이 스카우터가 명예직이냐!"

쇼는 두 손으로 롱 소드를 고쳐 잡으며 바닥에 침을 뱉었다. 쇼는 언제나처럼 옆구리쯤에서 검을 수평으로 들고 있었다.

"강행 돌파한다! 말을 구하면 각자 재주껏 도망쳐!"

"크악!"

이언의 롱 소드가 목을 관통하자 병사는 흰자위를 드러낸 채 피 거품을 뿜어내기 시작했다. 그는 상대의 가슴을 걷어차면서 검을 뽑아냈다. 검붉은 피가 사방으로 흩뿌려졌다. 튜멜을 사이에 두고 쇼와 이언이 좌우에서 검을 휘두르며 달리기 시작했다. 병사들은 최소한의 부상만으로 그들을 생포하려 했고, 이언은 무조건 강행 돌파를 시도하고 있었다.

"우왓!"

쇼는 자신에게 찔러 들어오는 검을 피하면서 한 바퀴 돌아섰다. 쇼가 병사와 어깨를 나란히 붙인 자세로 서게 되었을 때 쇼는 병사의 귓속으로 단검을 찔러 넣었다. 검에 찔린 병사의 귀에서 뿜어져 나온 피가 쇼의 얼굴에 화악 끼얹어졌다. 쇼는 눈가를 타고 흘러내리는 피를 닦아낼 여유도 없었다. 그는 급격하게 몸을 낮추며 롱 소드로 또 다른 병사의 발목을 베었다. 목이나 심장을 노릴 것을 예상했던 병사는 기습적인 하단 공격을 받고 넘어졌다. 쇼는 상대의 가슴을 밟고 지나가며 그 병서의 얼굴에 롱 소드를 찔러 넣었다.

이언은 마법과 검을 동시에 쓰지 못했다. 양쪽 모두 이언의 체력을 급격하게 소모시키는 일이기 때문이다. 이언은 마법을 포기하고는 두 손으로 롱 소드를 쥐고 병사들을 돌파하고 있었다. 병사들과의 혼전 때문에 콰렐이 날아오지 않는다는 점이 행운이었다. 하지만 병사들의 숫자는 계속 불어나고 있었고, 이언과 쇼가 죽인 병사들의 숫자는 겨우 10명을 넘어서고 있었다.

"미치겠다! 카르 라크리카(Kahr Lakklikaa)!"

이언은 누군가 휘두른 창대에 허리를 얻어맞고 바닥을 나뒹굴면서 소리쳤다. 언제 그들이 성안에 잠입해 있었고, 어떻게 지금까지 들키지 않았는지는 아무도 몰랐다. 어느 나라 말인지도 모를 이언의 고함소리가 끝나기도 전에 그들은 나타났다.

이언 쪽을 바라보며 접근할 기회를 노리던 병사는 자신의 목덜미에 뭔가 뜨거운 것이 쏟아지자 몸을 움츠리며 고개를 돌렸다. 목이 잘려 나간 동료의 시체가 서 있었고, 그 동료의 머리는 발치에 떨어져 있었다. 목을 잃어버린 시체는 사방으로 피를 쏟아내며 뒤를 돌아본 병사에게 넘겨졌다.

얼떨결에 목 없는 시체를 받아 든 병사는 기겁을 하면서 시체를 뿌리쳤다. 그가 고개를 들었을 때 무언가 번쩍였다. 떠오르는 아침 햇살을 맞아 반사하는 날씬한 롱 소드의 검신이었다. 비명을 지르기 위해 벌린 병사의 입속으로 롱 소드가 관통해 그의 목덜미로 비죽 튀어나왔다.

병사는 롱 소드를 입에 물고 흰자위를 뒤집은 채 즉사했다. 검붉은 피가 거품이 되어 입가로 흘러내렸다.

"우와악! 뭐, 뭐냐?!"

배틀엑스를 들고 있던 병사는 자신 앞에 난데없이 나타난 존재를 올려다보면서 비명을 질렀다. 광택없는 검정 색 갑옷에 검정 색 투구를 쓰고 있는 기사가 서 있었다. 검정 색 투구는 뭔지 모를 짐승의 해골 형태였고, 그로테스크하게 일그러진 형상의 뿔이 달려 있었다. 투구의 면갑을 내리고 있었기 때문에 기사의 얼굴은 보이지 않았다. 병사는 다리를 떨면서 얼어붙어 있었다.

퍼억!

검은 갑옷의 기사는 롱 소드를 휘둘렀고, 병사의 머리가 대각선으로 잘려져 허공을 날았다. 이언 일행의 주변으로는 그런 다섯 명의 기사들이 서 있었다.

"뭐 해? 뛰어!!"

이언의 고함 소리에 쇼와 튜멜은 간신히 정신을 차리고는 검을 휘두르며 탈출로를 만들기 시작했다. 검은 갑옷의 기사들은 두 손으로 든 롱 소드를 사방으로 뿌리며 무목적적인 살육을 시작하고 있었다. 그들은 멋대로 사방을 걸어다니며 닥치는 대로 병사들을 살육했다. 수직으로 내려친 롱 소드는 창을 찔러오던 가련한 병사의 머리를 수직으로 가르며 쇄골 부분에서 멈췄다. 머리와 어깨가 V 자형으로 갈라진 병사는 비명도 지르지 못하고 죽었다.

"끄아아악!"

두 개의 철주가 달린 변형 모닝스타에 얼굴 절반이 뭉개져 버린 병사는 처절한 비명을 지르며 넘어졌다. 스파이크가 달린 두 개의 철주는 사정없이 병사들의 육체를 잠식했고, 피를 뽑아냈다.

'이제 한계군.'

파일런 디르거는 다시 한 명을 클레이모어로 베어 넘기며 생각했다. 파일런은 왼손에 들고 있던 모닝스타를 버리고 두 손으로 클레이모어를 고쳐 잡았다. 팔과 다리에서 흘러내린 피는 생각 이상으로 출혈이 심했다. 그도 사람이었기에 압도적으로 많은 숫자의 병사들을 상대하는 동안 크고 작은 상처를 입은 상태였다. 파일런의 머리 속은 오래전부터 깨끗하게 비워져 있었다. 아군을 생각할 필요는 없었다. 주변에서 움직이는 존재들은 모두 파일런의 '적'이었다. 파일런은 상대가 누구인지 파악할 틈도 없었다. 그저 오랜 세월 동안 몸에 익어버린 본능과 기술에 자신을 내맡기고 있었다.

파일런의 몸은 그의 의지와는 상관없이 날아오는 롱 소드에 반응해 스스로 몸을 움직여 검을 막았고, 전투용 부츠로 상대의 사타구니를 걷어찼다. 고환 파열을 일으킨 병사가 비명을 지르며 주저앉는 순간 클레이모어가 그의 목을 꿰뚫었다.

그는 병사의 목에 찔러 넣었던 클레이모어를 그대로 옆으로 휘둘러 측면에서 다가오는 다른 병사의 한쪽 무릎을 잘라 버렸다. '투둑!' 소리를 내면서 목을 찔렸던 병사의 목이 수평으로 휘두른 클레이모어에 걸려 찢겨져 나갔다. 겨우 근육 몇 개로 머리가 붙어 있던 병사는 너덜거리는 목과 함께 넘어졌고, 다른 병사는 피가 쏟아져 나오는 무릎을 허우적거렸다.

파일런은 가죽 부츠로 그 병사의 목을 밟으며 다시 검을 휘둘렀다.

파일런의 발 밑으로 병사의 목뼈가 부러져 나가는 소리가 들려왔다. 전투용 부츠에 목을 밟혀 목뼈가 부러진 병사는 경련하듯 몸을 떨다가 조용해졌다. 핏빛 숨결이 뜨겁게 파일런의 입술 사이에서 흘러나왔다.

'탈출할 시간이군.'

파일런은 묵묵히 검을 휘두르며 언뜻 그런 생각을 했다. 이언이 남작 일행을 구출했는지, 혹은 무사히 탈출했는지는 중요하지 않았다. 그는 원래 계획대로 시간을 끌면서 나름대로 병사들을 막아내고 있었고, 이제는 탈출에 필요한 최소한의 체력밖에 남아 있지 않았다. 파일런은 타인을 위해 장렬한 최후를 맞는 부류는 아니었다. 그렇기 때문에 지금까지 살아남아 있었다.

"네 이놈!!"

갑자기 파일런은 쩌렁쩌렁한 목소리로 고함을 질렀다. 머리 위로 배틀엑스를 치켜들고 덤비던 병사가 순간적으로 놀라 멈칫했다. 케멤 알피스의 악명이 그를 머뭇거리게 만들었고, 그 1초의 머뭇거림은 파일런에겐 충분한 시간이었다. 파일런은 병사의 심장에 검을 찔러 넣었다.

사방으로 적에게 둘러싸인 상황에서 허리를 양단하는 큰 기술은 자살 행위였다. 파일런은 최대한 빠르고 간결한 기술로 최소한의 체력 소모만으로 적을 제압하고 있었다. 파일런은 바닥을 뒹구는 스피어를 집어 들고는 힘껏 던졌다. 말을 타고 다가오던 지휘관 한 명이 가슴에 스피어를 관통당하고 날아갔다. 파일런은 재빨리 말에 올랐다. 탈출할 시간이었다.

“말이다! 말을 잡아!”

이언이 전투 한가운데에서 주인을 잃고 얌전히 서 있는 전투마의 고삐를 잡으며 소리 질렀다.

“우왁!”

튜멜은 쇼에게 등을 걷어차여 바닥을 뒹굴었다. 쇼는 에피에 버금 가는 속도로 튜멜과 그와 상대하던 병사와의 사이로 끼어들었다. 쇼는 머리카락을 타고 흐르는 핏방울을 털어내며 히죽 웃었다. 피에 젖은 쇼의 얼굴은 기묘한 흥분과 설렘이 감돌았다. 단순히 살인에 익숙한 자의 얼굴이 아니었다. 진심으로 살인을 즐기는 자의 얼굴이었다.

“헤이!”

튜멜을 거의 죽음 직전까지 몰아넣던 병사는 검을 멈추고 쇼를 바라보았다. 거의 동시에 쇼의 롱 소드가 날아가 병사의 목에 있는 동맥을 잘라냈다. 분수처럼 솟구친 피는 바닥에 넘어진 튜멜에게 촤악 쏟아져 내렸다. 쇼는 검을 회수하고는 싸늘하게 웃으면서 짧게 내뱉었다.

“병신!”

“으아… 으아아……!”

튜멜은 얼굴에 뿌려진 핏덩이를 몸서리치며 닦아내고 있었다. 그의 두 손은 끊임없이 경련을 일으키고 있었다.

“와악!”

날아드는 할버드를 피하던 쇼는 바닥에 웅크린 튜멜에게 걸려 넘어졌다. 할버드는 하나가 되어 나뒹굴고 있는 쇼와 튜멜을 노리고 내리꽂혔다. 쇼가 피한다고 해도 튜멜은 죽음을 피할 수 없었다. 쇼는 어금니를 깨물며 두 손으로 단단히 롱 소드를 고쳐 잡았다. 롱 소드로 할버드의 도끼 날을 막을 수 있을지는 그도 알지 못했다.

퍽!

이언은 왼손으로 자신의 머리를 보호하며 어깨와 등으로 할버드의 창대를 막아내고는 숨 막히는 고통에 기침을 했다. 용케 창대가 내려 쳐지는 위치로 기어 들어간 이언은 최대한 넓은 부위를 동원해 충격을 최소화시켰지만 할버드의 창대는 수월찮았다. 뼈가 부러지지 않은 것이 다행인 상황이었다. 쇼는 누워 있는 상태에서 몸을 일으키며 검을 뺐었다. 쇼의 롱 소드가 사내의 사타구니에서 내장 쪽으로 파고들었다. 병사의 사타구니를 비스듬히 찌른 롱 소드는 병사의 등허리로 튀어나왔다. 동시에 이언이 자신에게 떨어진 할버드의 창대를 걷어내며 상대의 심장에 검을 찔러 넣었다.

"괜찮냐?"

"뼈가 부러지진 않았어. 빚은 갚아!"

쇼와 이언의 잡담은 오래가지 못했다. 또 다른 할버드와 모닝스타가 날아들고 있었다. 두사람은 거의 동시에 검을 들어 공격을 걷어냈다.

"정신 차려, 바보 남작! 밥값 좀 해!"

이언이 상대의 복부를 걷어차 거리를 만들며 소리쳤다.

'나, 난… 나는…….'

"하아, 하아……."

튜멜은 바닥을 뒹구는 자신의 검을 집어 들었다. 그는 피에 젖은 손잡이 감촉에 몸을 떨었다. 그 섬뜩하게 미끈거리는 감촉 때문에 그는 온몸에 소름이 돋았다.

'넌 역시 쓸모없는 녀석이야. 누구에게도 쓸모가 없지.'

'가까이 오지 말아주겠어? 넌 냄새가 나거든.'

'우습군. 너 따위가 발버둥 치는 꼴이란.'

"크악! 죽여! 다 죽여 버리겠어!"

튜멜은 벌떡 일어나 미친 듯이 검을 휘두르기 시작했다. 롱 소드가 붕붕 소리를 내면서 허공을 갈랐다. 튜멜을 공격하려던 병사가 롱 소드를 놓치며 주저앉았다. 그는 그저 의미없이 텅 빈 허공을 이리저리 잘라내고 있었다. 누군가 창대로 그의 무릎을 걸었고, 그는 중심을 잃고 넘어졌다. 그리고 롱 소드가 날아들었다.

"아……!"

튜멜은 그 순간 이상하리만치 또렷하게 보았다. 자신의 얼굴로 날아드는 롱 소드를. 흐릿하게 밝아오는 아침 하늘을 배경으로 롱 소드가 비스듬히 내려오고 있었다. 그는 멍하니 그것을 바라보았다.

'죽는 건가…….'

촤악!

격렬한 아픔이 튜멜의 의식을 아득하게 만들었다. 형언하기 어려운 고통이 그의 얼굴을 강타했고, 뜨거운 것이 얼굴을 타고 흘러내렸다. 튜멜은 손을 들어 그것을 만져 보았다. 뜨거운 피가 튜멜의 얼굴을 타고 흐르고 있었다.

"쌍! 정신 못 차려?!"

쇼의 고함 소리에 튜멜은 멍청하게 고개를 들었다. 그가 병사의 측면에서 육탄 돌격을 하면서 병사의 옆구리에 롱 소드를 찔러 넣은 덕분에 병사의 검은 아슬아슬하게 튜멜의 얼굴을 스치는 것으로 끝났다.

떨어진 충격에 쿨럭, 기침을 하면서 쇼는 벌떡 일어서며 롱 소드로 또 다른 병사를 견제했다.

'나, 나를 구해준 건가?'

튜멜은 아득하게 들려오는 쇼의 고함 소리를 환청처럼 들으며 생각했다. 붉디붉은 어둠이 그를 찾아왔다. 그는 형언하기 힘든 고통을 선사하고 있는 얼굴의 상처를 본능적으로 억누르며 가냘픈 신음을 뱉어냈다. 앞은 보이지 않았고 얼굴은 아팠다.

튜멜의 목숨을 구해준 쇼가 앞으로 튀어 나가는 동안에 이언이 뛰어들었다. 그는 튜멜의 정신을 차리게 하는 방법을 알고 있었다. 그는 미련없이 발끝으로 튜멜의 옆구리를 걷어찼다. 튜멜은 '컥!' 하고 비명을 지르며 정신을 차렸다. 전투용 부츠가 옆구리를 파고드는 고통은 얼굴의 고통에 뒤지지 않았다.

"일어나! 바보 남작!"

"안 보여! 앞이 안 보여!"

"그 병신은 버리고 가자!"

"시끄러! 넌 엄호해! 이봐, 남작! 일단 일어나!!"

이언은 쇼에게 고함을 지르고는 튜멜의 겨드랑이에 손을 넣어 잡아 일으켰다. 그동안 쇼가 뒷걸음질치면서 롱 소드를 휘둘러 병사들을 견제했다. 이언은 전투마의 안장에 튜멜을 태웠고, 등을 돌리며 또 다른 병사의 목을 쳤다. 잘려진 병사의 목이 허공으로 날아올랐다.

"가자! 도망쳐!"

이언은 말고삐를 잡아채면서 소리 질렀다. 쇼도 또 다른 전투마의 안장을 잡고는 말 등으로 한 번에 날아올랐다. 이언은 말 쪽으로 덤벼드는 병사의 가슴을 노리고 롱 소드를 던졌다. 가슴을 관통당한 병사는 울컥 피를 토하며 무릎을 꿇었다.

"돌파한다!"

"재주껏 살아남아!"

쇼가 이언의 말을 받으며 히죽 웃었다. 이언과 쇼는 거의 동시에 말을 몰고 강행 돌파를 시도하기 시작했다.

〈 7 〉

중앙산맥으로 들어서면서 길은 급격하게 거칠어졌다. 대륙의 척추라고 불리우는 중앙산맥은 지역에 따라 만년설이 쌓이는 고산 지대를 이루고 있었고, 나머지 지역도 전형적인 고지대 지형과 기후를 갖고 있었다. 대륙을 통틀어 가장 혹독하고 냉정한 자연이 존재하는 곳으로, 그곳에서 살아가는 사람들은 국적을 떠나서 하나의 공통적인 성향을 갖게 만들었다.

흔히 각국에서 '고지대인(High Lander)' 이라고 부르는 이러한 성향은 산맥 북쪽의 로안 족, 남쪽의 제엘 족과 레틸(Letil) 족 등, 인종적인 차원을 넘어서는 또 하나의 새로운 인종을 만들어내고 있었다. 저지대에 사는 로안 족과 고지대의 로안 족은 분명히 달랐고, 비슷한 것은 외모뿐이었다. 반면에 고지대 로안 족은 고지대 제엘 족과 문화적 차이가 거의 없이 동일했다.

거의 존재하지 않는 여름과 혹독하고 매서운 겨울, 폭설과 눈사태, 산맥 전반에 걸쳐 분포하고 있는 고산 표범과 같은 맹수들의 존재, 농사를 짓기에 척박한 지형과 기후들은 이곳에 사는 인간들을 혹독하게 공격했다.

그 속에서 생존해 나가는 사람들은 자연의 무서움을 본능적으로 깨우치고 있었고, 자연에 겸손했다. 그들은 자연을 정복하려 하지 않고 자연에 순응했다. 그들은 혹독한 환경 속에서 생존하기 위해 자신들을 단련했고, 어떤 악조건 속에서도 포기하지 않는 근성은 저지대 사람들로 하여금 고개를 내젓게 만들었다.

고지대 소년들은 어려서부터 험준한 중앙산맥의 산세를 타면서 사냥하는 법을 배웠고, 그런 어린 시절은 저지대인에 비해서 탁월한 폐활량과 월등한 지구력을 가진 근육을 만들어주었다. 산소가 부족한 고지대에서 뛰면서 성장한 고지대인들은 산소가 풍부한 저지대에선 좀처럼 쉽게 지치지 않았다.

고지대 기사들이 국가라는 기본적인 명제를 초월해 결속하게 된 것은 그들이 태어나고 성장한 중앙산맥이라는 자연이 가져다 준 선물이었다. 물론 그것이 고지대 기사들이 서로 싸우지 않는다는 것을 의미하지는 않았다. 대륙의 역사를 피로 장식한 최악의 전투들은 항상 고지대 출신 기사들의 충돌에서 생겨났다. 그들은 서로에게 경의를 표했으며, 그 경의의 증거로써 전력을 다해 부딪혀 갔다.

고지대 기사들은 고지대 기사를 상대로 책략을 쓰지 않았고, 항상 정면으로 충돌했다. 또한 그들의 싸움은 상대가 죽기 전에는 어떤 이유로도 끝나지 않았다.

이러한 기묘한 이중성은 저지대 사람들로 하여금 스스로가 고지대 사람들과의 차이를, 때로는 차별을 두게 만들었고, 결정적으로 서로를 구별하는 기준이 되었다. 또한 클레이모어라는 검(劍)은 고지대 기사들의 자존심이었고, 자아 정체성을 부여하는 상징이었다. 오직 고지대 기사만이 클레이모어를 쓴다는 원칙은 대륙의 역사가 시작된 이래 변하지 않고 있었다.

날카로운 바람이 열려진 마차의 창문으로 쏟아져 들어왔다. 수목 한계선을 넘어선 고산 지대로 들어서면서 중앙산맥의 모습은 섬뜩할 정도로 황량해졌다. 어디를 가도 칙칙한 회색이었고, 인간의 발길이 닿지 않은 고산들이 우중충한 먹구름 사이로 숨겨져 있었다.

"춥군."

트라이츠 에윈 후작은 외투의 옷깃을 추스르며 짧게 중얼거렸다. 그는 마차의 창문으로 고개를 내밀고 행렬의 후미를 바라보고 있었다.

아득한 비탈길은 거친 중앙산맥의 회색 빛 속으로 침몰해 있었다. 남쪽을 바라보아도 더 이상 크림발츠의 아름다운 풍광은 보이지 않았다. 크림발츠 최북단의 도시이자, 크림발츠에서 가장 높은 지형에 위치한 도시인 엘아렝(El' Arent)을 출발한 지 벌써 이틀째였다.

크림발츠 최북단의 도시 엘아렝은 그 지정학적 위치에 의하여 라이어른에서 국경을 넘어 첫 번째로 만나는 군사 도시였다. 어떤 고개를 경유해 중앙산맥을 넘더라도 크림발츠의 본토로 들어가기 위해서는 엘아렝을 지나가야 했다. 그것은 반대로 말해서, 크림발츠를 떠나게 될 때 마지막으로 만나게 되는 도시라는 것을 의미했다.

이제 수목 한계선을 넘었기 때문에 화전을 일구는 고지대 마을조차 만날 수 없었다. 크림발츠의 국경까지는 이제 사나흘 거리가 남아 있었고, 국경선에 설치된 수비대 막사에 주둔 중인 크림발츠 육군 산악

대의 병사들이 에윈 후작은 만나게 될 마지막 크림발츠 인이었다. 그는 고국으로 되돌아가고 있는 것이다.

'과연 내가 크림발츠에서 여생을 정리할 수 있을까? 왠지 아쉽군. 좀 더 크림발츠를 둘러보고 귀국하고 싶었는데.'

에윈 후작은 자신의 마차를 뒤따라오는 라이어른 특사들의 마차와 특사 호위 임무를 맡은 라이어른 기사단의 모습을 바라보고 있었다. 엘아렝부터는 눈부신 햇살을 볼 수 없었고, 언제나 짙은 먹구름과 안개가 세상을 지배하고 있었다. 음습한 안개가 급격한 산비탈을 타고 흘러내리는 모습은 황량했다.

결국 에윈 후작은 차가운 고산 바람을 견디지 못하고 마차의 나무 덧문을 닫았다.

'이제 정말로 늙은 모양이군. 젊어서 이곳을 넘을 때는 이 바람이 힘들다고 느껴지지 않았는데.'

에윈 후작은 젊은 시절, 처음 라이어른을 떠나 크림발츠로 수학을 가던 때를 회상하며 조용히 웃었다. 에윈 백작가의 젊은 후계자 에윈 2세는 갓 20살을 넘은 혈기와 열정을 가지고 꿋꿋하게 이곳을 넘어 크림발츠로 들어갔다. 그리고 크림발츠에서 자신의 젊은 시절을 보냈다. 고통스러운 기억도 있었지만 좋은 기억이 더 많았다.

"끄아악!!"

갑작스러운 비명 소리가 바람을 타고 들려왔다. 곧바로 고함 소리와 병장기의 철그렁거리는 소리가 들려오기 시작했다.

"궁사대! 석궁 장전! 각자 판단 하에 발사하라! 보병대! 마차를 호위하라!"

특사 호위 기사단 지휘관인 린돌프는 매서운 고산 바람을 이기기

위해 고함을 지르고 있었다. 윙윙거리는 거친 소리를 내는 바람 때문
에 그의 고함은 멀리까지 이르지 못했다.

"무, 무슨 일인가?"

"기마대의 습격입니다. 위험하오니 절대로 마차에서 나오지 마십시
오. 기병대는 전투 대형으로! 적을 저지하라!"

에윈 후작은 린돌프가 롱 소드를 뽑아 들고 행렬 앞쪽으로 달려가
는 모습을 보면서 황급히 덧문을 다시 닫았다. 노쇠한 그의 심장은 위
태롭게 폭주하기 시작했다.

'어, 어떻게?! 분명 안전하다고……!'

군사 도시 엘아렝의 영주는 크림발츠 육군 소령이었고, 이틀 전 그
들이 떠나오기 직전에 그와 간단한 만남을 가졌을 때는 확신에 찬 대
답을 들을 수 있었다.

'특사님들의 귀국을 미리 연락받았습니다. 지난 일주일 간 국경까지의
도로 주변을 깨끗하게 청소했습니다. 산적은커녕 사람 그림자도 보기 힘드
실 겁니다.'

엘아렝 주둔 기사단은 무려 일주일에 걸친 기간 동안 이 지역 일대
에 대한 철저한 수색과 대대적인 산적 토벌을 마친 상태였다. 때문에
에윈 후작은 감사를 표시하며 국경까지 그들이 호위하겠다는 제의를
점잖게 거절했었다.

지금까지의 예로 보아서 그들이 국경까지 도로 주변에 존재할 위험
요소들을 상당히 잔인한 방식으로 청소했을 거라는 것을 에윈 후작은
알고 있었다. 더 이상 크림발츠 인들에게 신세를 지고 싶지 않아서 거

절했는데, 이런 위험은 예상 밖이었다. 그는 저 크림발츠 인들이 실수를 했을 거라는 사실을 믿지 않았다. 이건 무언가 다른 존재임이 분명했다. 후작은 식은땀으로 등이 젖어가는 것을 느꼈다.

'가, 강하다!'

린돌프는 호위대와 전투를 벌이는 상대를 보면서 이를 깨물었다. 그들의 복장은 전혀 통일되어 있지 않았다. 대륙 상단, 유민, 심지어는 방랑 귀족들의 외투를 입은 자도 있었다. 하지만 공통적으로 그들은 검을 들고 있었고, 그들의 몸놀림은 분명 기사단의 움직임이었다. 그것도 정예 기사단이라고 불리워도 손색이 없을 정도였다.

호위대 궁사대의 첫 사격은 거리와 비탈진 지형의 불리함, 그리고 치명적으로 세차게 불어오는 고산 지대의 바람 때문에 전혀 효과가 없었고, 곧바로 몰려드는 적의 진격 속도에 얼어버린 손길은 재장전을 무디게 만들었다.

"아악!"

"사, 살려줘! 크악!"

"어머니!"

적 기마대는 곧바로 궁사대를 공격했다. 호위대의 편제는 겨우 2개 열대에 불과했다. 전투 편제의 최소 단위인 1개 백인대가 4개 열대로 구성되는 것을 기준으로 보면 없는 것과도 마찬가지였다.

전투 편제의 최소 단위라는 의미는 최소한 1개 백인대는 있어야 가장 손쉬운 작전이나마 수행할 능력이 있다는 의미였다. 2개 열대는 전장에서는 '병력없음' 으로 취급되었다. 2개 열대, 즉 도합 6개 조 중에서 궁사대로 배치된 것은 겨우 1개 조였다. 1개 조, 10명의 궁사대는 그다지 위력을 발휘하지 못했다. 당연한 말이지만 궁사대가 위력을 발휘하려면 최소 편제, 즉 1개 백인대 규모 120명의 궁사들이 필요했다.

반면에 적 기마대는 순수 기마대만으로 1개 열대로 구성되어 있었고, 그들의 1개 열대 30명의 기량은 차원이 달랐다. 다수와 다수의 격돌은 병사들 개개인의 역량이 큰 힘을 발휘하지 못한다. 단지 누가 조금이라도 더 많은 병사를 가졌는가가 승패를 판가름했다. 하지만 소수와 소수의 격돌은 철저하게 병사들 개개인의 기량에 의존하게 된다.

'제기랄!'

호위대장 린돌프는 특사, 특히 비밀 특사들의 호위는 백인대 이하 병력으로 배치한다는 전통을 저주하면서 말을 몰았다. 통상적으로 타국에 파견되는 외교관들의 호위는 병력 수를 줄이는 것이 전통이고 예의였다. 자국 국경선까지는 최소한 백인대를, 호위 인물이 귀빈일 경우에는 독립대나 기사대로 배치되지만, 그것은 자국 국경선까지가 한계였다. 국경선에서는 타국에서 그에 준하는 병력을 파견하여 특사들의 호위를 인계받았다.

이러한 전통은 자국 특사 호위를 평계로 대규모 호위 병력을 파견하여 타국 왕성을 습격하던 지난 '암흑 시대'가 낳은 산물이었다. 보통 기사대 규모 이상의 병력이 왕성 근위를 맡는 전통에 맞추어 외교관들의 호위는 지위를 막론하고 백인대를 넘지 않는 것이 관례였다. 어떠한 최정예라도 백인대 규모의 병력은 기사대 이상의 병력과는 교전이 불가능하다는 사실을 염두에 둔 전통이었다.

화악!

"부, 불이다!"

적 기사대는 기름이 담겨진 가죽 주머니에 불을 붙여 던지는 '화염 파인트'를 사용해 마차에 불을 지르기 시작했다. 아주 얇은 가죽 주머니에 파인트 분량의 기름을 넣은 무기로 전투 중 불을 지를 때 자주 사용했었다. 하급 병사들 사이에서는 '처녀의 짜증'이라고 부르는 무기였다. 고산 지대의 세찬 바람 속에서 불붙은 기름은 거세게 타오르며 자신을 키웠다.

"라, 라이어른 인?!"

린돌프는 상대가 라이어른식 무기를 사용하고 있다는 사실에 충격을 받아 더듬거렸다. 화염 파인트는 라이어른에서 개발된 무기였다. 파인트라는 도량형 자체가 주로 라이어른에서 사용되었기 때문에 붙여진 이름이었다.

"와아악!"

선두 마차에 타고 있던 특사 예법관과 기록관이 옷자락에 불이 붙은 채 뛰쳐나왔다. 그 순간 적 기마대의 병사가 두 사람의 목을 베어 냈다.

"막아라! 화염 파인트를 저지하라!"

린돌프는 전력으로 부딪혀 들어가면서 소리쳤다. 린돌프의 검이 곧바로 허공을 베기 시작했다.

깡!

검과 검이 격돌하는 소리가 들려오고 린돌프의 검은 저지되었다. 순간 상대는 무언가를 린돌프에게 던졌다.

"우와악! 내 눈!"

린돌프는 황색 가루가 눈으로 들어가자 비명을 지르며 말에서 떨어졌다. 강한 맹독성을 가진 래돈버드(Raddon-Bud) 꽃의 꽃가루가 린돌프의 망막과 식도를 잠식해 들어가고 있었다. 린돌프는 바닥을 뒹굴며 고통 속에서 비명을 질렀다.

강우량이 적은 건조 지역에서 자생하는 래돈버드는 비가 내리지 않는 계절에 한해서 꽃을 피웠고, 그 꽃가루는 맹독을 지닌 데다 물에 쉽게 용해되었다. 그 맹독으로 인하여 벌조차 날아들지 않기 때문에 래돈버드는 암수 한 쌍의 꽃이었다.

"컥! 커걱!!"

비명을 지르는 순간 입으로 들어간 꽃가루 때문에 곧바로 린돌프의 혀가 마비되기 시작했고, 린돌프는 빠르게 타 들어가는 목과 눈을 부여잡은 채 뒹굴고 있었다.

빠직!

바닥을 뒹구는 린돌프의 머리를 전투마가 잔인하게 밟았다. 짓이겨진 머리에서 뇌수가 흘러나왔고, 린돌프는 사후 경련으로 몸을 떨며 더 이상 괴로워하지 않았다.

린돌프의 죽음으로 지휘관을 잃은 호위대 병사들은 공황 상태에 빠져 일방적인 학살을 당하기 시작했다. 겨우 30기의 기마대는 행렬의 모든 방향에서 밀고 들어왔고, 탈출로는 없었다. 기마대는 래돈버드 가루와 화염 파인트를 던졌고, 그것을 피해서 달아나는 자들을 죽이고 있었다.

"헉헉!"

에윈 후작은 지옥 같은 광경에 놀랄 여유가 없었다. 마차를 벗어난 그는 공포 속에서 본능적으로 도망가고 있었다. 젊은 시절엔 건축학과 문학에 심취했었고, 장년이 되어서부터는 정치 일선에서 뛰었던 그는 검을 배운 적이 없었다. 배웠다 하더라도 지금 그의 나이로 검을 다시 잡는 것은 무리였다.

에윈 후작은 본능적으로 행렬의 후미, 크림발츠를 향해서 달려가고 있었다. 그로서는 자신이 라이어른이 아닌, 크림발츠 쪽으로 달리고 있다는 사실조차 인식하지 못하고 있었다. 노쇠한 그의 다리는 본능적으로 남쪽을 향하고 있을 뿐이었다. 순간 에윈 후작은 등허리 한복판으로 혹독한 통증을 느끼며 나뒹굴었다.

"커헉!"

에윈 후작의 식도를 타고 검붉은 피가 한 움큼 넘어왔고, 그는 고통 속에서 기침을 했다. 손자를 볼 나이가 되도록 살아오면서 한 번도 경험하지 못했던 처절한 고통이 그의 신경과 육체를 잠식했다. 에윈 후작은 고통보다는 공포에 젖어 축축하게 젖은 자신의 두 손과 자신의 복부를 뚫고 나온 기묘한 물체를 바라보고 있었다. 그의 전신 근육이 쇼크를 받아 발작적으로 수축을 시작했고, 그의 노쇠한 육체는 힘없이 경련을 일으키고 있었다.

에윈 후작은 자신의 복부를 관통한 것이 쾌렐이라는 것을 알지 못했다. 쾌렐은 에윈 후작의 복부를 관통하며 내장을 파괴하고 내출혈과 출혈성 쇼크를 일으키고 있었다. 흰자위가 드러난 후작의 두 눈은 평생 동안 자신이 사랑했던 크림발츠의 하늘을 보지 못했다. 그의 깡마른 다리는 힘없이 허공을 허우적거리고 있었지만, 아무런 의미를 갖지 못했다.

에윈 후작은 평소에 자신이 임종을 맡게 되면 크림발츠의 추억을 회상하며 눈을 감게 될 거라고 생각해 왔다. 하지만 지금의 그는 고통 속에서 이미 의식을 잃어버린 상태였다. 크림발츠의 높은 첨탑들, 남부산 화이트 와인의 감미, 몇십 년 만에 자신을 남자로 만들어준 이름

모를 20대 여인, 창문 너머로 지던 크림발츠의 석양……. 에윈 후작이 다시 한 번 꿈꾸고 싶어했던 것들이었다.

파악!

후작에게 다가온 기마대 병사는 피 웅덩이 속에서 버둥거리며 희미한 생명을 부여잡고 있던 후작의 육체에 화염 파인트를 던졌다. 불붙은 기름이 후작의 육체를 빠르게 태우기 시작했다. 후작은 더 이상 고통 속에서 버둥거리지 않고 있었다. 후작은 자신의 소원대로 크림발츠에서 그 자신의 생을 정리했지만, 그가 원하던 방식은 아니었다.

라이어른 맹약국의 맹약 종주국 발트하임의 외정관 트라이츠 에윈 후작이 고통 속에서 마지막으로 떠올린 것이 무엇일지는 아무도 알지 못했다. 또한 아무도 그것을 궁금하게 생각하지 않았다.

6대의 마차들이 불에 타고 있었고, 무기를 버리고 도망치는 호위대 병사의 머리를 쾨렐이 관통하고 있었다. 호위대의 시중을 위해 붙여진 시녀들이 악에 받힌 비명을 지르며 주저앉았고, 그런 그녀들의 목으로 롱 소드가 날아들었다. 30명의 기마대 중 일부가 말에서 내렸고, 시체 사이를 오가며 생존자를 찾고 있었다.

"아… 아… 아… 아……!"

시녀 한 명이 정신이 나간 듯 창백한 얼굴로 힘이 풀린 두 손을 휘젖고 있었다. 시녀는 고통 속에서 이성이 소멸한 의식을 가지고도 자신의 복부에서 흘러내린 내장을 끌어 모으고 있었다. 피가 흐르는 롱 소드를 쥔 사내는 물끄러미 피 속에 웅크린 채 자신의 내장을 쓸어 모으고 있는 여자를 내려다보았다. 사내는 두 손으로 롱 소드의 손잡이를 단단히 움켜잡더니 두 손으로 롱 소드를 힘껏 휘둘렀다.

퍼억!

눈물과 피, 그리고 공포와 경악으로 범벅이 된 여자의 머리가 허공을 날아올랐다. 둔중한 여자의 머리는 길게 포물선을 그리며 날아가 비탈길 저편에 떨어졌다.

"이야! 5미터는 넘겠는데!"

누군가 말 위에서 휘파람을 불며 감탄했다. 롱 소드를 휘둘렀던 사내는 검을 타고 흐르는 피를 털어내면서 히죽 웃었다.

"최고 기록을 갱신했지? 돌아가면 네가 술을 사는 거야!"

"이봐! 난 그런 내기를 한 기억이 없어!"

"잡담은 그만 하고 빠져나가자! 한두 시간이 지나면 하이 스카우터가 순찰을 돌기 시작할 거야."

또 다른 사내가 말을 몰고 오면서 두 사람의 잡담을 끊었다. 사내는 자신의 말이 있는 곳으로 걸어가 피 묻은 롱 소드를 집어던지고 말 위에 올랐다. 사내는 힐끔 버려진 롱 소드를 내려다보았다. 누군가 와서 이곳을 발견한다면 '우연히' 떨어져 있는 저 크림발츠산 롱 소드를 발견할 것이다.

"크림발츠산 롱 소드는 대단한데! 뼈를 잘라도 쉽게 이가 빠지지 않아."

"아메린산 롱 소드가 더 끝내준다구. 예전에 한번 써봤는데, 뼈가 당근처럼 툭툭 잘라지더라니까."

"하아~ 돌아가면 에냐와 뻐근하게 놀아봐야지."

방금 여자의 목을 잘랐던 사내가 고삐를 끌어당기며 웃었다. 말을 걸었던 사내는 혀를 차면서 동료를 바라보았다.

"어이, 붉은 거리에 가서 질퍽거리는 짓은 적당히 해두라고. 병이라도 걸리면 어쩌겠다는 거야? 차라리 결혼을 하지 그래?"

"언제 죽어도 이상하지 않은 직업이야. 살아 있을 때 즐겨두는 거야. 술이든 여자든. 미쳤다고 결혼을 하냐? 혼자 돈 쓰기에도 빠듯해."

"에냐에게 쏟아 부은 돈이면 저택도 사겠다, 자식아."

두 사내는 잡담을 하면서도 다시 한 번 꼼꼼하게 생존자가 있는지를 확인했다.

〈 8 〉

　사내가 가볍게 몸을 뒤척이자 페나 아델만은 침대 시트를 끌어당겼다. 페나는 조용히 미소 지으며 15년 연하의 정부에게 가볍게 키스를 했다. 그녀의 정부인 에르만 하일리버는 살며시 손을 뻗어 그녀의 어깨를 안았다.

　"사랑해, 하일리버."

　"이제는 에르만이라고 불러주세요, 페나님."

　'역시 귀여워.'

　페나는 미소를 지었다.

　"아델만 후작님은, 아니… 이제는 발트하임의 국왕 폐하인가요?"

　"우리 나라도 크림발츠처럼 여왕을 인정한다면 공주의 남편이라고 왕위를 차지하는 꼴을 보지 않아도 좋았을 거야. 내가 여왕이 되었을 테니까."

올해 42살의 페나 아델만 공주는 한숨을 쉬면서 하일리버를 끌어안
았다.

"그 건은 어떻게 되었어?"

"가장 솜씨 좋은 자들을 붙여놨으니 확실할 겁니다. 이번 주 안으
로 소식이 오지 않을까요? 그런데 굳이 에윈 후작을 죽이는 이유가 뭡
니까?"

"하일리버는 정말 용감하지만 정치를 아직 몰라. 일단 그 튜멜 남
작이라는 존재에 대해 아는 사람이 적을수록 좋아. 많은 사람이 알면
어떻게든 정보는 새어 나가는 거야. 그리고 후작은 사자왕의 측근이
었어. 그가 귀국한다면 새 국왕을 인정하지 않을 거야. 사자왕의 유해
를 목격하기 전까지는 인정하지 않을걸."

"그렇게 꽉 막힌 늙은이였나요?"

"앞으로의 계획에 방해가 될 소지가 다분한 노인네야. 죽이는 편이
이로워. 그리고 가장 커다란 이유는 뭘 것 같아?"

"글쎄요."

"라이어른 최초로 즉위한 여왕의 남편이 되려면 그 정도는 알고 있
어야지."

페나는 하일리버의 뺨을 쓰다듬으며 다정하게 속삭였다. 하일리버
는 그저 가만히 미소 짓고 있었다.

'여왕의 남편? 역시 이 여자의 애정을 받아들인 보람이 있어. 25살
에 가문을 계승했고, 조만간 여왕의 남편이 되겠군. 나쁘지 않아.'

하일리버는 만족스러운 나른함에 취해서 페나의 말에 귀를 기울였
다.

"라이어른의 특사가 크림발츠의 영토 안에서 죽임을 당했어. 이건

크림발츠 왕실 내부의 권력 다툼에 희생되었을 소지가 있지.”

“네? 하지만 후작 일행을 제거한 건 저희잖습니까?”

“정치에서 사실은 중요하지 않아. 가능성이 중요한 거지. 라이어른에게는 자국 외교 사절이 국경 밖에서 죽임을 당했으니 문제를 제기할 권리가 생기지. 크림발츠는 상당히 심각한 국제 문제에 직면한 거야. 누가 자국 외교 사절을 해외에서 암살했다고 생각하겠어? 더군다나 외정관이면 지위가 굉장히 높은 거야.”

“여러 가지 이유로 결국 후작 일행은 죽어야 했군요.”

“물론 크림발츠 쪽에서는 정말 황당하겠지. 하지만 국경까지 호위를 하지 않은 것은 그들의 실수였어. 물론 에윈 후작은 언제나처럼 크림발츠의 호위를 사양했을 거야. 그 늙은이는 성격이 좀 괴팍하더군. 나는 예전부터 그 늙은이가 크림발츠를 오갈 때 호위 병력도 없이 다닌다는 것을 알고 있었거든. 이번처럼 비참한 죽음을 맞은 것은 결국 그 늙은이의 쓸모없는 감상주의 탓이야. 감상주의는 사람을 곤경에 빠뜨리지. 어쨌거나 자국 내의 외교 사절에 대한 신변 보장은 그 나라의 책임이지. 난 벌써 각국에 보낼 외교 서신을 준비해 놨어. 멋진 문구로 완성되었지.”

“크림발츠가 그리 호락호락하지 않을 거라고 봅니다만, 사실 크림발츠에게 정면으로 대항할 수 있는 국가들은 아메린과 폴리안뿐이지 않습니까? 베일 칸토 연합이나 스톨츠, 아피아노 같은 나라들은 반년이면 초토화가 될 테니까요. 크림발츠의 막강한 여왕의 창기병들을 상대로 한다면…….”

“외교란 건 항상 서로의 속셈을 빤히 알고 있어. 그럼에도 언제나 각자의 가면을 쓰고 줄타기를 하게 되지. 정치란 것도 마찬가지야. 케언 공작은 실제로 크림발츠 내 정적들이 자신을 실각시키기 위해 특사들을 암살한 거라고 생각할걸? 당장 피비린내 나는 내분이 일어날 거야. 라이어른에 대해 적대적인 케언이 이 기회에 실각을 하면 더 좋고. 그렇지 않더라도 내분이 일어난 크림발츠는 외교적으로 그렇게 강력한 힘을 발휘하기 힘들어. 충분히 내가 원하는 방식으로 이끌 수가 있어."

"크림발츠에서 군사력을 동원하게 되는 경우는요?"

"실제로 그런 예가 있었어. 크림발츠에서 반역 혐의를 받은 귀족들 다수가 베일의 네제브 칸토로 망명을 했었지. 크림발츠는 그들의 송환을 요구했고, 네제브는 거절했어. 그 귀족들이 상당량의 반역 자금과 사병들을 네제브에 기탁했거든."

"그런 일이 있었나요?"

"네제브의 입장에서는 1개 연대 급 사병이라는 건 어마어마한 숫자지. 그 귀족이라는 작자가 크림발츠 중앙 기사단의 연대장이었거든. 결국 크림발츠는 네제브에 대한 무력 침공을 시작했지. 네제브의 수도가 박살나는 데는 겨우 일주일이 걸렸어."

"네제브가 크림발츠의 영토가 되지 않은 것이 신기하군요."

"다수의 병력을 동쪽으로 돌린 대가로 서쪽 국경선의 아메린이 밀고 들어왔지. 머리 나쁜 1개 연대장 하나 때문에 자칫하면 대륙 전체가 전면전을 치를 뻔한 사건이었어. 아메린은 그저 견제의 의미 정도로 생각했기 때문에 서쪽 국경선의 군사 도시 3곳을 점령한 지 한 달 보름 만에 자진 철군했지. 물론 아메린 측에서도 결코 전면전은 바라지 않았으니까. 게다가 베일의 나머지 3개 국에서 네제브에 대한 반환을 강력하게 요구, 아니, 정확히 말하자면 크림발츠 육군을 끌어들인

네제브에 대해 강력한 항의를 하면서 크림발츠에게 손이 발이 되도록 빌었지. 네제브가 크림발츠 영토가 된다면 제일 다급한 곳이 칼렌과 쥬트 베일이지. 두 나라 모두 모든 국경선에 걸쳐서 방어선을 구축할 병력이 없으니까.”

“그런가요?”

페나는 침대 시트로 가슴을 가리면서 일어나 앉았다. 하일리버는 의아한 표정으로 그녀를 따라서 침대에 앉았다. 페나는 한숨을 쉬면서 자신의 정부를 바라보았다.

“설마 3세력 810년도에 일어난 ‘델스터 전쟁’을 모르는 거였어?”

‘델스터 전쟁’은 크림발츠 왕가에 반역을 꾀하다가 베일 연합으로 망명했던 카놈 델스터(Kanom Delster) 백작, 크림발츠 육군 대령의 이름을 따 붙인 전쟁이었다. 크림발츠 북부 지역의 광역 주둔군 대장이었던 카놈 델스터 백작은 오랜 기간을 소모하며 자신의 사병화시킨 크림발츠 중앙 기사단 제5연대의 무력을 바탕으로 왕권을 노렸었다.

당시의 델스터 가문은 크림발츠 왕가 파반트 가문의 먼 친척이었다. 수도를 제압하고 왕위를 계승하기에는 조금 무리가 있었지만, 전혀 불가능한 것은 아닌 상황이었다. 하지만 수도 진공 계획까지 수립했던 델스터 백작의 치밀한 계획은 의외로 당시 수도에서 수학을 하던 친아들에 의해서 실패로 돌아갔다. 델스터 백작의 막내아들이 평소 친분이 있던 여왕의 창기병 장교였던 어떤 대위에게 고백을 한 것이다.

국왕 친위대로 상시 주둔하던 여왕의 창기병 1개 연대가 급히 출정하는 데 소요된 시간은 고작 일주일이었다. 동시에 당시 국왕이었던 카렐 4세는 진노하여 중앙 기사단의 대대적인 소집을 명령했고, '대기' 명령을 받고 있던 2개 연대가 한 달 만에 소집되었다. 창기병 연대에 뒤지지 않는 기록적인 속도였다.

당시 운용 중이던 연대들은 평시와 같이 3개 연대로써 북부 광역 주둔군인 5연대, 아메린을 견제하는 서부 광역 주둔군이던 3연대, 예비 연대로 9연대가 수도에 주둔하고 있었다. 제1연대와 제8연대가 각각 5연대와 3연대를 대신하여 다음 해 1년 간의 임무 교대를 위해 대기 중인 상황이었다.

하페우스 3세력 810년 여름은 비전시 상황에서 크림발츠 내에서 무려 6개 연대가 운용되었던 기록적인 해가 되었다. 중앙 기사단 9개 연대 중에서 5개 연대, 40,000명이라는 대병력이 운용에 들어갔고, 곧 이어 '해체' 상태에 있던 2연대가 '대기' 명령을 받았다. 2연대는 바로 전년도인 809년도에 서부 광역 주둔군으로 있다가 3연대와 임무 교대를 마치고 '해체' 상태로 들어갔던 연대였다. 전년도에 운영되었던 연대에게 다시 대기 명령이 떨어진 것은 크림발츠 역사를 통틀어서 처음 있었던 일이었다.

당사자들인 병사들에게는 지옥 같은 일이었지만, 809년도에 운용되었던 3개 연대 가운데서 2연대는 가장 늦은, 그해 봄에 해체되었었다. 때문에 연대 장비 점검과 편제 정비에 가장 적은 시간이 소모되는 부대였다. 고향으로 내려갔던 병사들은 곧바로 복귀했고, 대대적인 연대 점검에 들어갔다.

첫 교전은 5연대의 주둔 도시 세르앙(Sserant) 근교 세르앙 평야를 무대로 창기병 연대와 5연대 사이에서 벌어졌고, 5연대는 창기병 연대와의 사상 비율이 20:1이라는 전무후무한 혹독한 피해를 입게 되었다.

국왕 친위대인 여왕의 창기병 연대들은 적성국의 포로와 부상자는 인정하지만, 자국 내의 반역이나 반란자에게는 포로와 부상자를 인정하지 않는다는 원칙을 갖고 있었다. 20:1이라는 비율은 투항하는 자들과 부상자들의 처형을 합한 숫자였다.

델스터 백작과 그의 추종 세력들은 잔존 5연대 병력과 함께 국경을 넘어 베일 연합의 네제브로 망명했다. 그리고 창기병 연대와 토벌군으로 명명된 1연대와 8연대, 도합 3개 연대라는 대병력이 네제브를 선전 포고없이 침공했다. 아이러니컬하게도 네제브를 지도상에 존속시킨 것은 아메린이었다.

크림발츠의 대규모 병력 운용 자체에 반감을 가진 아메린이 크림발츠에 대한 경고성 무력 행사를 위하여 국경 침범을 하게 된 것으로, 네제브 칸토는 크림발츠의 속국이 되는 신세를 모면하게 되었던 것이다. 결국 네제브는 아메린의 돌출 행동에 가장 큰 이득을 본 국가가 되었다. 카렐 4세는 이미 운용 중이던 3개 연대를 돌려 아메린과의 전면전을 벌이는 행동은 하지 않았다.

또한 아메린 측에서도 토벌군 3개 연대가 수도로 귀환한 시점을 기준으로 무력 점령했던 크림발츠의 3개 군사 도시에서 자진 철군했다. 외교적인 접촉 없이 점령지를 자진 철군하는 예는 이전까지 존재하지 않았다.

카렐 4세는 다혈질 성격을 가진 국왕이었지만 무모하지는 않았다. 몇 년에 걸쳐진 완벽한 군비 정비없이 벌이는 전면전의 위험성을 알고 있었다. 이후 크림발츠에서는 제5연대가 영구히 해체되었고, 제11연대가 새로이 창설되었다.

델스터 전쟁은 여왕의 창기병이 대륙에서 가장 빠른 기사단이라는 명성을 확고히 하게 된 결정적인 전쟁이었고, 창기병 연대가 대륙 최강의 기사단에 이름을 새겨 넣게 된 계기였다. 그리고 국왕, 또는 여왕에게 반역을 꾀했을 때, 창기병 연대가 얼마나 잔인해질 수 있는지를 모두에게 보여주었다.

"그렇다면 이번에도 무력 사용 가능성이 있군요. 우리의 입을 막기 위해서."

"아니. 우선 케언 공작은 지지 기반이 없어. 아마도 실각하게 될 거야."

"그럼 폴리안과의 전쟁에 필요한 군사력 원조를 기대할 수 있겠군요?"

하일리버의 질문에 페나는 침대 곁에 놓여진 사이드 테이블에서 와인 잔을 집어 들었다. 페나는 눈꼬리를 치켜 올리며 가볍게 웃었다. 그녀는 벌써 40대의 나이에 들어섰지만 여전히 아름다웠다. 입술 주변과 눈가에 매달린 잔주름도 그녀에게 또 다른 매력을 부여할 정도였다. 하지만 하일리버는 그녀의 얼굴보다는 시트 위로 드러난 페나의 하얀 어깨를 보고 있었다.

"나는 폴리안과 전면전을 벌일 생각이 없어."

"네? 그렇다면 라이어른의 모든 병력을 국경선으로 집결시킨 이유가 뭐죠? 라이어른 영토 전체가 치안 공백이 되는 것을 감수하고서요."

"내가 노린 건 바로 그 치안 공백이야. 라이어른 6개 국은 모두 자국 내에 현재 군사력이 없어. 하지만 나는 군사력을 갖고 있지."

"어떤? 발트하임의 기사단도 국경선에 집결해 있잖습니까?"

"후후… 잊고 있었나 본데, 라이어른에는 맹약 기사단이라는 것이 존재하지."

"매, 맹약 기사단!"

하일리버는 자리에서 벌떡 일어나며 신음을 흘렸다. 페나는 아메린산 레드 와인을 혀로 음미하면서 미소 짓고 있었다.

"라이어른의 진정한 무력은 맹약 기사단이 갖고 있어. 중앙 기사단에서 신앙심 깊고 능력이 뛰어난 우수한 기사들이 모인 군대니까. 어째서 그들을 국경선으로 보내지 않았다고 생각하는 거야? 맹약 기사단을 지배하는 데 20년이 걸렸지. 하지만 보람은 있어."

"하지만 맹약 기사단이 자국 점령에 순순히 응할까요?"

"지금 발트하임 사람들이 가장 죽이고 싶어하는 사람들은 누구지?"

"그야 게일이겠죠. 설마……?"

"발트하임 출신의 맹약 기사단으로 게일을 치는 거야. 그리고 게일은 자신들로부터 떨어져 나간 노드 게일을 증오하지. 브레나는 북해 어장을 독점하고 있는 페임가르트를 증오하고. 라이어른의 6개 국가들은 서로 천적을 갖고 있어. 아메린과 크림발츠가 우리 라이어른의 세력 확장을 막기 위해 지난 세기 동안 우리에게 지방 이기주의와 분파주의를 심어놔 주었지. 난 그걸 이용할 생각이야. 라이어른을 통일해서 더 이상 라이어른이 아메린과 크림발츠, 폴리안이라는 3대 강대국에 휘둘리지 않는 강한 국가가 되는 것, 진짜 독립국이 되도록 만드는 것이 내 목표야."

페나는 조용하게 자신의 정부에게 속삭이듯 설명을 하면서 옷을 입기 시작했다. 하일리버는 목덜미를 타고 흐르는 식은땀을 느끼고 있었다.

"정치란 건 이런 거야, 하일리버. 너도 빨리 이런 감각을 배워두는 것이 좋아. 검만 휘두르는 인간은 언젠가는 검에 의해 죽임을 당할 거야."

"네에. 그런데 국경선에서 주둔 중인 군대들이 가만히 있는다는 보장이 있을까요? 자국이 맹약 기사단의 침공을 받는다는 소식을 접하고도?"

페나는 슈미즈의 앞섶을 여미기 시작하면서 힐끔 하일리버를 바라보았다.

"폴리안과는 예전에 접촉이 끝났어. 라이어른 최초의 국경 전쟁이 조만간 벌어지게 될 거야. 군사를 철군했다가는 폴리안의 진홍 기사단에게 뒤통수를 맞을걸? 싫어도 국경선에서 폴리안과 지루한 교착전을 벌여야 하겠지."

"언제 폴리안과… 폴리안 측에서 요구한 대가는요?"

"무얼까? 후후."

페나는 드레스를 입기 시작했고, 하일리버는 드레스의 뒤쪽에 있는 여밈 끈을 조여주기 시작했다. 하지만 페나의 설명이 계속되었을 때 하일리버는 여밈 끈을 놓쳐 버렸다. 하일리버는 얼빠진 얼굴로 페나의 목덜미를 바라보았다.

"랜(Raan) 강 동쪽의 비옥한 평야. 척박한 폴리안이 가장 갖고 싶어 하는 땅이지. 굉장히 즐거워하던데?"

"그 황금 같은 지대를 통째로 넘기시겠다는 겁니까?"

"역시 사람들의 선입견이라는 것은 무서워. 혹시 랜 평야에서 재배되는 농작물이 뭐가 있는지 알아?"

"에? 그건……."

"랜 강 하류 지역은 분명 비옥한 토지를 갖고 있어. 하지만 거긴 국경선 지역이야. 밀이든 감자든 심어봐야 잦은 국경 분쟁에 휘말려 쑥대밭이 되지. 실제로 그 비옥한 토지는 버려져 있어. 항상 척박한 토지만 황무지라고 부르는 건 아냐. 그런 선입견은 정치를 배우는 데 위험해. 그 지역을 줘봐야 폴리안 측도 국경선 때문에 농지로 이용하지는 못해. 쓸모없는 땅을 받게 되는 거지, 폴리안은. 덤으로 우리는 랜 강이라는 천혜의 국경선을 얻게 되는 거고. 랜 강 하구의 토지를 이용하려면 어느 한쪽이 최소한 랜 강에서 10㎞ 이상 국경선을 후퇴해야 하는 거야. 현실적으로 불가능하겠지? 그래서 쓸모없는 땅이야, 거긴."

페나는 화사하게 웃으며 돌아섰고, 하일리버는 다시 꼼꼼하게 페나의 옷매무새를 가다듬어 주었다.

"그러기 위해서는."

하일리버는 손길을 멈추고 페나를 바라보았다. 페나는 웃지 않았다.

"하루빨리 사자왕 늙은이를 찾아내서 죽여. 그 노인네가 돌아오면 모든 계획은 끝이야. 그리고 크림발츠의 목줄을 쥐고 있는 튜멜이라는 귀족을 잡아들여."

페나는 싸늘한 어조로 하일리버에게 말했다.

〈 9 〉

‘달콤한 입맞춤’ 호는 느리게 하류를 향해 흘러가고 있었다. 배의 선수에는 조악한 라이어른 필체로 선명하게 ‘달콤한 입맞춤(Susse Kuen)’ 이라는 글자가 새겨져 있었다.

입맞춤호는 라이어른, 아니, 대륙을 통틀어 가장 흔해 빠진 하천 화물선이었다. 수심이 낮은 강을 통과할 수 있고, 접안 시설이 시원찮은 곳에서도 접안이 가능하도록 선저는 평면이었고, 흘수선은 극단적으로 낮았다. 또한 선폭이 좁고 긴 형태를 이루고 있었기 때문에 강폭이 좁은 곳도 통과하는 데 문제가 없는 구조였다.

대륙의 어느 하천에서나 이런 형태의 배들은 쉽게 구경할 수 있었다. 입맞춤호가 다른 화물선과 다른 이유는 가끔 이 배가 불법적인 화물도 취급한다는 데 있었다. 정확하게 말하자면 불법적인 화물을 더 선호한다는 데 있었다.

입맞춤호의 선주이자 선장인 에독(Edoc)은 겨우 13살의 나이로 도하선 견습으로 배를 탄 이후로 지금껏 오직 야르 강만을 누비고 다닌 인물이었다. 다리가 없는 곳에서 강변 양쪽을 오가는 도하선 견습이라는 지극히 보편적인 계단부터 밟아온 사내가 바로 에독 선장이었다. 그런 에독 선장은 지금 자신의 검붉은 얼굴을 더욱 어둡게 물들이고 있었다.

"제기랄! 죽여 버리겠어!"

"흠, 이거 미안하군요, 선장."

레이드는 느글거리는 미소를 지으며 판돈을 쓸어갔다. 선장과 몇몇 선원들은 흙빛으로 변한 얼굴로 레이드를 노려보고 있었다. 레이드는 면도를 하지 않아 꺼칠한 턱을 문지르고는 카드를 뒤섞기 시작했다.

"제기랄! 야르 강바닥에서 나보다 센 놈이 있었다니."

"운이 좋은 편이니까요."

레이드는 누런 치아를 드러내며 웃고 있었다.

"살다살다 운임을 도박으로 다시 찾아가려는 놈은 처음 보겠군."

"운임은 제 돈으로 지불하지 않았죠. 그 귀족 어르신의 돈이죠. 하하."

"일행이니까 같은 패거리잖나?"

"에, 그게… 뭐, 그런가요?"

레이드는 어두워져 가는 강둑을 한번 힐끔거리며 웃었다. 태양이 강변 너머의 언덕으로 붉은 석양이 드리워졌다. 달콤한 입맞춤호는 느리지만 꾸준한 속도로 강을 따라 북쪽으로 내려가고 있었다. 어두워지면서 수면 가까이로 올라온 고기들을 노리는 물새들이 수면을 차는 소리가 간간히 들려왔다. 지극히 평온한 저녁이었다.

케이시 튜멜 남작은 균형을 잃고 선실 문틀에 머리를 부딪히고는 신음을 흘렸다. 튜멜은 왼쪽 눈을 제외하고 거의 얼굴의 절반을 붕대로 감고 있었으며, 붕대에는 여전히 피가 배어 나오고 있었다.

튜멜은 중심을 잡으며 힐끔 자신의 왼팔을 바라보았다. 그는 왼팔에 상당히 깊은 자상을 갖고 있었다. 파일런이 그의 팔뚝을 꼬매는 동안에 그는 혀를 깨물지 못하게 입에 물고 있던 나무토막에 기어이 이빨 자국을 만들고 말았다. 덕분에 튜멜은 지금까지 이빨이 시큰거리고 있었다.

항구에 가장 늦게 도착한 일행은 이언과 쇼, 튜멜이었다. 튜멜은 의식을 잃고 있었고, 이언과 쇼는 반쯤 시체에 가까운 상태로 말에서 굴러 떨어졌다. 라트에일 항구를 도망쳐 나올 때의 이 밀수선 이름은 '야르 강의 처녀(Jaare'maed)'였다. 무려 20개 이상의 선판을 갖고 있는 이 배는 추격을 피해서 곧장 야르 강을 오가는 배들 사이로 숨어버렸고, 선 명은 '돈벼락(Geldebliz)'으로 바뀌어 있었다. 그리고 지금은 달콤한 입맞춤호로 항해하고 있었다.

'어떻게 아버지라는 인간이 저렇게 태평한 거지? 딸이 중상을 입고 누워 있는데?'

튜멜은 위 갑판에서 선원들과 도박을 벌이고 있는 레이드의 목소리에 진저리를 치면서 앞쪽으로 걸어갔다. 갑판에는 튜멜의 마차가 고정되어 있었고, 두꺼운 천막으로 화물처럼 위장되어 있었다. 소형 화물선에는 말을 싣는 것이 불가능했기 때문에 카라가 이미 배를 수배하면서 말들은 처분한 상태였다.

"저는 어째서 이렇게 살아야 하는 걸까요?"

레미는 간신히 울음을 멈추고 젖은 목소리로 말했다. 새 옷으로 갈아입고 차가운 밤 공기 때문에 어깨에 숄을 두른 레미는 무릎에 얼굴을 파묻고 있었다.

"이번 일이 어째서 자네 때문이라고 생각하지?"

파일런은 자신의 클레이모어를 손질하던 손길을 멈추지 않고 있었다. 조잡하지만 실용적인 선원용 랜턴 불빛에 의지해 파일런은 검을 손질하고 있었다. 싸구려 짐승 기름에 젖은 심지가 황색 불빛을 갑판 위에 던지고 있었다.

"그건……."

"내가 보기에는 아무도 이유를 모른다고 보는데? 어째서 라트에일의 영주가 우리 일행을 그렇게 집요하게 노리고 있는지. 사자왕 암살건에 연루된 걸지도 모르지. 물론 사자왕은 만난 적도 없지만 길 가던 여행자들이 황당한 혐의를 뒤집어쓰고 교수형을 당하는 예는 많아. 이번도 그런 경우가 아닐까?"

"그냥 막연한 느낌이 들어요, 어쩌면 저 때문이 아닐까라는. 항상 그래 왔어요. 저와 연관된 사람들은 지독한 불행에 직면하죠. 그리고 그 불행에서 유일하게 벗어나는 사람은 항상 저 혼자였어요. 저 때문에 배가 침몰하지만 구조를 받는 사람은 저 혼자가 되는 경우가 많았어요, 지금까지 살아오면서."

"배 위에서 배가 침몰한다는 이야기는 금기라네. 뱃사람의 미신이지. 선원들이 자네를 밧줄로 묶어서 강물에 던져 버릴 거야."

"어째서 저는 항상 타인에게 짐이 되고, 타인을 불행에 빠뜨리게 되는 걸까요? 이번에도 저는 쓸모없는 짐만 되었죠. 아무것도 하지 못했어요, 저는."

"누가 불행하지? 나인가? 자네인가? 혹은 이언인가? 남작인가? 자네 기준으로 불행한 것이겠지."

"하지만 저는 제가 타인의 짐 따위가 되고 싶지는 않았어요……."

'어째서! 어째서 항상 이렇게 되는 거야? 싫어, 이런 건. 난 한 번도 이런 삶을 바란 적이 없었어. 난 그냥 평범한 삶이고 싶었어. 그게 잘못된 생각인 거야?'

튜멜은 마차의 그늘에 서서 오른손을 힘주어 움켜쥐고 있었다. 이빨에 짓눌린 자신의 아랫입술에 감각이 사라져 가고 있다는 사실은 그에게 전혀 중요하지 않았다. 단지 까닭 모를 분노와 절망감이 그를 괴롭히고 있었다.

'아닙니다. 아닙니다. 아닙니다, 당신은…….'

튜멜은 짙어져 가는 어둠 속에서 벗어나지 않았다. 언제나 그랬듯 튜멜은 스스로의 의지로 어둠을 벗어날 용기가 없었다. 어둠을 벗어나 눈부신 빛 속에 자신의 알몸을 드러내는 것은 언제나 커다란 용기를 필요로 했다. 누구에게나 마찬가지였다.

"동료들이 죽을 고비를 넘기는 동안 저는 무얼 했죠? 제가 무얼 할 수 있었죠?"

"아낙스 양."

"네?"

레미는 눈물에 젖은 얼굴로 파일런을 바라보았다. 일그러진 그녀의 얼굴은 끊임없이 경련을 일으키고 있었다. 그는 레미를 보고 있지 않았다. 그저 눈을 가늘게 뜨고 검날을 살펴보고 있었다. 그녀는 파일런의 주름지고 피로한 얼굴을 바라보았다.

"인간은 나무라네. 나무가 모여 숲을 이루지."
"네?"
"큰 나무가 있고, 작은 나무가 있지. 큰 나무에 가려진 작은 나무들
은 햇볕을 못 받고 말라 죽어버리지. 그건 큰 나무의 잘못인가? 뿌리
깊은 나무가 있어 주변 나무들이 뿌리 내리지 못하게 방해한다면 그
건 뿌리 깊은 나무의 잘못인가? 인간들의 삶이란 결국 그런 거지. 뭐,
내가 한 말은 아니네. 어떤 사람의 말이지. 오래전에 이교도들을 만난
적이 있었는데 누군가 말해 주더군."
파일런은 조용하게 웃었다. 차갑고 어두운 강바람이 그의 주름지고
여윈 뺨을 부드럽게 애무하고 있었다. 무성하게 자란 하얀 수염 속에
서 파일런의 입술이 천천히 열렸다.
"손뼉은 마주쳐야 소리가 난다네. 자네, 오른손만으로 손뼉을 쳐보
겠나? 자네 혼자만의 이유로 타인이 불행해지는 일은 없다네. 다시 한
번 잘 생각해 보게나. 그것이 전적으로 자네만의 이유로 타인이 불행
해졌는지."
레미는 묵묵히 어두운 강물을 응시했다. 더 이상 눈물은 흘러내리
지 않고 있었다.
"숲을 이루는 그 나무들은 각자가 살아가기 위해 존재하는 거지.
나무들은 각자의 방식으로 살아갈 뿐이야. 하지만 그런 나무들은 절
대로 저 나무가 죽은 건 내 탓이라는 식의 위선은 부리지 않아. 그게
바로 인간과의 결정적인 차이점이지."
"그건 이교도들의 철학인가요?"

"철학은 아니지. 그저 어떤 이교도 여자가 했던 말이었어."

파일런은 그늘진 미소를 지었다.

"인간은 나무예요. 나무가 모여 숲을 이루죠. 결코 한 그루의 나무로는 숲을 이루지 못해요. 그게 바로 인간의 삶이죠."

여자는 침착한 얼굴로 말했다. 차가운 바닥도 그녀에게는 별로 고통을 주지 못하고 있었다. 삶 그 자체만큼이나 고단하던 저녁이었다.

"모두가 서로에게 도움만을 주면서 살아가진 못해요. 때로는 싸우고, 때로는 피해를 주고, 때로는 다른 존재의 삶을 빼앗죠. 작은 나무가, 뿌리가 깊지 못한 나무가 죽었다고 큰 나무들이 슬퍼해야 하나요? 그 자신들이 죽어야 하나요? 그저 각자의 방식으로 살아갈 뿐이에요. 도움이 될 수 있고 피해가 될 수도 있어요."

"그렇다면 인간들은 왜 싸워야 하는 거지, 지금처럼? 약육강식인가?"

"자존심 때문이 아닐까요? 당신들은 저희를 인정하지 못해요. 저희는 당신들을 인정하지 못하죠. 서로를 인정하면 자신을 부정하게 되는 것이죠."

"삶이 너무 허무해지는군. 원래부터 허무했지만."

그녀는 아름답지 않았다. 삶의 고된 무게는 그녀에게서 아름다움과 10년이라는 세월을 빼앗아가 버렸다. 그녀는 자신의 나이보다 10년이 더 늙어 보이는 외모를 갖고 있었고, 결코 아름답지 않았다. 하지만 또한 세상에서 가장 아름다운 여자였다.

"어째서 우리는 이러고 있는 거라고 생각하나?"

"인연이죠. 저와 당신은 지금 여기서 이렇게 만나기로 결정 지워져 있었고, 이렇게 만났어요. 그리고 당신은 저를 죽여야 하죠."

"결정? 누구의 결정이지? 당신들의 신인가, 우리들의 신인가?"

"신이란 건 한 존재이십니다. 당신들의 신, 우리들의 신이 존재하는 것이 아닙니다. 단지 서로가 믿는 신이, 우리가 믿고 섬기는 신과는 다른 신이라고 생각하고 싶은 거죠. 자기를 부정하는 것보다는 타인을 부정하는 것이 편하죠. 자존심이란 인간의 본능이에요. 나무가 햇볕을 바라는 것처럼."

그녀는 조용히 웃었다. 피로한 그녀의 눈동자에는 밤하늘이 새겨져 있었다.

사내는 지독한 피로를 느꼈다. 검을 잡고 살아온 이래로 이처럼 피로한 적은 없었다. 사내의 손에 쥐어진 피 묻은 검은 그를 짓눌렀다. 검은 세상의 무게로 그 주인을 압사시키고 있었다.

"그리고 세상은 정해진 것이 아니랍니다. 그저 규칙이 존재할 뿐이죠. 강물은 바다로 흐른다는 규칙이죠. 단지 저와 당신의 바다가 우연히 같았을 뿐이에요."

"너의 바다와 나의 바다가 같았을 뿐이라고?"

"네. 우리는 각자의 땅을 가로질러 바다로 흘러왔어요. 때론 바위를 만나 돌아가고, 벼랑을 만나 폭포로 떨어지고, 들판을 만나 흙을 깎아내리죠. 강물은 그저 흘러갈 뿐이에요. 흐르지 않는 것은 강이 아닌 것처럼. 그게 세상을 지배하는 규칙이죠."

"바람은 멈추지 못하는 것처럼?"

"네, 그리고 우연히 같은 바다에서 만났을 뿐입니다. 인연이라는 것은 그런 것입니다. 하지만 당신들에게 인연이 무엇인지 뚜렷하게 설명하진 못하겠군요."

“우리가 사랑할 수 있었을까?”

“당신은 저를 사랑하고 싶으신가요?”

“아니.”

“멈추지 마세요. 깎여 나간 들판에, 잘려 나간 벼랑에 슬퍼하지 마세요. 그런 것들에 슬퍼하고 멈추면 자기 부정이 되는 거예요. 그러면 더 이상 강물이지 못해요.”

“넌 누구지? 대현자 같은 말을 하는군.”

“인간이지요. 그저 주어진 삶이 피곤하고 지친 인간이죠.”

“미안하군.”

“아뇨, 괜찮아요.”

파일런의 침묵은 길었다. 물새들은 이제 더 이상 수면을 때리지 않았고, 지친 날개를 휘저으며 집으로 돌아가고 있었다.

“밤 공기는 차갑네. 이제 그만 들어가게.”

“네.”

튜멜은 레미가 일어서기 전에 황급히 자리를 떠났다.

“엿듣는 취미가 있었는지 몰랐는데, 남작 나으리?”

쇼는 뱃전에 위태롭게 기대선 채로 씨익 웃었다. 직접 몸으로 전투를 했던 쇼의 모습은 튜멜보다 더 심각했다. 팔과 목, 이마를 비롯해서 거의 온몸에 붕대가 감겨져 있었다. 지친 표정이었지만 상처의 강도에 비해 쇼의 표정은 태연했다.

“무슨 소리를 하는 거냐? 난 그저…….”

“아아, 그렇게 얼굴을 붉힐 필요까진 없어. 난 아무래도 좋으니까.”

쇼는 자신의 품 안에서 오카리나(Ocarina)를 꺼냈다.

튜멜은 의아한 얼굴로 쇼의 손에 들려진 계란형 악기를 바라보았다. 튜멜은 도자기 형태의 그런 기묘한 악기를 이전에 본 적이 없었다. 양손으로 쥐기에는 조금 작고, 한 손으로 쥐기에는 좀 큰 형태의 악기에는 10개의 구멍이 뚫려져 있었다.

"그건 뭐냐?"

"어? 이걸 모르는 건가? 이건 오카리나야. 피리의 일종이지. 좀 희귀한 악기에 속하지. 소리가 듣기 좋아."

쇼는 강변을 바라보면서 오카리나를 불기 시작했다. 낮고 구슬픈 소리가 흘러나왔다. 맑디맑은 음색은 몸을 떨면서 어둠을 타고 있었다. 튜멜은 음악의 조예가 깊지 못했기 때문에 그저 가만히 보고 있었다. 쇼는 졸음에 빠진 듯이 반쯤 감긴 눈으로 강변을 바라보면서 오카리나를 불고 있었다. 낮고 독특한 멜로디가 애잔하게 흘러나오고 있었다.

카드 놀이에 정신이 없었던 선원들과 레이드는 당황하여 주변을 두리번거렸고, 이내 소리의 근원지를 찾아냈다. 선원들은 무심하게 술통을 기울였고, 다시 도박판으로 되돌아가 버렸다. 쇼는 그저 평온하게 오카리나를 연주하고 있었다.

〈 10 〉

　미칠 것만 같은 기분이라는 말이 있다. 라트에일의 영주, 란쯔 레프
카 자작은 바로 그런 기분을 맛보고 있었다.
　"미안하구나. 너무 놀라지는 않았니?"
　"아뇨, 아버지. 이제는 괜찮아요."
　란쯔 레프카 자작의 영애 아야 앤 레프카(Aya Ane Refka)는 침대 속
에 누운 채 조용히 웃었다. 아야는 올해 15살이었다. 하지만 그녀의
뺨은 또래 여자 아이들의 발그레한 색조 대신에 푸른빛에 가까울 정
도로 창백했다. 그녀는 태어나면서 선천적으로 가슴앓이를 하고 있었
고, 100일을 넘기기 힘들 거라는 의사의 진단과는 달리 15년을 살아
오고 있었다.
　난산으로 아내를 잃고 얻은 딸을 위해서 레프카 자작은 혼신의 노
력을 쏟아 붓고 있었다. 중계 도시 라트에일의 영주라는 신분에도 불

구하고 자작은 가난했다. 도시의 치안을 위해서 많은 병사들을 고용하고 있었고, 엄청난 금액이 아야의 병간호에 소모되고 있었다. 레프카 자작의 프록코트는 벌써 3년째 입고 있는 낡은 것이었다.

'그들의 신병을 확보했다면… 그랬다면 아야의 병을 고칠 수 있을지도 모르는데.'

레프카 자작은 겨우 한 번 얼굴을 보았을 튜멜 남작과 그 일행들에게 맹렬한 적개심을 느끼고 있었다. 태어난 뒤 다른 아이들처럼 햇살 아래 뛰놀지도 못하고 침실에만 머물고 있는 딸아이에 대한 원인 모를 죄책감은 튜멜 일행에 대한 적개심으로 변해 있었다. 그들이 사람까지 죽이며 도망가 버리지 않았다면 그는 백작이 되었을 것이고 왕실로부터 적잖은 상금을 받을 수 있었을 것이다. 그것의 의미는 보다 많은 돈을 아야의 병 치료를 위해서 쓸 수 있다는 의미였다.

레프카 자작은 도시 경비대원으로부터 튜멜 남작 일행이 도시로 들어왔다는 소식을 듣게 되는 순간 자신도 모르게 무릎을 꿇고 신께 기도를 드렸다. 그것은 자신이 무엇보다 소중히 여기고 사랑하는 딸이 건강하게 자랄 수 있도록 신께서 내린 은총이었다. 란쯔 레프카 자작은 그렇게 생각했다. 딸을 위해서라면 어떤 짓이든 하겠다고 마음을 먹었던 그는 그들을 정중히 초대해서 구금을 하는 방법으로도 일을 해결할 수 있었다. 하지만 이 기회를 놓치면 곤란하다는 강박 관념이 그를 지배했고, 그것은 이성이 마비되는 원인이 되었다.

경비대원들은 그의 지시가 있기 이전에 이미 그들 일행의 동향을 감시하고 있었고, 그 보고서는 자작으로 하여금 모진 결심을 하게 만들었다. 경비대원을 동원해 먼저 아랫사람들을 체포했고, 그의 예상대로 튜멜 남작은 스스로 성으로 찾아왔다. 하지만 자작이 예상치 못

한 사실은 일행의 전부가 찾아오지 않았다는 사실과 그 찾아오지 않
은 일행들이 전체 일행의 안전을 책임지는 존재들이라는 사실이었다.

또한 자작은 경비대장이 말했던 케멤 알피스 백작의 존재를 과소평
가했었다. 스칼블루트의 철혈의 기사라고는 했지만 그것은 15년 전의
이야기였고, 그때도 케멤 알피스 백작은 나이가 많았다. 정확한 나이
조차 알 수 없는 늙은이라면 그가 아무리 살아 있는 전설이라고 해도
문제가 없을 거라고 생각했던 것이 그의 치명적인 실수였다. 레프카
자작은 어제 새벽에 자신의 정원에서 벌어졌던 전투에서 알피스 백작
이 어떤 존재인지 뼈저리게 목격했다.

'철혈의 기사'. 그는 살아 있는 강철이었고, 피와 검이었다. 쏟아지
는 피와 번득이는 검 이외에는 아무것도 없었고, 그것이 전부였다.

자작은 침대 곁에 앉은 채 자신의 딸 아야를 바라보았다. 창백한 아
야는 어느새 잠들어 있었다. 자작은 조심스럽게 딸의 앞머리를 쓸어
넘겨주고는 차가운 손을 두 손으로 쥐어보았다. 자작은 자신의 체온
을 딸아이의 손을 통해서 모조리 건네주고 싶다는 강렬한 바람에 얼
굴을 찡그렸다.

'많이 놀라지 않았다면 좋을 텐데.'

어제 새벽에 벌어진 전투 때문에 아야는 겁에 질려 꼬박 하루를 의
식을 잃고 있었다. 레프카 자작은 딸아이 침실 창문으로 자신의 성안
에서 벌어지는 전투를 무력하게 보고만 있어야 했다. 그는 결코 딸아
이를 남겨두고 나갈 수 없었다. 그들이 딸아이의 침실로 난입이라도
했다면 딸아이는 그 충격을 이기지 못했을 터였다.

아야가 완전히 잠들었다는 것을 확인한 레프카 자작은 청동 촛대를
들고 살며시 방을 나왔다. 방문을 닫기 전, 레프카 자작은 문득 묘한

기분이 들어서 다시 한 번 문틈으로 침대를 바라보았다. 달빛이 쏟아지는 가운데 아야는 곤히 잠들어 있었다. 오랜 시간 동안 아야가 잠든 모습을 지켜보던 레프카 자작은 조용히 문을 닫았다.

"초상화는 즉시 수도로 올리도록. 철혈의 기사 케멤 알피스 백작이 튜멜 남작 일행을 호위하고 있다는 문서도. 아니, 내가 직접 쓰는 게 도리겠군."

레프카 자작은 자신의 책상 위에 놓여진 잉크혼(Inkhorn:뿔로 만든 잉크 스탠드)을 끌어당기며 종이를 준비했다. 심호흡을 한 레프카 자작은 차분하고 꼼꼼한 필체로 보고서를 쓰기 시작했다. 마을 교회에서 두 번째 종이 울릴 무렵에야 자작은 보고서 작성을 마무리 지을 수 있었다. 비서관을 겸하고 있는 집사는 종이에 한 방울의 잉크도 떨어지지 않은 자작의 꼼꼼한 솜씨에 감탄했다.

자작은 집사가 곁에서 미리 준비해 둔 밀랍으로 보고서를 봉하고는 자신의 문장이 새겨진 반지로 인증을 만들었다. 집사는 전언 통을 내밀었고, 자작은 손수 전언 통에 문서를 넣고 다시 입구를 봉한 뒤 자신의 문장으로 인증을 찍었다. 전언 통은 수도로 올라가 내정관이나 혹은 국왕 폐하가 개봉하기 전까지는 인증이 남아 있어야 했다. 연락수는 인증을 보호할 책임이 있었고, 인증의 문장이 훼손된다는 것은 연락수의 죽음을 의미했다. 인증이 훼손된 문서는 내용에 상관없이 문서로 인정받지 못하게 되어 있었다.

"최대한 빠른 연락수를 동원해서 수도로 올리게나."

"죄송하지만, 굳이 보고서를 올리는 이유가 무언지요. 자칫하면 국왕 폐하께서 내리신 칙명을 이행하지 못한 책임 추궁이 있을지도 모릅니다.”

레프카 자작은 손에 잉크가 묻었는지를 확인하면서 한숨을 쉬었다.

“난 나 자신이기 이전에 라트에일의 영주라네. 신하로서의 의무를 소홀히 하는 것과 반역은 같은 의미를 다른 방식으로 표현하는 거라네. 알겠나?”

“죄송합니다.”

“내 금고에 돈이 얼마나 있을까?”

“네?”

레프카 자작은 허탈한 미소를 지으며 한숨을 쉬었다. 자작은 손가락으로 책상을 두어 번 두들기다가 다시 한숨을 쉬었다.

“자네가 제출한 사망자와 부상자 명단은 읽어봤네. 대부분 처자식이 딸려 있던데, 그들이 앞으로 먹고 살 만한 배려는 해야 하지 않겠나?”

“솔직히 말씀드리자면 그렇습니다. 대부분의 경우에 먹고 살기 힘들어 경비대원을 지원하는 경우가 많습니다.”

“어떻게라도 먹고 살 길을 마련해 줘야 죽은 병사들에 대한 예의가 될 텐데 돈이 없으니……. 그렇다고 세금을 무한정 늘리는 것도 곤란해. 그 죽은 병사들의 가족도 세금을 내게 되니까 결국은 악순환의 연속일 뿐이지.”

“그렇다면 희생자 가족들에게는 향후 몇 년 간 세금 공제를 해주시는 방안이…….”

“그건 좀 곤란하지. 세금은 내가 걷는 것이 아니잖나? 백성들에게 세금을 걷는 것은 국왕 폐하의 권한이야. 나 같은 지방 영주라는 것은 그 이행을 대신하는 것에 불과하다는 건 자네도 알잖나? 내가 임의로 세금 감면을 해줄 수는 없어."

'성실한 건지, 고지식한 건지.'

집사는 레프카 자작을 바라보며 한숨을 쉬었다. 나날이 부흥하는 대도시 라트에일의 영주로 있으면서도 여전히 가난한 자작이었다. 집사는 그 원인이 자작의 성실함에서 오는 것인지, 융통성없음에서 오는 것인지 알 수가 없었다. 수도에서 그해 겨울의 세금을 5할로 책정하면 지방 영주들은 10할로 징수하는 것이 일반적인 관례였다. 물론 그 차액인 5할은 영주들의 개인 금고로 들어가게 되어 있었다. 책정된 5할의 세금에는 이미 영주의 몫이 포함되어 있다는 것을 감안하면 실질적으로는 수도로 올라가는 금액보다 지방 영주들이 챙기는 액수가 압도적으로 많았다.

물론 수도에서도 그런 사정은 알고 있었고, 그런 폐해를 근절하기 위해서 암행 감찰이나 기타 여러 가지 수단을 강구하기는 했지만 근본적인 해결은 보지 못했다. 이런 문제는 비단 라이어른 맹약국들의 문제만이 아닌 대륙 전체의 문제였다. 물론 라이어른의 일개 행정 구역보다 영토가 좁은 스톨츠 같은 국가에서는 중앙에서 직접 세금을 걷는 방법을 쓰지만 역시 지방 영주의 세금 횡령은 근절하지 못했고, 그나마도 스톨츠처럼 영토가 극단적으로 좁은 경우에나 가능했다.

라트에일의 영주 란쯔 레프카 자작은 국가에서 지정하는 세금만을 징수하는 보기 드문 영주에 속했고, 라트에일의 급격한 발전은 그것과 결코 무관하지 않았다.

"일단 그 문제는 차후에 상의하도록 하지. 좀 피곤하군. 수고하게나. 난 먼저 잠자리에 드는 것이 좋겠군."

"안녕히 주무십시오."

레프카 자작은 무거운 발걸음으로 집무실을 나와 자신의 침실로 향했다. 그의 머리 속에는 어떻게든 수도에서 유명한 의사를 초청해 아야를 진찰하게 하는 일과 죽은 병사들의 가족에 대한 뒤처리 문제로 가득했다. 자작은 문득 뒷수습을 하기 위해 튜멜 남작 일행의 추적을 포기한 자신의 판단이 옳았는지에 대한 회의가 들었다. 그들을 추적해 다시 생포할 수 있었다면 이런 고민은 필요없었을 터였다.

'일확천금을 노린 대가야. 두 번 다시 그런 실수는 하지 않겠어.'

자작은 튜멜 일행의 소식을 접하고 기도까지 올렸던 자신이 부끄러워졌다. 신께서는 그런 요행을 바라지 않을 터였다.

'성실함을 간과한 벌이라기에는 혹독하군.'

자작은 한숨을 쉬면서 침실 문을 닫았다.

"크헉!"

갑자기 몰려든 엄청난 고통에 자작은 숨이 막혀 바닥을 나뒹굴었다. 일몰 이후 하녀가 불을 밝히고 나간 침실은 충분히 밝았다. 자작은 손톱으로 바닥을 긁으며 고통스럽게 헐떡거렸다. 등허리가 축축하게 젖어드는 느낌을 또렷하게 느낄 수 있었다.

"소리 지르지 마. 침실에 가 있는 다른 동료들이 너의 귀여운 딸을 죽일 테니까."

"누… 누구……."

자작은 힘겹게 고개를 돌리며 더듬거렸다. 자작은 호신과 체력 단련을 위해서 검술을 배웠지만 어디까지나 그것이 전부였다. 수도에서 대학을 수학하고 관리가 되고, 이후 영주가 되는 인생을 살아온 자작에게 전투 경험은 없었다.

평범한 외모의 사내는 희미하게 웃으며 폼멜로 관자놀이를 긁적거렸다. 침실에는 세 명의 낯선 사내들이 있었다. 두 명은 각자 창문과 출입 문을 감시하고 있었고, 나머지 한 명은 의자를 끌어와 자작 앞에 앉았다. 자작은 바닥에 엎드린 채 고통에 신음했고, 의자에 앉은 사내를 힘겹게 올려다보았다. 사람 좋아 보이는 순한 인상의 사내는 자작의 모습을 보면서 가볍게 혀를 찼다.

"안심해. 깊게 베지는 않았으니까."

"보석을 노리는 거라면 저기 금고에… 별로 많지는 않다. 하지만 아야는… 건드리지 마라. 그애는 몸이 약하다."

등허리에 받은 공격 때문에 자작은 고함을 질러 경비병을 부르는 것은 고사하고 숨도 제대로 쉬기 힘들었다. 그래서 자작은 힘겹게 말을 내뱉었다.

"보석? 난 그런 이상한 돌 조각에는 관심없어. 먹지도 못하는 걸 뭐에 쓰나?"

"원하는 게 뭐냐?"

"케이시 튜멜이라는 얼간이 남작을 노린 이유가 뭐지? 사자왕 암살 사건과 관련이 있는 건가?"

"아… 닐 것이다. 두 개의 칙령은 따로 내려왔다……."

"그래? 그럼 이유가 뭐지?"

"모른다. 크윽!"

롱 소드가 자작의 어깨를 관통했다. 자작은 비명조차 지르지 못하고 끅끅거리며 몸을 떨었다. 자작의 몸에서 롱 소드를 뽑아낸 사내는 피가 흐르는 검날을 살펴보며 살짝 미간을 찌푸렸다.

"크헉! 저, 정말… 이다. 크흐윽! 모른다……. 그저 테일부룩 영지의 영주 케이시 튜멜 남작 일행을 생포해서 구금하라는… 칙명이었다. 정말이다. 아악!"

자작은 다리가 떨어져 나가는 통증에 눈물을 흘리며 버둥거리기 시작했다. 경험하지 못한 고통은 아픔보다는 공포로 찾아왔다. 사내는 자작의 허벅지에서 롱 소드를 다시 뽑아냈다.

"정말이다! 거짓말을 하는 게 아냐!"

"흠, 사실인가 보군. 이유가 뭔지 짐작을 할 수 있겠나?"

"모른다! 나 같은 지방 영주가 뭘 알겠나?! 단지 '일행'과 '생포'가 강조된 칙명이었다. 그게 전부다!"

"그래? 더 이상 얻어낼 것이 없는 건가?"

"나를 죽이지 말아주게! 내 명예를 걸고 자네들을 추적하지 않겠네. 나에게는 병든 딸아이가 있어! 내가 죽으면 누가 그 아이를 돌봐주겠나? 제발……."

툭!

눈물을 흘리며 사정하던 자작의 목은 말을 끝내지 못하고 침실 저편으로 굴러갔다. 목이 잘려진 자작의 몸통에서 엄청난 기세로 피가 뿜어져 나와 침실 바닥을 적시고 있었다. 사내는 침대 시트로 피 묻은 롱 소드를 닦아내면서 한숨을 쉬었다.

"빨리 나가는 게 좋겠어. 녀석 혼자서 배를 추적하는 건 힘들 거야. 녀석의 말도 이제 슬슬 지쳐 가고 있을 시간이야."

"이걸로 충분할까?"

"뭐, 아마도. 대장의 명령은 '그 빌어먹을 자작을 죽여'였으니까. 우린 대장이 명령하는 대로 따르면 충분해."

"이번 임무는 어째 맘에 안 들어. 암살 대상 주변을 오랫동안 맴도는 것은 자살 행위잖아? 시간을 끌면 죽게 되는 건 우리라구. 게다가 어설픈 떨거지 암살자들 청소를 왜 우리가 해야 하는 거지? 수도원 근처 숲에서도 그렇고……."

"인형은 실이 명령하는 대로 움직이는 거야. 그걸로 족해."

"대체 뭘 기다리는 거지? 그리고 대장은 어쩌자는 거야? 우리 네 명을 그냥 놔두고."

튜멜의 영지 테일부룩에서부터 지금까지 줄곧 튜멜 일행을 미행하고 있던 암살자들은 씁쓸한 기분을 느꼈다. 그들은 본능적으로 이번 임무에 불안감을 느끼고 있었다.

테일부룩에서는 그저 감시 임무를 맡았고, 여행하는 동안에는 최대거리로 떨어진 상태에서의 미행을 명령받았다. 그리고 테일부룩에서부터 끊임없이 찾아드는 용병들을 제거해야 했다. 암살자가 표적을 보호해야 한다는 임무는 그들의 마음을 불편하게 만들고 있었다. 게다가 그들의 대장은 자리 이탈까지 감행한 상태였다.

대장도 없이 처음으로 임무를 수행하게 된 암살자들은 불안을 느끼고 있었다. 불안은 암살자들에게 있어서 가장 큰 적이었다.

"그 딸이라는 계집애는 어쩌지?"

"명령받은 바 없어. 놔두고 가자."

"그런가?"

세 명의 암살자들은 어둠에 의지해 자작의 성을 빠져나가기 시작했다. 나머지 한 명의 암살자는 지금도 자취를 남기며 남작 일행이 타고 있는 배를 추적하고 있을 터였다. 암살자들은 소리없이 사라져 갔다. 유난히 을씨년스러운 밤이었다.

〈 11 〉

눈이 내리던 날이었다. 농휴 기념일이 일주일이나 지났는데도 내리지 않던 눈이 갑작스럽게 쏟아져 내렸다. 겨울철의 잿빛 오소리 마냥 잔뜩 털을 곤두세운 하늘에서는 아무런 예고도 없이 눈이 쏟아져 내리고 있었다. 그렇게 내리던 눈은 겨우 반나절 만에 지독히도 쌓이기 시작했다. 여러모로 이례적인 날씨였다.

"하아, 하아……."

그의 숨 가쁜 호흡이 차가운 대기를 메우고 있었다. 그의 입술 사이로 뿜어져 나온 입김은 차가운 허공 속으로 힘없이 흐트러졌다. 그는 자신의 체중이 경이로울 정도로 무겁다고 느끼고 있었다. 갑옷 위에 걸쳐 입은 서코트는 이미 흠뻑 젖은 채 딱딱하게 얼어붙어 있었다. 그는 지친 눈으로 사방을 둘러보았다. 조용한 대지 위로 사박사박 눈이 내리는 오후였다.

"죽어랏!"

검이 날아들었다. 그는 가까스로 검을 들어 방어 자세를 취했다. 검과 검이 격돌하는 소리는 언제 들어도 섬뜩했다. 그는 어깨를 지나 척추까지 전해지는 충격 때문에 신음을 흘렸다. 왼발이 눈 쌓인 대지 위로 주르륵 미끌어졌다. 그 찰나의 빈틈을 노리고 다시 검이 날아들었다.

'제발 버텨라!'

그는 신경이 오그라드는 절망감을 맛보며 검을 뻗었다. 상대의 검이 갑옷의 철판을 뚫고 들어오는 느낌 속에서 그는 몸서리치는 공포를 느꼈다. 그리고 이어지는 느낌은 그의 신경을 빙하처럼 얼려 버렸다. 검이 사람의 몸을 뚫고 들어가는 감촉.

"아아! 아아! 우아아……!"

그의 얼어버린 입술 사이로 비명이 터져 나왔다. 고통의 비명은 아니었다. 고통보다 무서운 공포의 비명이었다. 뜨겁고 비릿한 것이 뿜어져 나와 그의 머리칼과 얼굴을 적시고 있었다. 그는 본능적으로 검 손잡이를 비틀었다. 오랜 훈련으로 길들여진 그의 몸은 그의 이성을 무시한 채 손목을 움직이고 있었다. 그는 훈련받은 대로 검을 찔러 넣고 비틀었다. 상처를 크고 치명적으로 만드는 기술이었다.

"꺼억… 그륵그륵……."

상대는 입가로 피 거품을 뿜어내며 꺽꺽거리는 바람 소리를 내고 있었다. 그는 여전히 손목을 비틀고 있었고, 상대의 목을 관통한 롱소드는 꿈틀거리며 상처를 헤집었다. 상대의 동맥에서 뿜어져 나온 핏줄기는 여전히 그의 머리칼과 얼굴을 적셨고, 그의 얼굴에선 비릿한 김이 피어 올랐다.

"우와와와왁!!"

그는 진저리를 치면서 자신을 짓누르는 시체에게서 벗어났다. 그는 롱 소드를 쥔 채 허우적거리며 앉은 채로 뒷걸음질치고 있었다. 눈 쌓인 들판에는 또다시 한 구의 시체가 늘어났다. 그의 눈가로 눈물이 타고 흐르기 시작하고 있었다. 그는 피로 물든 자신의 두 손을 보면서 공포와 혐오감 속으로 빠져들었다.

그는 피에 젖은 눈 속에 주저앉은 채 격렬하게 토하기 시작했다. 그의 입속에서 모든 것이 쏟아져 나왔다. 아침 식사로 그가 먹었던 것들, 그의 위액, 그리고 그의 양심과 그가 꿈꾸던 모든 것들이 한꺼번에 비릿하게 터져 나왔다.

그는 자신이 토해낸 것들 속에서 오열하고 있었다. 그의 오랜 꿈과 희망은 반쯤 소화된 구토물 속에서 뒹굴고 있었다. 그는 진저리를 치면서 자신의 롱 소드를 내던져 버렸다. 하지만 그 순간에도 그는 알고 있었다. 그가 결코 예전으로 되돌아갈 수 없을 거라는 막연한 미래를. 피에 젖은 채 하얀 눈 속에 침몰돼 있는 그의 롱 소드는 이제부터 그가 가진 죄의 무게로 그와 함께할 것이라는 것을. 그렇기 때문에 그는 오열하고 있었다.

아득하게 멀리서 땅을 울리며 다가오는 말발굽 소리가 그의 조각난 신경을 타고 전해져 왔다.

"이봐! 괜찮아?"

그는 고개를 들었다. 섬세하고 꼼꼼한 솜씨로 금색 자수가 수놓인 서코트를 입은 존재가 서 있었다. 불을 토해내는 쌍두 독수리 도펠아르거(Doffel-Arger)가 가슴에 새겨진 서코트였다. 그는 초점이 풀린 눈으로 크림발츠 왕실 문장을 올려다보고 있었다. 그가 가까스로 고개를 좀 더 들었을 때, 그는 볼 수 있었다. 바람에 흐트러진 갈색 머리칼을 쓸어 올리며 근심스러운 미소를 어색하게 짓고 있는 사내의 얼굴을.

그는 술에 취한 사람처럼 고개를 돌렸고, 자신의 롱 소드를 찾았다. 그는 친구의 얼굴을 본 순간 자신의 의무를 기억했다. 검을 들고 일어서야 한다. 주저앉을 수는 없다.

"여기 있어. 정신 좀 차려봐."

크림발츠의 새벽을 여는 자, 카시안 루엘 파반트 왕자는 그에게 피 묻은 롱 소드를 건네주었다. 카시안 왕자는 자신의 손이 롱 소드가 머금고 있던 피에 젖은 것을 신경 쓰지 않았다. 그는 자신의 롱 소드를 눈 쌓인 대지에 꽂으며 고개를 떨구었다. 그리고 힘겹게 한쪽 무릎을 꿇었다.

"죽을죄를 지었습니다. 크림발츠 국왕 친위대 여왕의 창기병 제1연대 제1기사대……."

"정신 차려! 얼간이! 네가 어디 소속인지는 나도 알고 있어!"

카시안 왕자는 그의 어깨를 힘주어 내려쳤다. 갑옷 때문에 아프지는 않았지만 그 충격으로 그는 간신히 이성을 조금씩 회복하기 시작했다.

"왕자님……."

"일어나! 대단하군. 책만 붙잡고 있는 샌님인 줄 알았는데 공주를 지켜내다니."

'공주?'

그제야 그는 주변을 둘러보았다. 벌판에는 9구의 창기병 소속 기사들의 시체와 22구의 또 다른 시체들이 널려 있었다. 그리고 국왕 친위대 여왕의 창기병단 겨울 제복인 흰색 서코트를 입은 기사들의 부축을 받은 채 위태롭게 서 있는 공주가 저편에 있었다.

루엘라이 A. 파반트 공주는 창백한 얼굴로 자신의 시녀와 함께 서 있었다.

그는 비로소 자신의 임무를 기억해 냈고, 공주가 털끝 하나 다치지 않은 채 서 있다는 사실을 발견했다. 안도감이 술기운처럼 그의 몸을 따스하게 데우며 온몸으로 번져 나갔다. 눈 쌓인 대지는 무척이나 포근했다.

"정말 고맙다, 친구. 내 여동생을 지켜주었군. 하지만 나머지 창기병들은 전멸인가? 어? 이, 이봐."

"오빠! 그 사람, 검에 찔렸어!"

그는 눈 속에 누운 채 카시안 왕자가 자신의 창기병 튜닉을 찢어내는 소리를 들었다. 그리고 왕자가 자신의 갑옷을 해체하는 느낌이 마치 꿈속의 일처럼 느껴진다고 생각하고 있었다.

"의사를 불러와! 당장! 이 머저리가 칼에 맞았어! 빨리! 바보 자식!"

'머저리는 당신이야, 카시안 왕자.'

그는 눈 속에 누운 채 빙긋 미소를 지었다. 카시안 왕자는 자신의 튜닉을 찢어내 그의 옆구리 상처를 지혈하기 시작했다.

"정신 차려! 재미없는 영웅 노릇을 하고 죽어버리면 죽여 버릴 거야!"

따스하고 부드러운 손길이 그의 얼굴을 어루만졌다. 그는 그 이상한 느낌에 눈을 떴다. 루엘라이 공주는 자신의 손수건으로 그의 얼굴을 타고 흐르는 피를 닦아주고 있었다.

'공주가 이렇게 아름다웠던가?'

그는 고개를 숙인 채 울고 있는 공주의 얼굴을 물끄러미 바라보면서 생각했다. 시니컬하고 잘난 척하던 공주는 지금 울고 있었다.

"미안해요! 나 때문이에요. 내가… 내가 고집을 부리지 않았다면……."

공주는 그의 얼굴을 닦아내면서 울고 있었다. 그는 싱긋 미소를 지었다. 옆구리 상처의 고통은 느껴지지 않고 있었고, 다리는 감각조차 없었다.

"바보 자식아! 다 죽어가는 사람처럼 그 재수없는 미소는 집어치워! 빌려간 500마임(Maim)은 갚고서 죽어버려!"

그는 고개를 돌려 카시안 왕자를 물끄러미 올려다보았다. 이상하리만치 정신이 또렷해졌다. 그가 항상 멋지다고 생각했던 카시안 왕자의 왕실 서코트는 피에 젖어 볼썽사나웠다. 그는 자신이 왕자에게 돈을 빌린 적이 있는지 고민했다.

"제가 언제 빚졌습니까?"

"내 동생을 울렸잖아. 넌 나에게 500마임을 빚졌어. 죽으려면 그 돈부터 갚고서 죽어. 왕자의 돈을 떼먹을 셈이냐, 너는?"

"돈도 많은 왕자가 쩨쩨하게……."

그는 피식 웃었고, 그대로 의식을 잃었다. 그해 겨울에는 정말 많은 눈이 내렸다. 그리고 그 뒤늦은 첫눈이 내리던 날, 그는 생애 처음으로 살인을 했고, 그 자신의 손에 피를 묻혔다. 벌판에 내리던 새하얀 순백의 눈은 피로 물들었고, 그의 마음도 그렇게 젖어갔다. 그는 자신이 저지른 죄의 무게를 실감했고, 자신의 손에 들고 있던 그 피 묻은 롱 소드를 영원히 가슴에 지니고 살아가야 한다는 것을 깨달았다.

그는 자신의 삶이 자신이 원하던 길과 벗어난 것을 알게 되었고, 그것이 얼마나 슬픈 일인지 비로소 깨닫게 되었다.

그의 꿈은 역사학자였고, 그는 대학으로 진학하기를 원했다. 18살이 되던 해 그는 쥬니렌 왕실 대학으로의 입학을 꿈꾸며 왕실 기사 학교의 제복을 입게 되었다. 2년의 훈련과 3년의 의무 복무가 끝나면 왕실 대학으로 진학할 자격이 생길 터였다. 하지만 그의 재능은 그를 국왕 친위대 여왕의 창기병으로 몰아넣었다.

지난 3년 간의 의무 복무 마지막 겨울이었던 하페우스 3세력 937년 12월 10일, 의무 전역을 20여 일 남겨두었던 그는 22세의 나이로 생애 최초의 살인을 하게 되었다. 또한 루엘라이 A. 파반트 공주를 암살자로부터 지켜낸 공로를 인정받아 소령으로 2계급 특진을 하게 되었고, 루비 십자 훈장(Ruby-Cross)을 수여받았다.

첫눈이 내리던 날의 그 벌판 같은 은백의 십자가 한가운데에는 진홍의 루비가 박혀 있었다. 그는 훈장 수여식장에서 자신의 가슴에 매달린 훈장을 바라보았다. 훈장에는 섬세한 세공으로 저지 미노트 어 경구인 'G.I.D.S.' 라는 글귀가 새겨져 있었다.

'신께서 당신과 영원하기를(G.I.D.S:Gotte Inmer Dur Said)…….'

그는 가만히 어금니를 깨물며 차가운 미소를 지었다. 9급의 크림발츠 왕실 훈장 중에서 3급 루비 십자 훈장을 받던 날이었다.

"……."

민트 J. 케언은 잠에서 깨어났다. 그는 침대 곁에 준비된 물병을 집어 들었다. 미적지근한 물이 그의 식도를 타고 흘러 내려갔다.

'빚진 건 네놈이야, 머저리 왕자.'

케언은 천천히 창문을 열었다. 아직 동이 트지 않은 새벽은 그럭저럭 선선했다. 케언은 오늘은 얼마나 더운 하루가 될지 잠시 고민해 보았다. 저택의 정문은 숲에 가려 보이지 않고 있었다. 케언은 고개를 내밀어 분수대 연못을 중심으로 4등분으로 나뉘어진 가시나무 덤불을 바라보았다.

그가 공주와 결혼해 케언 후작이 되었을 때 손수 심었던 가시나무 덤불은 이제 무성하게 자라고 있었다. 아름다운 꽃도 피우지 못하는 가시나무 덤불은 아직 희미한 어둠에 잠겨 있었다. 케언 공작은 천천히 옷을 입기 시작했다.

'신께서 당신과 영원하기를…….'

케언은 눈꺼풀을 문질러 잠 기운을 털어냈다. 그의 침실 벽에는 4자루의 롱 소드가 걸려 있었다. 3자루의 롱 소드는 정교하게 세공되어 있었고, 검신에는 이름이 새겨져 있었다. 크림발츠와 아메린에서 롱 소드라는 것은 무기를 의미했지, 장식품은 아니었다. 그러니 그 무기에 이름을 새긴다는 것은 좀 더 특별한 의미를 부여하는 것이다.

케언은 별로 망설이지 않은 채 제일 아래 걸려 있던 초라한 롱 소드를 집어 들었다. 나머지 3자루의 롱 소드와는 달리 아무런 장식이 없는 보통의 롱 소드였다. 가드와 폼멜에는 아무런 장식이 들어가 있지 않았고, 단지 가드 부분에 하나의 간단한 약식 문장과 'L.D.K. 1'이라는 약어가 새겨져 있는 것이 전부였다.

'여왕의 창기병 제1연대(Lankler Ds Knroigen 1ns.).'

케언은 군용 롱 소드를 들고서 천천히 침실을 나섰다.

"타핫!"

케언은 눈살을 찌푸렸다. 케언의 저택 뒤뜰에 있는 숲 속에서 누군가의 기합 소리가 들려오고 있었다. 케언은 이슬을 맞아 축축한 숲 속의 오솔길을 걸어갔다. 사방은 점차 어슴푸레하게 밝아오고 있었다.

"발 디딤이 조금 개판이군."

사내는 화들짝 놀라며 돌아섰다. 케언은 천천히 숲 속에서 걸어나왔다. 잘 손질된 풀밭은 숲 한가운데에서 넓은 공터를 이루고 있었다. 튜닉없이 가죽 흉갑을 걸친 사내는 롱 소드를 바닥에 꽂으며 한쪽 무릎을 꿇었다.

"죄송합니다, 케언 공작님."

"자네 이름이 뭔가?"

"네?"

사내는 고개를 들어 케언을 바라보았다. 케언은 검집에 들어간 롱 소드로 가볍게 어깨를 두드리면서 주변을 둘러보았다. 모래 빛 머리칼이 그의 눈가로 흘러내리고 있었다. 케언은 부드럽고 온화한 미소를 지으며 입을 열었다.

"요즘 들어 나보다 먼저 여기서 검을 들고 설쳐 대는 인간이 있는 것 같더군. 아침에 여길 와보면 풀들이 잔뜩 짓밟혀져 있고, 땅바닥에는 검이 스친 자국이 있거든. 궁금해서 평소보다 일찍 나와봤지."

"죽을죄를 지었습니다."

"애칭은 뭘로 해야 하나?"

"네?"

"죽을죄를 지었습니다… 는 이름으로 쓰기엔 너무 길지 않은가? 난 이름을 물어봤는데?"

"레피스(Refis)라고 합니다. 성은… 없습니다. 올해 20살입니다."

"그래? 어디 소속인가?"

"외람되오나 공작님의 기사단에 소속되어 있습니다."

케언은 롱 소드를 지팡이처럼 짚으며 웃기 시작했다. 레피스는 조금 불안한 눈으로 케언을 올려다보았다.

"내 저택에서 검을 들고 다니는 인간은 두 종류밖에 없어. 내 기사단이거나 나를 죽이려는 암살자들이지."

"죄, 죄송합니다. 미천한 제가 공작님의 질문을 이해하지 못했습니다. 경보병대 소속입니다."

"호오, 경보병이 검술 연습을? 기사가 되고 싶은가?"

"아, 아닙니다. 단지……."

"지금보다는 좀 더 높은 지위에 오르고 싶은 거지?"

케언은 싱긋 웃었다. 그리고는 검을 빼 들었다. 레피스는 아랫입술을 깨물며 고개를 숙였다.

"뭘 해? 한번 겨루기나 해보지. 훈련용 검이 아니라 좀 위험하겠지만."

"네, 넷?!"

"뭣 때문에 검을 잡았는지는 모르겠지만, 어차피 검을 쥔 거라면 뒤돌아보며 머뭇거릴 필요는 없어. 그냥 앞으로 전진하는 게 좋아. 이 길이 과연 옳은 길인가를 고민하다 보면 점점 상황이 나빠질 뿐이야. 내 경험을 바탕으로 하는 충고니까 그럭저럭 설득력은 있다고 생각하네. 언제까지나 제자리에서 머뭇거리며 뒤돌아보다가 칼을 맞는 것보단 애초부터 한 걸음이라도 더 전진하는 게 좋다네."

케언은 검을 세워 들면서 싱긋 웃었다. 어느새 떠오른 아침 햇살이 그의 뺨을 붉게 물들이고 있었다.

레피스는 천천히 검을 들고 일어섰다. 레피스는 여왕 폐하의 남편이라는 케언 공작을 이렇게 가까이서 본 적이 없었다. 케언은 검을 두 손으로 감아쥐고서 부드럽고 시원스러운 미소를 지었다.

"사랑해 본 적 있나?"

"네? 어… 없습니다."

"한번쯤 해보는 것도 나쁘지는 않다네."

케언은 한 걸음 앞으로 나서면서 검을 뻗어왔다. 아침 햇살이 숲을 적시고 있는 동안에 검과 검이 격돌하는 소리는 점차 숨 가쁘게 들려오기 시작했다.

〈 12 〉

　‘엘야(Elya) 광장’은 크림발츠의 수도 하이야나에서 가장 큰 광장이다. 크림발츠 역사상 가장 아름다운 여왕이자 가장 위대한 여왕이었다는 엘야 1세가 자신의 재위 기간 동안 무려 11년의 공사 기간을 거쳐 완성한 광장이었다.

　엘야 광장은 하리야나 시내에 있는 여타의 많은 광장이나 공원과는 많은 점에서 달랐다. 첫 번째는 엘야 광장이 외성 안쪽의 평민 주거 지역과 내성의 남문과 만나는 지점에 위치한다는 점이다. 즉, 귀족들의 저택이 있는 내성과 평민들이 살아가고 있는 외성의 시가지, 수도 사람들이 구분하는 ‘외 시가지’와 ‘내 시가지’가 만나는 지점에 위치하고 있다는 의미였다.

　그리고 하리야나의 다른 광장들과는 달리, 이곳에는 이 광장을 건설한 여왕을 기리기 위한 동상이나 조각상이 없었다. 완벽할 정도로 정확한 원형을 드러내고 있는 이 광장의 남쪽, 다시 말해 평민 주거 지역 쪽 어귀에는 작고 초라한 이정표 하나가 세워져 있었다. 그것이 전부였다.

그 이정표 허리쯤에 사람들의 눈 높이로 붙어 있는 동판에는 그렇게 간결한 문구가 음각으로 새겨져 있었다. 역대 군주들이 쓰던 저지 미노트 어가 아닌, 평민들도 글을 배운 사람이라면 누구나 읽을 수 있는 중앙어로 쓰여져 있었다.

엘레네스 델라 아아리엔 파반트(Elenis Dela Ahearien Fahrwand) 여왕은 23세라는 비교적 젊은 나이에 즉위했고, 정확히 19년 동안 치세를 하고 42세의 나이로 애석하게 병사한 여왕이었다. 그녀는 크림발츠 역사상 최초로 주어진 왕명을 거부하고 자신의 어린 시절 아명인 엘야를 왕명으로 사용했던 여왕이었다. 그 이유에 대해서는 지금까지 여러 가지 가설이 제기되었지만 모두가 그저 추측에 불과했다.

그녀는 19년이라는 짧은 재위 기간 동안 단 한 차례의 전쟁도 벌이지 않았고, 조세 제도와 병역 제도를 비롯한 각종 제도 개혁에 힘을 쏟았다. 그녀는 불과 23세의 나이에 즉위한 그날부터 병들어 누웠던 마지막 2년을 제외하고는 하루에 4시간밖에 잠들지 않은 채 국사에 매달렸다.

그녀가 여왕의 건강을 염려한 대신들의 눈을 피하기 위하여 아렐 크로이겐(여왕의 드레스)의 스커트 속에 문서를 숨긴 채 침실로 들어가 밤새 촛불을 밝히고 서류들과 씨름한 일화는 지금껏 회자되고 있다.

그녀가 제위한 19년은 크림발츠 역사상 단 한 번의 전투도 없었던 기록적인 기간이었다. 엘야 여왕은 대신들의 반대에도 불구하고 크림발츠가 무력 병합했던 베일과 스톨츠의 영토를 반환했다. 그리고 아메린과는 '30년 휴전 협정'을 체결했다. 또한 그녀는 평민들에게 가장 친숙하게 접근을 시도했던 여왕이기도 했다.

그 아메린과의 30년 휴전 협정은 아이러니컬하게도 엘야 여왕의 다음으로 즉위한 사촌 동생으로 인해 파기되었다. 그 당시 크림발츠의 여왕의 창기병 연대는 협정을 파기하고 아메린의 국경선을 침범하여 아메린 영토의 군사 도시 2곳을 무력 병합했다. 크림발츠의 19년 평화가 깨지는 순간이었다.

"뭘 생각하고 계세요?"

"응?"

라미스는 에포에의 목소리를 듣고서 상념에서 벗어났다. 날이 더워지기 시작하면서 엘야 광장의 카페와 식당들이 활기를 되찾았다. 평민과의 융화를 시도했던 이상주의자 엘야 여왕의 시도에도 불구하고 엘야 광장에는 계급의 벽이 존재하고 있었다. 광장을 남북으로 양분하여 북쪽 반원은 귀족들을 위한, 남쪽 반원은 평민들을 위한 지역이 되어버렸다. 엘야 여왕의 시도는 분명 칭송받아야 하겠지만 현실적인 것이 되지는 못했다.

"그냥, 이 광장을 만들었다는 여왕 폐하에 대해서 생각해 봤어."

"엘야 1세 여왕 폐하요?"

"응. 역사상 가장 아름다운 사람이었고, 마음이 여린 여왕이라지."

　광장 한복판에는 크림발츠를 상징하는 쌍두 독수리의 대리석 조각이 있었고, 복잡하고 정교한 수로와 연못으로 꾸며져 있었다. 수로와 연못, 그리고 그 사이를 연결하는 복잡한 구름다리와 섬들은 흔히 ‘연인들의 미래’ 라고 불리워졌다.

　남쪽과 북쪽 진입로를 통해 연인들이 동시에 이 평면 미로에 들어서서 다리 한가운데서 만난다면 그 연인들은 반드시 맺어진다는 소문이 있었다. 하지만 왔던 길을 되짚어갈 수 없다는 규칙과 정교하게 연결된 구름다리들 때문에 그것은 생각처럼 쉬운 일이 아니었다. 보통의 경우 연인 중 한 명이 쌍두 독수리 조각이 있는 정중앙으로 들어가 버리게 되어 있다. 이 미로는 엘야 여왕이 손수 도안했고, 당대 최고의 건축가가 수로의 물이 끊임없이 흐르도록 설계했다고 한다.

　물론 이 수로는 단순히 그런 장난을 위한 목적으로 만들어진 것이 아니었다. 내성을 둘러싼 해자에 고인 물은 곧잘 썩게 되었고, 그 수로와 인접한 평민 지역은 여름이면 언제나 전염병으로 고생했다.

　엘야 광장이 내성과 인접하여 위치한 것과 광장 한가운데에 그런 대규모 수로를 만든 것은 내성 방어용 해자의 물을 순환시키기 위한 장치였다. 단순히 평민과 귀족 계급의 공동 공간을 만들거나 단지 도시를 아름답게 꾸미기 위한 목적이 아닌 것이다.

　수도 북쪽의 대수로를 통해 흘러 들어와 내성의 해자를 휘감아 돌던 위디렌 강의 물줄기는 새로 건설된 엘야 광장의 수로를 거쳐 다시 성 밖으로 나가는 수로와 연결되었다. 그러기 위해서 수도 곳곳에 풍력으로 물레방아를 돌리는 시설이 있었고, 또한 이런 배수탑들은 그 자체로도 굉장히 아름답고 섬세하게 꾸며져 있었다.

　도합 72개소에 설치된 배수탑은 어느 시대부터인가 ‘72개의 탑’ 으로 불려지고 있었고, 대륙 곳곳에서 귀족들이 이 탑들을 구경하기 위해 몰려들었다. 엄청난 높이로 건축된 72개의 목조 탑들은 모두가 다른 형태로 만들어져 있었다.

엘야 여왕의 치세는 단순히 무목적적인 평화는 아니었다. 수도의 방어력은 그녀의 재위 기간을 거치면서 보다 효율적이면서 평민들의 전체 생활을 개선하는 방향으로 강화되어 있었다. 수로를 통해서 도시로 들어온 강물은 2일 이내로 다시 도시를 빠져나갔기 때문에 만의 하나 적이 강의 상류에서 맹독을 푼다고 해도 이틀만 견디면 되었다. 또한 72개의 배수탑에 의해서 강제 순환되는 수로로 인해 평민들은 여름에도 질 좋은 식수원을 보장받을 수 있었다.

청동 테이블은 넓은 차양이 드리워져 뜨거워진 햇살을 막아내고 있었다. 라미스는 조용하고 단정하게 포크를 내려놓았다. 담백한 닭 가슴살과 버섯, 브로콜리, 그리고 뒤끝이 깔끔한 크림발츠 중부식 크림 소스가 들어간 파스타는 절반이나 그대로 접시에 남아 있었다.

에포에는 의아한 표정으로 라미스를 바라보았다. 남부 출신인 에포에는 강렬한 토마토 소스 대신에 밋밋한 크림 소스가 들어간 중부식 파스타를 싫어했지만, 남김없이 그릇을 비운 상태였다.

"입맛이 없으신가요?"

에포에는 단정하게 냅킨으로 입가를 정돈하며 물었다.

"당연하지. 그 어설픈 노인네가 국경에서 죽을 줄이야."

"저어… 이런 곳에서 그런 대화는……."

"너만 곤란하게 되었네? 마지막 날 밤에 애써서 그 노인네와 잠자리를 함께했던 보람이 없게 되었으니까. 그런 노인이라면 만족도 못 시켜주었을 텐데."

"라미스님."

에포에는 정색을 하면서 라미스를 바라보았다. 라미스는 에포에를 똑바로 바라보았다. 처녀다운 솜씨로 곱슬머리를 틀어 올린 26살의 에포에는 라미스가 보기에도 아름다웠다. 화려하지는 않지만 그녀의 외출복은 단정하게 손질되어 있었고, 그녀의 몸가짐은 라미스보다도 귀족다운 섬세함과 우아함이 배어 있었다.

"전 그저 라미스님의 명령에 따를 뿐입니다. 그런 노인네와 잠자리를 함께하는 것에 대해 어떠한 감정도 없습니다. 하지만 그런 식으로 비아냥거리는 말투는 삼가해 주셨으면 합니다."

"미안미안, 그저 농담이었어."

라미스는 혀를 빼물고 웃었다. 하지만 그녀는 이내 정색을 하고는 다시 광장을 바라보았다. 벌써부터 여름용의 화사한 드레스를 입은 귀족 영애들이 한가로이 광장을 산책하고 있었다. 그녀들에게는 항상 차양을 받쳐 든 시종들이 붙어 있었고, 몇몇 영애들에게는 허리에 검을 차고 있는 귀족 사내들이 에스코트를 했다.

하릴없는 평민 젊은이들은 화사한 드레스 차림의 귀족 영애들을 구경하기 위해 광장을 어슬렁거렸다. 어깨에 붉은 견장을 두른 중앙 기사단 병사들이 롱 소드로 무장한 채 광장을 규칙적으로 맴돌고 있었다.

"우리가 전해준 정보가 라이어른으로 넘어갔을까?"

"잘 모르겠습니다. 저는 라미스님의 명령에 따를 뿐이니까요. 저처럼 못 배운 계집이 뭘 알겠어요."

"만약에 그 노인네가 소심해서 직접 가서 전할 생각이었다면 이번 계획은 실패야."

"전언을 날렸을지도 모릅니다. 보통은 그게 정상이 아닐까요? 그런 중요한 사항을 직접 가서 알리기엔 너무 시간이 걸리죠."

"너, 그게 못 배웠다는 계집이 할 소리야?"

"라미스님이라는 좋은 스승이 있지요, 저에게는. 라미스님에게 케언님이라는 뛰어난 스승이 계시듯 말이에요."

에포에는 화사하게 미소를 지으며 라미스를 바라보았다. 라미스는 턱을 괴고 앉아서 흐응 하는 콧소리를 냈다.

"그런데 케언 공작님께서 그런 사실을 아시면 어쩌죠? 저희가 그런 기밀을 라이어른으로 누출시켰다는 것을."

"모르실 거야. 만약에 아서도 상관없겠지. 이번 주에만 몇 명의 라이어른 인들이 사라졌는지 알아?"

"네?"

"살짝 엿들은 건데, 갑자기 왕실에 대해 캐고 다니는 라이어른 인들이 많아졌다더군. 부류가 가지가지야. 쥬니렌 수도 대학에서 공부 중인 유학생, 편력 수업으로 대륙을 떠도는 귀족, 친지를 방문한 귀족들."

"스파이들이군요, 라이어른의."

"흔히 샹들리에의 박쥐라고들 하지. 샹들리에 모서리에 매달려 엿듣는."

"그래서요?"

"공작님은 요즘 그동안 모습을 감춘 채 물밑에 있던 라이어른 스파이들이 움직이기 시작해서 기뻐하고 계시지. 아마도 중요도를 부여해서 감시할 부류와 제거할 부류를 나누시는 것 같아. 제거할 부류들은 그날 밤으로 실종되지. 네가 말한 그 '악마'들은 정말 일처리 솜씨가 대단해. 말을 들어보니 사람을 잘게 다져서 한 조각씩 강물에 흘려보낸다고 하던데? 이곳의 수로는 엄청난 배수력을 자랑하니까. 그래서 엘야 여왕에 대해서 생각해 봤어. 그 사람은 상상이나 했을까? 자신이 설계한 수로가 후대에 와서는 시체 투기용으로 사용될 거라는 사실을? 평민들도 살인을 저지르고는 시체를 수로에 던져 버린다고 하더군. 다음날 아침이면 시체는 위디렌 강을 따라 흘러 내려가 버리거든.”

라미스는 턱을 괸 자세로 잘 꾸며져 화사한 꽃들을 피우고 있는 화단 너머로 존재하는 수로를 바라보면서 중얼거리듯 말했다. 에포에는 주변을 둘러보았다.

수도에서도 유명한 귀족 전용 카페인 ‘축복과 영광이 함께하는 화원’ 은 귀족들의 사생활을 배려해 충분한 간격을 두고 고급스런 청동 테이블을 배치하고 있었다. 다른 사람들이 엿들을 염려는 없었다.

“그럼 역시 라이어른 왕실로 그 소식이 들어간 게…….”

“아닐 거야. 시기적으로 너무 빨라. 그 노인네가 이곳의 라이어른 대사관에 언질을 주고 갔을 거야. ‘크림발츠 왕실의 정보를 최대한 수집하라’ 정도로.”

“외정관 정도 지위면 가능하겠죠? 라이어른에서는 다섯 손가락 안에 들 테니.”

“응, 어쩌면 대사관 루트를 통해서 왕실에 알릴지도 몰라. 머리가 제대로 돌아갈 정도의 기력이 남아 있다면.”

라미스는 조용히 말을 끊었다. 단정하게 검정 색 앞치마를 두른 나이 든 급사가 다가와 그릇을 치우기 시작했다. 라미스는 턱을 괴고서 광장을 무심하게 구경하고 있었고, 에포에가 라미스를 대신해서 후식을 주문했다.

“뭐야? 당사자의 의견도 안 듣고 주문을 하다니.”

“어차피 사과 졸임과 밀크 티를 주문하실 거잖아요?”

"흥! 난 너의 그런 성격이 정말 싫어."

라미스는 볼이 부은 표정으로 고개를 돌렸다.

"여, 날씨가 정말 좋습니다."

두 여자는 거의 동시에 고개를 들었다. 햇볕을 등지고 한 사내가 서 있었다. 짧은 머리에 눈매가 날카로운 사내는 평범한 복장을 하고 있었지만 허리에 롱 소드로 무장을 하고 있었다. 귀족 영애들 사회에서 라미스의 '정인'이라고 소문난 젊은 근위대 장교는 미소를 지었다.

아마인의 외모와 그가 근위대 엘리트 장교라는 사실 때문에 라미스의 대외적 평가는 몇 단계 더 하락하고 있었다.

'공작님의 후광을 업은 것뿐이야.'

'그분은 공작님의 제안을 거절할 만큼 매정하지 못한 분이기 때문이야.'

'그런 무식하고 예의없는 계집애가 천박하게 꼬리를 친 걸 거야.'

귀족 영애들이 라미스와 아마인의 관계에 대해서 일반적으로 평가하는 말들이었다. 물론 그녀들의 그런 추측 중에서 맞는 것은 하나도 없었다. 무엇보다 아마인은 라미스의 정인이 아니었다. 라미스도 아마인도 서로를 '동지'라고 평가하고 있었다.

아마인은 허리를 굽혀 정중하지만 다정하게 라미스의 뺨에 자신의 뺨을 가져다 대면서 귀족 연인식으로 인사를 했다.

"주의해. 꼬리가 붙었어."

"알아요. 저에게도 붙었어요."

서로의 좌우 뺨에 번갈아 뺨을 살짝 갖다 대는 인사를 하면서 두 사람을 그렇게 속삭였다. 두 사람이 '연인' 관계가 아니라면 케언 공작의 양녀와 왕실 근위대 소령이 자주 만날 수 있는 이유가 없었다.

라미스는 두 손을 가지런히 치마폭에 모은 채 애정 어린 시선으로 자신의 정인을 바라보았다. 아마인은 오른손으로 자신의 심장 부근을 가리며 라미스의 시녀인 에포에에게도 인사를 건넸다. 에포에와 시선이 마주치는 순간 아마인은 자신의 미행자가 있을 방향으로 눈짓을 해 보였다. 에포에는 태연하게 미소를 지으며 고개를 숙여 보였다. 급사가 가져온 차는 세 잔이었고, 상당히 많은 분량의 사과 졸임이 나왔다.

"에? 아마인이 올 시간을 어떻게 알았어?"

"교회 종탑의 그림자를 보고서요."

에포에는 힐끔 교회를 바라보면서 대답했다. 광장 모퉁이에 서 있는 교회의 한없이 높은 종탑은 길게 그림자를 드리우고 있었다.

"어쨌거나 매번 고맙군."

"에에, 둘이 사귀는 거야?"

"그런 일 없어요, 라미스님."

"이봐, 대외적으로 난 너의 연인이라고. 그것보다 이거."

아마인은 외투 주머니에서 책을 꺼내 라미스에게 건네주었다. 라미스는 책의 제목을 보더니 눈살을 찌푸렸다.

"에? '투앙의 노래'? 난 이거 작년에 읽었어요. 이건 상상력 부족한 계집애들을 위한 책이에요."

"시끄러! 중요한 건 그게 아니잖아!"

"어차피 서류를 전해줄 거라지만, 내가 안 읽은 책을 가져다 주면 좋잖아요. 정말 이런 유치한 책은… 크림발츠 왕실 근위대 교양 수준을 알 만하네요. 이런 조잡스러운 연애 소설을……."

"그만 좀 해! 난 기사지 책이나 뒤적거리는 대학생이 아냐! 그깟 책 따위의 내용이 뭐가 중요해?!"

아마인은 자신의 찢어진 눈을 더욱 가늘게 찢으며 나지막이 짜증을 냈다. 말투와는 달리 그의 얼굴은 미소를 짓고 있었다. 조금 딱딱한 미소로. 라미스는 어깨를 으쓱거리며 한숨을 쉬었다.

라미스는 귀족 영애들 사이에서 알아주는 독서광이었고, 그녀가 탐욕에 가까울 정도로 책에 집착하고 있다는 사실은 누구나 알고 있었다. 그런 그녀에게 책을 건네주는 것만큼 자연스러운 것은 없었다. 물론 그러한 여건을 만들기 위해서 라미스는 집요하게 아무나 붙잡고 책을 부탁했었다. 때문에 귀족 영애들은 라미스의 입에서 책 이야기만 나오면 진저리를 치며 자리를 피하곤 했다.

아마인은 고급스러운 도자기로 만들어진 찻잔을 기울이면서 목에 남겨진 보랏빛 흉터를 만지작거렸다. 라미스는 힐끔 책장을 열었다. 책의 내부는 꼼꼼하게 사각형으로 도려내어져 있었고, 두 개의 작은 물병과 잘 접은 편지가 들어갈 공간을 만들어주고 있었다.

"책을 이렇게 망가뜨리다니. 이 편지는 뭐예요?"

"연애 편지."

"당신 저를 진짜로 사랑했어요?"

아마인은 침착하게 찻잔을 내려놓았다. 그리고 간신히 심호흡을 할 수 있었다. 아마인은 누가 봐도 연인에게 보내는 미소처럼 보이는 표정으로 라미스를 바라보았다.

"한번만 더 그딴 헛소리하면 목매달아 버리겠어."

아마인이 내뱉은 말은 표정과 전혀 다른 종류였고, 때문에 더 섬뜩했다. 라미스는 책으로 입을 가리며 킥킥거리고 웃었다.

"어젯밤 야간 순찰 때 잡은 녀석이 갖고 있던 거야. 헤이그 미노렌(Heyg Minoren) 백작가의 문지기 하인이 야간 순찰에 걸렸지. 녀석이 갖고 있던 거야."

"흐음, 참 유식한 문지기네요? 연애 편지도 쓸 줄 알고."

"그것도 상당히 글씨체가 깔끔하던데? 감탄했어. 근위대 안에서도 그렇게 쓸 수 있는 장교는 아무도 없을걸?"

"내용이야 물론 연애 편지겠죠?"

"물론, '오오! 나의 심장을 가져가 버린 매정하신 님이여!' 로 시작하더군. 나야말로 그 편지를 읽다가 심장 마비로 죽을 뻔했어. 정말 그런 낯 뜨거운 대사라니."

"이제 슬슬 연애 편지 말고 다른 방식으로 바꿀 때가 되었을 텐데요. 이번 주만 몇 번이죠, 에피온 후작 파의 서신 교환을 적발한 게?"

"네 번. 세 놈은 도망가다 20발 이상의 콰렐에 맞아 죽었고, 어제 걸린 놈은 지금 근위대 건물 지하에서 고문 중이야. 전문가를 붙여놨으니 오늘 내로 자백할 거야. 설마 산 채로 살가죽을 벗기는데도 입을 다물고 있지는 않겠지."

"백작 집안에서 항의하지 않을까요, 자기 하인인데?"

라미스는 사과 졸임을 먹으면서 느긋하게 질문했다. 아마인은 가만히 차 향을 음미하고 있었다.

"못할걸? 케언 공작님의 칙명을 무시한 꼴이니까. 그 하인이 나불거리기 전에 죽었기를 바라겠지. 어차피 녀석이 불고 나면 교수형에 처할 거지만. 그것보다 그건 뭐에 쓰려고?"

라미스는 후작 파의 비밀 서신과 함께 들었던 물병들이 감춰진 책을 가슴에 끌어안으며 활짝 웃었다.

"알게 될 거예요."

〈 13 〉

“이봐, 데일.”

“네, 칙명관님.”

“궁내부에 연락해서 술 좀 가져와. 가장 독한 걸로.”

데일 후작은 물론 언제나처럼 가만히 있었다. 케언은 집무실에 앉은 채 심호흡을 하고 있었다. 그동안 데일 후작은 케언의 책상 맞은편에 놓여진 의자에 가만히 앉아서 기다리기 시작했다. 무작정 기다리는 것은 데일 후작이 지난 세월 동안 살아오면서 터득한 지혜 중 하나였다. 그는 결코 서두르지 않았다.

데일 후작은 자신이 앉은 의자의 팔걸이가 섬세하고 아름다운 세공으로 이루어졌다는 것에 감탄하고 있었다. 물론 데일 후작에게 그런 것을 감상하는 취미는 없었다. 하지만 케언이 짜증을 내는 동안 주의를 다른 곳으로 돌릴 필요는 있었다.

"뭐라고 하셨습니까?"

"왕궁 안뜰에 교수대 좀 준비해 달라고 했네, 능구렁이 같은 노인네야."

"누구를 교수형에 처하고 싶어하시는 겁니까?"

"민트 J. 케언 공작. 크림발츠 왕실 칙명관이자 섭정관. 충분하지? 이왕이면 교수대는 예쁜 꽃 화관으로 장식해 줘. 칙칙한 건 질색이니까."

데일 후작은 이미 케언의 대답을 예상하고 있었기 때문에 놀라지 않았고, 한숨을 쉬지도 않았다. 그저 하얀 수염을 가볍게 쓰다듬고 있었다.

"내 소원은 한 가지야. 내가 자네에게 소원을 부탁한 적 있던가?"

"없습니다."

"좋아, 그럼 교수대나 꼬낙 둘 중에 하나를 준비해. 이건 명령이자 부탁이야."

"둘 다 곤란합니다."

데일 후작은 태연한 표정으로 케언의 말을 잘라 버렸다. 케언은 혀를 깨물어 신음하면서 자신의 비서관을 노려보기 시작했다. 데일 후작은 콧수염을 손끝으로 꼼꼼하게 다듬고는 케언을 바라보았다.

"농담은 충분했으니 다시 본론으로 들어갔으면 합니다."

케언은 손바닥으로 가볍게 얼굴을 쓸었다. 그리고는 데일 후작을 바라보았다. 그의 얼굴에서 짜증과 신경질이 한번에 씻겨 내려간 다음이었다. 귀족 사회에서 가장 매력적인 미소라고 불리우는 희미한 미소만이 그의 얼굴에 맴돌고 있었다.

"흐음, 본론이라……. 라이어른의 비밀 특사가 크림발츠 국경선 부근에서 암살을 당했다. 고로 크림발츠는 지금 부활절 케이크를 뒤집 어쓴 몰골이 되었다. 맞게 이해했나?"

"그런 천박한 평민식 말투는 어디서 배우신 겁니까?"

"자아, 대책을 먼저 논해볼까, 아니면 과정을 먼저 추리해 볼까?"

"벌써 대책을 세우셨습니까?"

"첫 번째 방법, 발트하임이 나불거리지 못하도록 군대로 밀어 버린 다. 이 방법을 채택했을 때의 장점은 우리랑 사이가 나쁜 폴리안과 우 호적이 된다는 것. 지금 라이어른과 폴리안은 전면전 직전까지 치닫 고 있으니까. 또한 중앙산맥 이북의 상당한 영토를 크림발츠 영토로 삼을 수 있다. 어때?"

"기각입니다. 좀 진지하게 대책을 논의했으면 합니다."

케언은 자신의 모래 빛 머리칼을 만지작거리며 웃고 있었다. 하지 만 데일을 보고 있는 케언의 두 눈은 웃고 있지 않았다. 그는 의자 등 받이에 깊숙이 기대며 깍지를 꼈다. 그리고 조용히 비서관을 보았다. 변함없이 경비대원들의 구호 소리가 창문 너머로 들려오고 있었다.

"후작 파나 왕자 파의 짓일까요?"

"쓸데없는 겉치레 말투는 그만두지. 귀족 저택을 습격하는 '악마' 를 잡는다는 명문 덕분에 밤이면 내성 시가지는 군인들로 가득 차 버 리지 않는가. 중앙 기사단 수도 주둔군, 왕실 근위대, 여왕의 창기병, 덤으로 조카의 복수에 눈이 먼 민트 J. 케언 공작의 사병들까지 눈에 불을 켜고 4중으로 순찰을 돌지. 슬라임 패거리나 영웅교 놈들이 서로 연락을 취하는 건 불가능해."

"잊고 계신 게 있는데… 창기병단과 중앙 기사단은 저희 세력이 아 닙니다. 저희가 장악하고 있는 것은 왕실 근위대뿐입니다, 칙명관님."

케언은 깍지를 풀고 의자 팔걸이를 움켜쥐면서 이를 악물었다. 데일 후작은 별다른 표정 변화가 없이 여전히 자신의 전매특허인 온화한 미소를 짓고 있었다. 케언은 집무실 책상에 놓여져 있던 찻잔을 들어 단숨에 비웠다. 차는 이미 차갑게 식어 쓴맛이 감돌았지만 케언에게는 문제가 되지 않았다.

"머저리! 바보! 슬라임! 누가 누굴 욕하고 있었던 거야?! 머저리 카시안 왕자와 생각하는 게 다를 바 없잖아?! 제기랄!"

"계속하실 겁니까? 잠시 뭐 좀 먹고 와도 될까요?"

데일 후작의 말은 농담이 아니라 질책이었다. 케언은 다시 이성을 되찾고 심호흡을 했다.

"이번 주 안으로 명단 작성해서 제출해. 중앙 기사단 고급 장교들의 인척 관계와 성향을 최대한으로 상세하게 분류해. 그리고 그 성향을 토대로 해서 최근 몇 주 동안의 고급 장교들 근무 기록표도 제출하고. 덤으로 창기병단에 대한 감시도 강화해. 이런 미묘한 시기에 그런 어처구니없는 실수를 하다니… 난 뭘 하고 있던 거지?"

"지금 조사에 들어갔습니다. 3일 정도 지나면 보고서가 완성되리라 봅니다."

"언제부터?"

"특사 암살 건 보고서가 올라오고 곧바로 지시를 내렸습니다."

"으~ 자넨 정말 능구렁이야."

"좋은 지도자가 되는 방법은 몰라도 좋은 비서관이 되는 방법은 알고 있습니다. 세월이 선물해 주는 경험이죠."

케언은 한숨을 쉬면서 이마를 받쳐 들었다.

"그래도 이번 특사 암살 건은 슬라임 패거리나 왕자 파의 소행은 아닐 거야. 일단 이번 특사 파견은 위장이 충분했어. 크림발츠가 발트하임의 국경 침범을 한 것에 대한 항의 서한 전달이 대외적 목적이었으니까."

"그 덕분에 탈옥수 한 명이 죽었고, 불필요한 군대의 기동이 있었습니다만."

발트하임 외정관 에윈 후작은 수도를 방문할 때 '라이어른 맹약기'가 아닌 발트하임의 '국기'를 앞세워 들어왔다. 그것은 라이어른 전체의 문제가 아닌, 발트하임의 독자적인 문제 해결을 위한 특사라는 의미였다.

라이어른의 종주국 발트하임의 왕실과 케언의 사전 조율에 의하여 크림발츠의 최북단 군사 도시 엘아렝에서는 영창에 구금 중이던 병사 한 명이 탈영했다. 영내 도박판 조성과 근무 명령 불응, 상관 위해 죄를 적용받아 군율에 의해 참수형이 결정되었던 병사가 감시 소홀을 틈타 탈영했고, 라이어른의 국경선으로 도주했다.

참수형이 결정되었던 병사는 감시가 느슨해지자 영창을 탈옥하여 라이어른의 국경을 넘기로 결정했다. 국경만 넘으면 적당히 신분을 위장하여 용병 따위로 먹고 살 수 있을 터였다. 물론 당연하게도 그 병사는 자신의 탈영이 양국 왕실의 각본에 의한 것이라는 것을 알지 못했다. 어떤 불명확한 이유, 물론 왕실 보고서에는 보고 명령 체계에 문제가 있었다고 기록되었던 이유로 인하여 추적대의 결성은 늦어졌다. 설상가상으로 국경선을 경비하던 경비대원들의 상당수가 '갑작스런 도적'의 침입에 대응하는 관계로 경비 병력이 모자랐다.

그 병사는 '마침' 국경을 넘던 무역상단에 묻어서 라이어른 측 국경도 통과했다. 우연하게도 라이어른 측 국경 수비대는 마침 신규 근무대와의 인수인계에 바빴다.

그 병사는 라이어른 측 국경을 7km나 들어간 상태에서 추적 중이던 크림발츠 추적대에게 참살당했다. 이 사건은 몇 가지 문제를 유발시켰고, 양국 왕실은 느긋한 기분으로 티타임을 즐길 수 있었다.

우선 첫 번째로, 탈영병 추적에 다급해진 크림발츠의 엘아렝 주둔군 병력 100여 명이 임의로 라이어른 국경을 넘었다는 것. 명백한 국경 침범이었다. 두 번째, 이러한 사건은 이미 상대국의 병력에게 탈영병 추적을 인수인계를 해야 하는 보편적인 '전례'가 존재한다는 사실이었다. 그리고 세 번째로, 국경을 넘는 과정에서 '다수의' 라이어른 수비대원이 '심각한' 부상을 입었다는 것. 명백한 자국 병력에 위해를 가하는 행위로 심각한 국제 문제의 소지가 있었다. 마지막으로 라이어른 영토 내에서 타국 병사들의 '전투', 다시 말해서 한 명의 탈영병과 100여 명의 크림발츠 엘아렝 주둔군의 '교전'이 있었다는 사실이었다.

이런 사건은 누군가 입이 가벼운 왕실 측 근무자에 의하여 빠르게 귀족 사회로 번져 나가면서 논란을 발생시켰다. 심지어는 라이어른과 크림발츠 간의 전면전 소문까지 생겨났다. 사건 발생 한 달 후 크림발츠 왕실에는 라이어른 측, 아니, 발트하임 측에서 특사가 파견되었다는 전언이 도착했다.

트라이츠 에윈 후작이 라이어른 특사가 아닌 '발트하임 외정관' 자격으로 방문했다는 단순한 호칭적인 문제에는 그런 국제적인 포석이 깔려져 있었다. 트라이츠 에윈 후작은 라이어른의 특사가 아닌 발트하임의 특사였다.

"이 짜증나는 왕성에 슬라임 패거리나 영웅교 측의 스파이들이 얼마나 있는지는 모르지만 적어도 그런 비밀 교섭이 새어 나갈 방법은 없어. 라이어른 특사들과 접촉한 궁내부원과 근위대원들 신원은 확실한가?"

"궁내부원들은 제가 직접 선발했습니다. 그리고 근위대원들은 케언 님께서도 잘 아시지 않습니까?"

"내가 명령하면 여왕도 죽일 놈들이지. 물론 창기병들의 경호를 돌파할 능력이 있다는 전제가 필요하지만. 제기랄! 대체 누구 짓인 거야? 어? …뭐.라.고.?"

짜증을 내면서 서류를 뒤적이던 케언은 자세를 고쳐 앉았다. 데일 후작은 물끄러미 케언을 보고 있었다.

"자네, 군대 경험이 전혀 없는 건가?"

"젊은 시절 의무 복무를 한 것 이외에는. 왜 그러십니까?"

"하아~ 범인을 찾았네. 라이어른의 그 늙은 여우였어. 아직 확실한 건 아니지만."

"네?"

"화염 파인트 사용 흔적 발견… 이라고 쓰여져 있더군."

"네? 잘 이해가…… 화염 파인트가 뭐죠? 읽어는 봤습니다만, 중요한 단서인가요?"

"보라구. 그게 정상적인 크림발츠 인의 반응이야. 기름 주머니에 불을 붙여서 던지는 라이어른 전통 무기야. 라이어른과 군사적 접촉이 잦은 북부 사람들이 아니면 아무도 모르는 물건이지. 생각보다 효과는 별로인데 일단 사기를 꺾는 데는 효과적이야. 그리고 아울러 군사 경험이 없는 비전투원들을 죽이기에 알맞지. 자네도 군 경력이 없어서 잘 모르는 모양이군."

"라이어른 측 소행이군요, 이유는 모르지만."

"정답! 적어도 남부와 중부 귀족들인 슬라임 패거리와 영웅교 놈들은 아니지. 자아, 이제는 그 늙은 여우가 자국 고위 귀족을 크림발츠에서 암살한 이유를 찾아낼 차례인 것 같은데……."

"역시 크림발츠를 궁지에 몰아넣으려고 하는 걸까요?"

"슬라임 패거리라면 나의 실각을 노린다고 하지만 그 늙은 여우는 왜? 내가 실각하고 새로 칙명관에 오른 자가 우리가 했던 물밑 작업을 알게 되면 그 여우도 곤란해지긴 마찬가지야."

"게다가 저희가 칙명관님의 첫 번째 해결책을 사용할 소지가 많죠. 실례로 그런 경우도 많았고. 라이어른 정도의 외교력으로 크림발츠를 궁지에 몰아넣기는 힘듭니다."

"외교력은 국력에 비례하지."

케언은 다시 한 번 서류를 꼼꼼하게 들여다보면서 중얼거렸다. 한동안 집무실은 무거운 침묵이 흘렀고, 이따금씩 케언이 서류를 넘기는 소리만이 들려왔다. 데일 후작은 헛기침조차 하지 않은 채 완벽한 침묵 속에 잠겨 있었다.

"라이어른 측으로 스파이를 좀 더 파견할 필요가 있어. 그 늙은 여우가 어째서 이런 돌출 행동을 하는지 알 수가 없군. 기존의 비밀 교섭보다 무언가 더 득이 되는 정보를 입수했다는 의미일 텐데."

"끼어들어 죄송하지만, 혹시 요즘 밖으로 나온 박쥐들과 관련이 있을까요?"

"그리고 보니, 스파이들이 왕실을 캐기 시작한 게 언제부터지?"

"특사가 수도를 떠난 시점과 비슷합니다."

"수도에서 어떤 접촉은?"

"라이어른 대사관에 들러 이례적인 인사를 나눴습니다. 당연히 무언가 있었을 겁니다. 그게 정상이겠죠."

"우리가 대사관에 심어놓은 스파이의 정보는?"

"없습니다. 요즘 분위기가 살벌해졌다는 보고가 마지막입니다."

"무언가 있어. 우리 측에서 누군가 정보를 흘린 거야. 문제는 누가 어떤 정보를 어떤 목적으로 흘렸는지가 관건이겠고."

"내부 조사에 들어갈까요?"

"아니, 좀 더 두고 봐야겠지. 어설픈 내부 조사는 역효과를 불러오니까."

비서관이 나가고 케언은 조용히 눈을 감았다. 그의 등 뒤로 햇살이 쏟아져 내려와 그의 얼굴에 음영을 만들고 있었다. 케언은 어깨 위로 쏟아지는 햇살을 털어낼 생각도 하지 않은 채 눈을 감고 있었다.

'돌아와 줘. 난 너무 힘들어. 이건 내가 원했던 것들이 아니야.'

가만히 눈을 감은 채 고개를 젖히고 있던 케언은 며칠 전에 도착한 전언을 곱씹어보고 있었다. 상당히 모호하고 평이한 문장이었지만 의미는 확실했다.

'사냥꾼과 곰은 라트에일로 들어갔다. 회색 곰은 건강하다.'

〈 14 〉

진 아헨디스(Gyne Ahendis) 자작 영애는 라미스와 함께 가장 따돌림을 당하는 존재였다. 평범한 외모에 지극히 평범한 성격을 가진 진은 그다지 주목받지 못할 만한 위치에 있었음에도 따돌림을 당하고 있었다.

왕실 예법부에 몸담고 있다가 은퇴한 레이디 엘라(Lady Ella)는 자신의 저택에서 귀족 영애들에게 일반적인 예절과 티타임 예절, 수예, 그리고 기본적인 교양을 가르치고 있었다. 예법부 출신들이 으레 그러하듯 그녀도 깐깐하고 강직한 성격을 갖고 있었고, 가문에 관계없이 혹독하고 매서운 교육을 하기로 이름 높았다.

여왕의 장기 집권이 흔한 크림발츠는 여성의 지위가 대륙의 어떤 국가들보다 높은 편에 속했다. 귀족 여성들에 대한 교육 시설인 '상급 여학교'가 수도 하리야나를 비롯해서 전국에 3군데나 존재하고 있다는 사실이 그것을 증명하고 있었다. 대륙을 통틀어 아예 초·중급 교육 시설조차 없는 국가가 태반이었다.

상급 여학교가 원칙적으로 13세부터 21세까지의 귀족 자제를 대상으로 한다는 사실은 기존의 상급 학교와 크게 다르지 않았다. 보편적인 귀족 자제들은 13세 무렵이면 상급 학교에 입학을 하고, 18세 무렵에는 보통 '왕실 기사 학교'로 편입하여 2년 간의 군사 훈련을 마치고 3년 간 의무 복무를 하게 된다. 그 과정이 끝나면 보통 23세를 전후해서 대학으로 진학할 자격이 주어진다.

대학 진학을 고려하지 않는 많은 귀족 자제들은 상급 학교 9학년 과정을 마치고 '중앙 기사 훈련소'에서 1년의 군사 훈련과 3년의 의무 복무를 하게 된다. 역시 의무 복부 후에는 대학 진학의 자격이 주어지지만 26세 이후에나 대학 입학이 가능하다는 문제가 있었다. 중앙 기사 훈련소를 나와 대학을 진학하는 경우는 극히 드문 일이었다.

반면에 상급 여학교는 규모나 숫자 면에서 상급 학교와 비교하기 힘들었다. 일단 가장 큰 문제는 수도에 있는 '쥬니렌 왕실 대학'을 비롯한 모든 대학에서 귀족 영애의 입학을 인정하지 않았다. 게다가 대다수의 귀족 부모들은 군대식 규율의 기숙 제도를 채택하고 있는 상급 학교에 딸을 보내는 것을 꺼려하고 있었다.

그런 이유로 귀족 부모들은 레이디 엘라의 저택 같은 사설 교육 기관을 선호하고 있었다. 크림발츠 전국에 고작 3개의 상급 여학교만이 존재하는 이유는 그 때문이었다. 오히려 상급 여학교들은 부유한 평민 가문의 소녀들을 위한 교육 기관으로 변해 있는 것이 일반적이었다.

한때 크림발츠 왕실 내정부 고위 관리이기까지 했던 진의 아버지는 케언 칙명관의 집권과 동시에 해임되었다. 그녀의 아버지가 소위 귀족 정치 판에서 말하는 카시안 왕자 파였기 때문이다. 그녀의 가문이 결정적으로 기울기 시작한 것은 온갖 반대에도 불구하고 손수 제5차 동방 원정에 출정해 버린 카시안 왕위 계승 내정자의 전사 소식이 전해진 다음부터였다.

진의 아버지 에릭스 아헨디스(Erics Ahendis) 자작에게 돈을 빌렸던 귀족들은 뻔뻔스럽게 얼굴을 돌렸고, 그에게 돈을 빌려주었던 귀족들은 아헨디스 자작의 토지를 강제로 차압해 갔다. 진이 태어나기 전부터 내정부에서 근무하던 아헨디스 자작은 정직하고 성실했지만, 대인 관계와 자기 관리에 서툴렀다. 그가 카시안 왕자 파의 고위 측근이라고 평가되는 이유는 그가 몸담고 있는 내정부 전체의 흐름에 휩쓸린 탓이었다.

엄밀하게 말하자면 그에게는 정치적 성향이 없었다. 그도 결국은 주변의 흐름에 휩쓸려 다니는 대다수의 귀족에 불과했다. 또한 결정적으로 그것을 수습할 만한 요령이 아헨디스 자작에게는 없었다.

"무슨 생각하세요?"

"예? 아아, 라미스님."

"이제는 라미스라고 부르세요. 저보다 나이가 많으시잖아요."

항상 회색 드레스를 입은 라미스는 활짝 웃으면서 진의 곁으로 다가왔다. 티타임에 필요한 것들을 정리하고 있던 진은 얼굴을 붉히며 입을 다물었다. 진과 라미스는 그다지 친한 사이는 아니었다. 하지만 레이디 엘라의 저택에서 두 사람은 함께 따돌림을 당하고 있는 처지라는 점에서 깊은 공감대를 갖고 있었다. 진은 몰락 귀족의 영애였고,

라미스는 케언 칙명관의 양녀라는 점에서 질투와 시기를 한 몸에 받고 있었다.

아헨디스 자작에게 외동딸인 진은 마지막 재산이었다. 그는 자신의 외동딸이 더 이상 가문이 몰락하기 전에 성실한 남자에게 시집갈 수 있도록 최선을 다했다. 적잖은 경비를 부담해야 하는데도 진이 레이디 엘라의 저택을 출입할 수 있는 것은 그런 이유였다. 진 자신은 그렇게 무리를 해서 이곳을 다니고 싶은 생각이 없었다. 무엇보다 그녀는 노골적으로 자신을 따돌리고 난처한 입장으로 몰아가는 귀족 영애들이 싫었다. 하지만 그녀에게는 그것을 거부할 용기가 없었다.

'참 대단한 아이야, 라미스는.'

진은 진심으로 라미스의 성격을 부러워하고 있었다. 노골적으로 깔보거나 빈정대는 말을 들어도 좀처럼 화를 내는 법이 없는 라미스였다. 진은 그녀의 그런 성격이 부러웠지만 도저히 흉내조차 낼 수 없었다. 그녀는 자신에게 모멸감을 주는 상대에게도 항상 밝게 인사를 했고 특유의 수줍어하는 미소를 머금고 있었다. 진은 곧잘 그녀의 화사한 미소와 자신의 딱딱한 표정을 비교하면서 그녀를 부러워했다.

"차를 준비하는 걸 도와드릴게요."

"아, 고마워요, 공작 영애님."

"라미스예요, 제 이름은."

라미스는 화사하게 웃었다. 가지런한 치열과 곱게 틀어 올린 머리가 잘 어울리는 라미스였다. 진은 라미스의 자신만만하고 침착한 몸가짐이 정말 부럽다고 생각하고 있었다. 진은 한숨을 쉬면서 그런 잡념을 털어버리고는 찻잔과 접시들을 쟁반에 담았다. 아피아노산 도자기들은 분명 아름답고 우아했지만, 그만큼 많은 경비를 소모해야 했기 때문에 진은 별로 마음에 들어하지 않았다. 경이적일 정도로 얇고 섬세한 세공도 진에게는 아무런 감동도 불러일으키지 못했다.

"정말 왜 이런 고급 도자기가 필요한 걸까요? 고작 차를 마시는 것뿐이잖아요."

"물질적 화려함에 의존하지 않으면 자신을 내세울 만한 것이 없는 인간들이 세상에는 많기 때문이 아닐까요?"

라미스는 비싸기로 이름 높은 실리 섬의 찻잎을 덜어내며 무심하게 대답했다. 진은 깜짝 놀란 얼굴로 주변을 둘러보았다. 물론 실내에는 그녀들 둘밖에 없었다.

"저어, 그게 무슨……."

"그냥 제 생각이에요. 온갖 화려한 치장을 하지 않으면 자신을 표현할 방법이 없는 사람들을 가끔은 측은하게 생각하고 있거든요. 티타임의 주된 화제라는 것이 찻잔이 얼마나 아름다운 모습이냐, 찻잎이 얼마나 비싸고 귀한 품종이냐에 불과하다는 것을 봐도 그렇지요. 정작 차를 음미할 줄 아는 인간은 극히 드물지요."

"라, 라미스님은 생각이 독특하시군요."

"전, 제 사고방식이 정상이라고 생각하죠."

라미스는 접시를 들어 자신의 머리 위에 올려놓으며 우스꽝스러운 표정을 지어 보였다. 잠시 동안 고민하던 진은 라미스가 천사를 흉내 내고 있다는 것을 깨닫고는 킥킥거리며 웃음을 흘렸다. 접시를 천사의 후광처럼 머리에 들고서 라미스는 잔뜩 뽐내는 표정을 짓고 있었다. 진은 참 오랜만에 즐겁게 웃어본다고 생각했다.

'왜 이런 아이가 따돌림을 당하는 걸까?'

"이제 기분이 좀 나아졌나요?"

"네? 아아, 예, 고마워요."

"굳이 '나 따돌림당하고 있어'라는 표정을 지을 필요는 없는 것 같아요. 어차피 상관없지 않나요? 그깟 따돌림쯤 당한다고 해서 레이디 진님이 레이디 엘라님이 되는 건 아니잖아요. 만약에 그렇다면 정말 심각하겠지만."

"라미스님, 말이 너무 심해요."

"자기 자신을 사랑하면 그걸로 족한 거예요. 머리 나쁜 바보들이 뭐라고 하든 얼굴 붉히며 기죽을 필요는 없어요."

"고마워요."

"자아, 그럼 바보들을 상대하러 가볼까요?"

"네."

진은 밝게 웃으면서 쟁반을 들고 앞장섰다. 라미스의 행동은 레이디 엘라가 보았다면 반나절은 족히 잔소리를 들을 만한 것이었지만 진은 왠지 기분이 즐거워졌다.

"아참! 티스푼을 까먹었네. 먼저 가세요. 곧 뒤따라갈게요."

"네, 너무 늦으면 레이디 엘라님이 꾸중하실 거예요."

진은 모두가 기다리는 응접실로 먼저 발걸음을 떼면서 말했다. 한결 표정이 나아진 레이디 진의 모습을 힐끔거린 라미스는 미소를 지었다.

"레이디 라미스! 문을 닫을 때는 조용히 닫으라고 누차 말했지?!"

"죄송합니다, 레이디 엘라님."

무심결에 응접실 출입 문을 닫던 라미스는 쟁반을 든 채로 고개를 숙였다. 레이디 엘라는 입을 다물고 차가운 눈으로 라미스를 보고 있었다. 여기저기서 킥킥거리며 웃던 귀족 영애들은 레이디 엘라의 사나운 눈총을 받고 일제히 입을 다물었다.

레이디 진과 레이디 라미스는 조심스럽게 찻잔과 접시, 스푼 등을 사람들에게 배분하기 시작했다. 라미스의 실수를 잔뜩 기다리고 있던 레이디 엘라는 못마땅한 눈으로 라미스를 바라보았다.

라미스는 예법에 맞게 공손한 태도로 소리없이 접시와 찻잔을 테이블에 내려놓았고, 한 치의 흐트러짐도 없이 간격을 맞춰 티스푼과 포크를 배열했다. 레이디 엘라는 자신의 앞에 내려놓은 찻잔을 물끄러미 내려다보았다. 흠잡을 데 없는 몸가짐이었다.

'가끔 지나친 장난만 치지 않는다면 흠잡을 데 없는 아가씨인데. 케언님께서 너무 자유 분방하신 탓에 나쁜 버릇만 배우고 있어.'

레이디 엘라는 무사히 넘어갔다는 의미로 어깨를 으쓱하는 라미스의 뒷모습을 보고 있었다.

"우유 여기 있어요."

라미스는 우유가 담겨진 포트를 조심스럽게 옆 자리에 앉은 진에게 건넸다. 진은 어색하게 미소를 지으며 가볍게 사양했다.

"전 밀크 티를 마시지 않잖아요."

"아참! 레이디 진님의 취향을 깜박했어요. 참 독특한 취향이시네요. 여기서 밀크 티를 마시지 않는 분은 진님뿐이잖아요?"

"그냥 우유를 싫어해요."

라미스는 몇 모금 정도 마신 찻잔을 내려놓고는 자신이 가져온 작은 단지를 열었다. 진은 호기심 어린 표정으로 라미스를 바라보았다.

"그건? 또 벌꿀인가요?"

"네, 요즘 벌꿀이 맛있더군요."

"레이디 라미스! 몇 번을 말해야 알겠니? 찻잔을 저을 때는 조용히 찻잔을 바라보라고 가르쳤는데 그거 뭐야? 옆 사람과 말하면서 찻잔을 저으면 어떡하나?"

곧바로 레이디 엘라의 호된 지적이 떨어졌다.

"죄, 죄송합니다. 주의하겠습니다."

다시 킥킥거리는 웃음소리가 들려왔고, 진과 대화를 하면서 꿀을 넣은 밀크 티를 스푼으로 젓고 있던 라미스는 고개를 숙이며 얼굴을 붉혔다. 진은 물끄러미 라미스의 찻잔 속에서 부드럽게 맴도는 소용돌이를 바라보았다.

원래 가벼운 간식과 담화를 목적으로 갖게 되는 티타임이지만, 레이디 엘라와 함께하는 티타임은 그다지 편하지 않았다. 대부분이 10대 후반인 귀족 영애들이 가장 힘겨워하는 시간은 식사 시간과 티타임 시간이었다. 찻잔을 집는 방법, 식기를 다룰 때의 몸가짐, 그리고 대화시의 억양과 말투까지 꼼꼼하게 신경을 써야 했다. 심지어는 시선을 두는 방법까지 지켜야 하는 것은 그녀들을 극도로 피곤하게 몰아가고 있었다. 레이디 엘라는 조금이라도 목소리가 흐트러지면 귀신같이 알아채고는 호된 질책을 퍼붓곤 했다.

"컥! 쿨럭!"

갑자기 라미스의 얼굴이 창백해지면서 테이블 위로 모든 걸 토해내기 시작했다. 라미스는 흰자위를 드러내며 입에 거품을 물고서 격렬하게 버둥거렸다.

"으윽!"

티타임은 순식간에 광란의 현장으로 돌변했다. 레이디 엘라를 비롯하여 모든 귀족 영애들이 구토를 시작했고, 대부분은 갑자기 피를 토하기 시작했다. 여기저기서 테이블 위로 피와 토사물을 쏟아냈고 바닥을 뒹굴며 비명을 질렀다.

"까아악!! 누, 누구 없어요?! 까아악!!"

진 아헨디스 자작 영애는 태어나서 지금까지 그렇게 비명을 질러본 적이 없었다. 누군가 테이블 보를 움켜쥐며 바닥에 쓰러졌고, 테이블 위에 있던 모든 것들이 엉망으로 나뒹굴었다. 하지만 티타임의 갑작스러운 참상 앞에서 그런 것들은 전혀 주의를 끌지 못했다. 살아 있는 지옥이 시작되는 순간이었다.

"어마… 어마… 사려… 어마……!"

"그륵그륵… 쿨럭!"

"사려저… 주기… 어마아……!"

혀가 마비된 소녀들은 피 거품을 토해내면서 사지를 떨고 있었다. 라미스도 괴롭게 바닥을 기어 다니며 피가 섞인 거품을 뱉어냈다. 발작을 하다 혀를 깨문 누군가의 입에서 울컥 피가 솟아오르기도 했다. 섬세하고 비싼 도자기 찻잔들이 바닥을 뒹굴며 파편을 날렸다. 진 아헨디스는 벌떡 일어나 공포에 떨면서 울고 있었다. 그녀의 입에서는 끊임없이 비명이 터져 나왔다.

20년 동안 살아오면서 한 번도 본 적이 없는 표정으로 죽어가는 소녀들의 모습은 그녀가 견딜 수 있는 한계를 단숨에 벗어났다. 그녀는 이 공포스러운 장소에서 벗어나고 싶었지만 그녀의 다리는 전혀 말을 듣지 않은 채 그 자리에 굳어 있었다. 진은 무릎이 풀려 휘청거리는 몸을 간신히 일으켜 세우고 있었다.

"까악! 제발!! 누가 좀 도와줘요!!"

진은 사람이 죽어가는 광경을 처음으로 목격하면서 울부짖었다. 비명 소리를 듣고 뛰어 들어온 하인들도 처참한 광경에 얼어붙은 것은 마찬가지였다. 테이블 주변은 정상적인 신경을 가진 사람들이 지켜볼 수 있는 모습이 아니었다. 조금 전까지 화사하게 치장하고 웃고 있던 귀족 영애가 자신이 토해놓은 핏덩이 속에 얼굴을 묻은 채 흰자위를 드러내고 죽어 있었다. 나이가 많은 레이디 엘라는 의자째 뒤로 넘어가 뒹굴고 있었고, 두 손으로 자신의 목을 움켜잡은 채 이미 숨이 끊어진 상태였다. 고통 속에서 바닥을 긁던 귀족 영애의 손톱들이 찢겨져 나가고 두 손은 피투성이가 되었다. 하인들조차도 공포와 충격 속에서 벗어나지 못한 채 그 자리에 못 박히듯 서 있을 뿐이었다.

"쿨럭! 크흑!"

라미스는 흰자위를 드러낸 얼굴로 고통 속에서 자신의 드레스를 잡아 뜯고 있었다. 형언하기 어려운 고통 속에서 라미스의 두 팔은 드레스 자락을 주욱 찢어냈다. 그녀는 고통을 견디지 못하고 자신의 옷자락을 찢어내면서 괴롭게 버둥거렸다. 다시 한 번 그녀의 입에서 희멀건 위액이 쏟아져 나왔다.

"어… 어… 어어어……!"

진은 더 이상 비명을 지르지 않았다. 그저 자신의 발 밑에서 또다시 토하기 시작하고 있는 라미스의 모습을 바라보고 있었다. 그녀의 연약한 신경은 전장에서 단련된 기사들조차 공포로 몰아넣기에 충분한 광경을 견디지 못했다. 그녀의 동공은 이미 초점이 풀려져 버렸고, 그녀의 입에서는 이제 의미없는 단어들만 흘러나오고 있었다. 진 아헨디스 자작 영애는 그렇게 이성을 상실했다. 공포는 그녀의 이성과 감성 모두를 잠식했고, 그녀의 영혼을 차갑게 얼려 버렸다.

"왠지 평화로운 오후로군."

라이어른의 특사 암살 사건으로 인해 며칠째 대책을 마련하고 있던
민트 J. 케언 공작은 티스푼은 들고서 하품을 했다. 열려진 창문으로
는 정오가 조금 지난 오후의 햇살에 달구어진 뜨거운 바람이 들어오
고 있었다. 케언은 턱을 괴고 앉아서 모처럼 혼자만의 티타임을 나른
한 기분 속에서 즐기고 있었다.

케언은 뜨거운 찻잔 속에 우유를 조금 집어넣었다. 밝은 갈색으로
우러난 차의 향기가 격렬하고 뜨겁게 뿜어져 올라왔다. 케언은 물끄
러미 찻잔을 들여다보면서 티스푼을 휘젓기 시작했다. 우유는 비좁은
찻잔 속을 폭풍처럼 휘돌아 감기며 녹아 들어갔다. 케언은 턱을 고인
자세를 풀지 않은 채 그 광경을 조용히 지켜보고 있었다.

"정말 평화로운 오후야. 그렇지 않나, 카시안 루엘 파반트 왕자?"

케언은 여전히 맴돌고 있는 밀크 티를 음미하면서 중얼거렸다.

Chapter 6

불꽃처럼 노래처럼

〈 1 〉

"잠들었어. 너, 생각보다 솜씨가 좋구나?"

카라는 선실 바닥에 깔아놓은 담요 속에서 잠든 에피의 머리칼을 쓰다듬으며 살며시 미소를 지었다. 달콤한 입맞춤호는 이제 '내 고향 알타하임(Mi hogar Altarheim)'으로 이름이 바뀐 채 하류로 흘러 내려가고 있었다.

하천 화물선은 화물을 주로 갑판에 적재했기 때문에 선실은 낮고 비좁았다. 일행 중 가장 키가 작은 에피조차도 잔뜩 목을 움츠리고 걷지 않으면 선실 천장을 가로지르는 버팀목에 이마를 부딪힐 정도였고, 덩치 큰 파일런이나 레이드는 아예 허리까지 깊숙이 숙이고 지나다녀야 했다. 그리고 선원용 선실과 승객용 선실의 구분도 없었고, 선장실도 없었다. 그저 다목적 선실이 하나 있을 뿐이었다.

쇼는 불편한 표정으로 자신의 가방을 여미고는 구석으로 대충 던져 버렸다. 그의 얼굴에는 불만이 가득했다.

"별로. 단지 레이드의 얼굴을 봐서 만들어주었던 것뿐이야. 이런 짜증스러운 계집애가 죽든 살든 내 알 바가 아니야."

쇼는 잠든 에피를 힐끔거렸다. 통증을 호소하던 에피는 쇼가 만들어준 진통제를 먹고 잠들어 있었다. 그는 묵묵히 잠시 동안 에피의 얼굴을 물끄러미 내려다보면서 자신이 처방한 약효가 제대로 발휘되는지 가늠해 보려고 했다. 물론 약이라는 것이 그렇게 쉽게 약효가 겉으로 드러나는 것은 아니었다.

"지독한 계집 같으니라고. 그 정도 분량의 약초면 골렘도 잠재우겠다."

"뭐로 만든 거지, 이건?"

"노랑날개꽃 잎사귀와 수면화 뿌리 말린 거. 세 번에 나눠 먹여. 한 번에 먹이면 우리 모두 행복한 장례식을 치러야 할 거야."

쇼는 침침한 선실의 어둠 속에서 유난히 빛나는 카라의 동공을 불편하게 바라보고 있었다. 카라의 눈동자는 별처럼 어둠 속에 떠 있었다. 그녀가 숨기지 못하는 유일한 뱀파이어의 증거는 이처럼 어둠 속에서 섬뜩하게 번뜩이는 눈동자였다. 밝은 곳에서는 깨닫지 못하지만 이처럼 허울 좋은 들창 하나가 채광의 전부인 어두운 선실 안에서는 확연하게 그 특징이 드러났다. 그녀는 어쩔 수 없는 뱀파이어였다. 그리고 쇼는 뱀파이어를 결코 좋아하지 않았고, 앞으로도 좋아질 거라고는 생각하지 않았다.

"수면화 뿌리? 그거 잠재울 때 쓰는 약초지? 근데 노랑날개꽃은 뭐야?"

"마약이야. 의외로 환각 효과는 별로인데 감각을 무디게 만들어. 하이 스카우터들이 진통제로 자주 사용하지. 꽃의 개화가 끝난 잎사귀들만 약효가 있어서 귀한 재료야. 떠나오기 전에 행여 부상당할 일이 많을까 싶어서 잔뜩 모아왔지."

"상당히 세심하고 친절하네? 의외인 것 같아."

"억지로 짝 지으려고 하지 마. 거듭 말하지만 난 세상에서 가장 예쁜 여자와 결혼할 생각이지, 암고양이는 절대 사절이야."

쇼는 넌더리를 내면서 선실을 나가 버렸고, 카라는 그의 뒷모습을 보면서 미소를 지었다.

"커헉!"

튜멜은 비명을 지르며 바닥을 나뒹굴었고, 격하게 기침을 했다. 파일런 디르거는 자신의 클레이모어로 어깨를 두드리며 강변의 풍경을 한가롭게 감상했다. 그의 클레이모어와 튜멜의 롱 소드는 질긴 가죽을 물에 적셔 검신에 꼼꼼하게 감겨져 있었다. 여러 겹으로 촘촘하게 감은 가죽은 물을 먹어 제법 무거웠다. 검신에 가죽을 감고 연습하는 방식은 흔히 용병대에서 사용하는 방법이었다. 검날 보호와 연습 상대가 다치지 않도록 하기 위함이지만, 덤으로 검의 무게를 늘려 근력과 속도를 높이는 훈련도 할 수 있었다.

"10점 만점에 3점."

튜멜과 파일런의 연습을 지켜보던 레이드가 하품을 하면서 말했다. 파일런은 그저 연습인데도 자신의 실력을 고스란히 펼쳐 보이고 있었다. 그나마 뼈가 부러지지 않을 정도로 힘 조절을 하는 것이 유일한 배려였다. 오전 내내 위액을 토해내고 이제는 헛구역질만 하는 튜멜은 후들거리는 다리를 가누며 힘겹게 일어섰다. 그가 간신히 일어서 롱 소드를 겨눠 들기도 전에 파일런의 검은 튜멜의 무릎에 호되게 작렬했다.

"컥!"

튜멜은 무릎을 힘없이 꺾으며 다시 갑판 바닥에 나뒹굴었다. 레이드는 한 손으로 눈을 가리며 한숨을 쉬었다.

"실전이었다면 자네 다리는 잘려 나갔을 거네. 적은 자네가 일어서서 자세를 가다듬도록 기다려 주지 않아. 이렇게!"

"크악!"

바닥을 기고 있던 튜멜의 등허리에 파일런의 검이 내리꽂혔다. 튜멜은 완전히 갑판에 널브러진 채 헐떡거리며 척추가 끊어지는 통증을 참아냈다. 파일런은 다시 검으로 어깨를 두드리며 강변의 초가집들을 바라보고 있었다.

"넘어지면 곧바로 일어나게, 죽기 싫다면. 전장에서 기사도 따윈 없어."

"아, 알겠… 쿨럭… 알겠습니다."

튜멜은 롱 소드에 몸을 의지하면서 간신히 일어났다. 파일런은 멀거니 강변을 바라보다가 그가 절반쯤 일어섰을 때 주저없이 검을 수평으로 휘둘렀다. 물먹인 가죽에 감겨진 클레이모어가 그의 턱을 사정없이 후려쳤다. 그는 고개를 꺾으며 다시 나뒹굴었다. 검에 맞는 순간 입술을 깨문 그는 입 안 가득 고이는 피를 갑판에 뱉어냈다. 파일런은 다시 아까의 그 자세로 돌아가 있었다.

레이드는 이제 일어서지도 못하고 바닥을 기고 있는 튜멜을 보며 혀를 차고 있었다. 튜멜은 팔다리를 버둥거리고 있었지만 전혀 몸을 추스르지 못했다.

"너무 심한 거 아닙니까, 디르거 경? 회색남풍에서도 저 정도는 아닙니다."

"검을 쥐고 적과 마주하게 되면 두 가지뿐일세."

"에… '죽느냐 사느냐. 세 번째는 없다'를 말씀하시는 거군요. 하지만 초보자에게는 좀 무립니다. 저 친구는 디르거 경이 아닙니다."

"전장은 초보자를 배려하지 않네."

파일런은 레이드에게 대꾸하면서 검을 두 손으로 고쳐 잡았다. 파일런은 손을 더듬거리며 롱 소드를 찾고 있는 튜멜의 어깨를 검으로 힘껏 내려쳤다. 간신히 뼈가 부러지지 않을 정도였지만 충격은 대단했다. 튜멜은 비명조차 지르지 못했다. 단지 어깨를 부여잡으며 헐떡거렸다. 그는 자신의 왼팔이 아예 감각조차 사라져 버렸다는 사실을 깨닫고 있었다.

'견딜 테다. 견딜 테다!'

튜멜은 감각이 사라진 왼팔을 늘어뜨린 채 오른팔만으로 갑판 저편에 떨어진 롱 소드 쪽으로 기어갔다. 파일런은 잠시 동안 그런 튜멜을 내려다보다가 가죽 부츠로 튜멜의 옆구리를 힘껏 걷어차 버렸다. 더 이상 나오지 않을 것 같던 위액이 터져 나오고 튜멜은 기절해 버렸다.

"생각보다 대단한 근성이군요."

레이드는 혀를 차면서 파일런에게 물병을 내밀었다. 파일런은 가볍게 목을 축이며 피식 웃었다.

"근성이 있는 것과 오래 사는 것은 별로 상관이 없어."

"저 남작 나으리가 왜 갑자기 저렇게 열심이죠?"

"모르지. 하지만 어차피 나에게는 상관없다네. 남작이 깨어나면 부르게."

파일런은 뱃전으로 걸어가 난간에 걸터앉고는 강변의 풍경을 감상했다. 레이드는 과연 케이시 튜멜 남작이 죽지 않았는지 확인을 하려다 포기했다. 튜멜은 신음을 흘리며 기절해 있었다.

"바보 아냐? 몸을 굴려서 거리를 두고 일어나야지, 바로 앞에서 뭐하는 거야?"

쇼는 선실 출입구 앞에 서서 혀를 빼문 채 중얼거렸다. 쇼는 선실 출입구에 기대서서 파일런에게 호되게 공격을 당하고 기절해 버린 튜멜을 지켜보고 있었다.

"아까부터 지켜봤는데 전혀 진보가 없어. 저건 정말 바보야."

선실 출입구 옆에 앉아 있던 이언이 하품을 했다. 이언이 앉아 있는 자리는 갑판에서 유일하게 그늘이 지고 있었다. 쇼는 이언과 나란히 앉았다.

"할 말 있냐?"

"우리, 그러니까 나와 레이드를 왜 구해준 거지? 솔직히 좀 의외였다."

"바보 남작과 노처녀가 어디 있는지 내가 어떻게 아냐? 그냥 감옥 문을 하나씩 열어보다가 발견한 거다. 별로 네놈을 구해주고 싶진 않았어."

"빌어먹을 자식. 네놈 말투는 정말 귀에 거슬려."

이언은 피식 웃으며 하품을 했다.

"네놈 얼굴은 더 짜증나. 그리고 밤마다 불어대는 피리 소리는 더더욱 싫어. 밤마다 달을 보고서 수다를 떠는 건 그만 해줬으면 좋겠어. 밤에는 잠 좀 자자."

"밤낮으로 잠만 자는 녀석이 뭔 소리를 하는 거야? 그리고 난 딱 두 번 오카리나를 연주했을 뿐이야."

"우리가 라트에일을 탈출했을 때, 그리고 우리의 목적지가 발트하임의 수도로 정해졌을 때. 굉장한 우연이지?"

"뭐?"

이언은 그저 곁눈질로 쇼를 힐끔거리고는 피식 웃었다. 이언은 눈을 감은 채 나무 벽에 머리를 기댔다.

"라트에일까지 가는 동안에 너는 야영지에서 밤을 지샐 때마다 나무 조각으로 조각상을 깎았지. 그리고 라트에일을 떠나 이 배를 타고 있는 동안에는 오카리나를 연주하고. 그것도 밤에만."

"오카리나는 밤에 어울려."

"그렇겠지, 밤이면 무척 조용하니까. 멜로디를 감상하기 좋겠지."

"무슨 소리를 하고 싶은 거냐?"

"단지 취미가 독특한 것 같다는 의미야."

이언은 심드렁하게 목덜미를 긁으며 말했다. 쇼는 어깨를 으쓱하면서 이언을 바라보고 있었다.

"말했잖아? 하이 스카우터들은 갖가지 취미를 만들어낸다고."

"그래서 넌 숲에선 나무를 깎고, 강에선 그 괴상한 피리를 연주하냐?"

"오카리나야. 그리고 그 멜로디는 아무런 의미도 없는 거야. 그저 생각나는 대로 즉흥적으로 연주하는 거야. 조각상을 깎는 것도 멀거니 불침번을 서기 지루해서……."

"난 무슨 의미가 있냐고 질문하지 않았어, 바보야."

쇼는 입을 다물었다. 이언은 자세를 바꾸지 않았고, 잠든 것처럼 움직이지 않았다. 그저 입술만 달싹거려 말을 만들어내고 있었다. 강바람이 살며시 두 사람을 더듬고 사라졌다. 침묵을 다시 깬 것은 이언이었다.

"어린 시절을 말해 봐. 예를 들어 5살 때 어떤 음식이 맛있었고, 9살 때 어떤 여자 아이를 좋아했는지. 과연 말할 수 있을까?"

"뭐?"

"아무거나 어린 시절을 한번 말해 봐."

쇼는 지그시 이언을 바라보고 있었다.

"원하는 게 뭐냐?"

"너의 어린 시절 이야기."

"그런 개인적인 건 말하고 싶지 않아."

"그렇겠지, 아마도."

이언은 눈을 감은 채 조용히 웃었다. 이언은 아예 그늘 속에서 갑판에 길게 누워서 잠을 청하기 시작했다. 쇼는 그저 묵묵히 갑판을 노려보고 있었다. 잠들기 전에 몸을 뒤척여 보던 이언은 지나가는 말투로 입을 열었다.

"그 노래, 네가 언젠가 숲에서 부르던 노래."

"요정의 노래를 말하는 건가?"

어두운 산속에 요정이 살고 있었네.

얼마나 깊은지 모를 산속에 살고 있었네.

요정은 혼자였다네.

어째서 혼자였을까? 어째서 혼자였을까?

어째서 혼자였을까? 어째서 혼자였을까?

그래도 요정은 여전히 혼자였다네.

라라라 라라 라라라 라라라.

이언은 눈을 감고 누운 채 노래를 흥얼거리기 시작했다. 쇼는 황당한 표정으로 이언을 보고 있었다. 이언의 노래는 가사와 멜로디, 다 하나도 틀리지 않았다. 언제인가 숲에서 밤을 지새며 쇼가 불렀던 노래를 정확하게 따라 부르고 있었다.

‘부, 불가능해. 어떻게 한 번 들은 노래를 외운 거지?’

쇼는 옆에 누워서 노래를 부르고 있는 이언을 내려다보면서 그런 생각을 했다. 상식적으로 생각해도 고작 한 번 들었던 노래를 기억한다는 건 무리였다. 하지만 이언의 노래는 정확했고, 멜로디를 잊어먹거나 가사를 몰라 머뭇거리지도 않았다. 확실하게 그 노래를 알고 있다는 의미였다.

요정은 심심했다네.
그래도 심심했다네.
요정은 결심했다네.
마을로 내려갔다네.
혼자 살던 요정 너무 심심했다네.
결국 마을로 내려갔다네.
라라라 라라 라라라 라라라.

강물이 뱃전을 차는 소리가 이따금씩 들려오는 가운데 이언의 노래는 예전에 쇼가 그랬던 것처럼 조용하고 애상적인 멜로디로 계속되고 있었다. 그리고 갑자기 이언의 노랫소리가 멎었다. 너무 갑작스러운 침묵 속에서 쇼는 노래가 멈췄다는 사실을 쉽게 인지하지 못했다.

"난 그 노래를 알고 있어. 네가 어린 시절을 말하지 못하는 이유처럼, 바보 녀석아."

이언을 다시 한 번 몸을 뒤척였고 더 이상 입을 열지 않은 채 낮잠 속으로 침몰했다.

<2>

제국의 별은 하나이면서 하나이지 못한 존재이다. 유일한 존재이면서 또한 유일하지 않은 존재이기도 하다. 제국의 별은 어디에나 있지만, 동시에 세상에 오직 하나뿐이다. 누구나 제국의 별을 볼 수 있지만, 또한 누구나 제국의 별을 볼 수 있는 것은 아니다. 나는 검은 평원에서 제국의 별을 보았다. 나는 내가 군주로서 필요한 덕목을 깨달았고, 제국의 별은 그 덕목을 증명해 주었다. 제국의 별이 눈부시게 빛날 때, 신께서는 그자의 군주됨을 증명하리라.

"후우——"

발트하임의 새로운 국왕 레흐 디히트 아델만 후작은 한숨을 쉬면서 책을 덮었다. 대륙을 통일하고 제국을 건설한 하페우스 3세는 오직 한 권의 저서를 남겼다. 후작은 물끄러미 하페우스 3세의 저서 '군주론'

의 표지를 내려다보았다. 금박을 입힌 가죽 장정은 비에 젖은 튜닉처럼 초라했다. 후작은 올해 들어서 벌써 4번째로 군주론을 독파하고 있었고, 횟수를 거듭하면서 가죽 장정은 추레한 몰골로 변해가고 있었다.

후작은 연거푸 한숨을 쉬면서 창가로 걸어가 창문을 열었다. 발트하임의 수도 아인돌프(Eindolf)는 비에 젖어 있었다. 사자왕 베오하이트가 암살되었다는 소식은 이미 라이어른 전역으로 번져 있었고, 후작은 공주의 남편이라는 이유로 국왕으로 추대되었다. 아피아노의 중앙 대교국에서 '국왕에 대한 친서'가 도착하지 않은 관계로 그의 신분은 아직까지 후작에 머물고 있었다. 중앙 대교국에서 친서가 도착하면 그는 아델만 공작이 될 것이며 수도의 상트 레쯔엘(Sant Lezel) 대성당에서 공작 서품식과 정식 국왕 즉위식을 하게 될 것이다.

왕권을 견제하는 교권에 대한 독립을 주창하며 종교 전쟁의 어지러운 정세 속에서 독립 국가를 선포했던 아메린과 크림발츠는 아피아노, 정확하게는 아피아노의 수도 아피아노아 근교에 위치한 '성스러운 도시' 라이노아(Lainoa)에 소재한 중앙 대교국을 '쓸모없이 잔소리가 심한 수다쟁이' 정도로 취급하고 있었다.

대륙에서 국왕 대관식 때 중앙 대교국에서 보낸 '국왕에 대한 친서' 낭독을 하지 않는 국가는 아메린과 크림발츠뿐이었다. 아이러니컬하게도 대륙을 뒤흔드는 강대국은 아메린과 크림발츠였다. 폴리안 또한 '폴리안 정교회'가 국교로 지정되어 있었기 때문에 중앙 대교국과는 껄끄러운 관계였고, 공교롭게도 폴리안 또한 대륙 최강국의 반열에 올라 있었다.

공통적으로 세 국가에서 '공작(Duke)'의 지위는 국왕 다음 가는 귀족 신분으로 정의되어 있었고, 중앙 대교국의 영향 아래 있는 다른 국가들은 국왕의 신분이 공작으로 정의되어 있었다. 라이어른은 제국이 분열될 때 교권을 옹호하는 북 하이파 제국이었고, 그로 인하여 지금까지도 결코 중앙 대교국에게서 자유롭지 못했다. 국왕의 신분이 공작인 것은 중앙 대교국의 '교황'을 모시는 존재라는 상징이었다.

아델만 후작은 우울한 기분으로 발트하임의 수도를 굽어보고 있었다. 발트하임의 왕성 '사자성(Lion Castle)' 최상층에 위치한 명상실에는 동서남북 모든 방향으로 창문이 있었고, 수도 전체와 주변 지형이 한눈에 들어왔다.

원래 명상실은 대륙의 암흑기를 거치며 수도를 침공한 적군의 동향을 국왕이 안전하게 관측하기 위한 목적으로 신축된 부분이었다. 때문에 전반적으로 낮고 넓은 형태로 지어진 사자성에서 유난스럽게 보이는 부분이었고, 사자성의 외관을 조금 우스꽝스럽게 만드는 요소였다. 대륙 남부 국가들처럼 한없이 높은 첨탑을 다수로 건축할 기술이 없는 라이어른에서는 흔한 모습이었다.

후작이 명상실을 좋아하는 이유는 단순했다. 218계단과 중간에 위치한 다수의 층계참을 걸어 올라오는 노력을 쏟는 사람이 왕성에 드물다는 사실이었다. 다시 말해 아무도 명상실까지 올라오려고 하지 않았다. 게다가 이곳에서는 수도의 모습이 한눈에 들어왔다.

'아버님이 돌아가셨다는 사실에 저렇게 기뻐하는 딸이 있다니…….'

후작은 요즘 노골적으로 변해가는 아내의 행실을 생각하면서 눈살을 찌푸렸다. 그를 국왕으로 추대한 것도 아내인 아델만 공주였고, 이제는 왕비의 자격으로 국사를 독점하고 있는 것도 아내였다. 후작은 거의 하루 종일 명상실에 틀어박혀 독서, 주로 군주론의 재독을 하면서 하루를 보내고 있었다. 자신의 호위 기사단 기사대장이었던 하일리버는 발트하임 총기사단장보다 강력한 힘을 발휘하고 있었다.

'27살밖에 되지 않은 애송이가 뭘 안다고 설쳐 대는 건지. 지위라는 건 연륜과 경험이 바탕이 되어야 하는 것이거늘, 고작 27살에 불과한 철없는 어린애가 한 나라의 군사력을 좌지우지하고 있으니… 이 나라의 미래는 어떻게 될까?'

남쪽에서 흘러 내려와 북쪽으로 내려가는 야르 강을 보고 있던 후작은 끊임없이 한숨을 쉬고 있었다. 그는 마음속으로 끊임없이 장인어른인 사자왕 베오하이트의 생존을 기원하고 있었다. 하지만 장례식까지 치른 사자왕이 생존해 있을 확률은 회의적이었다.

'강물은 저렇게 아름다운데, 그 곁에서 살아가는 인간들은 어찌 강물에게서 아무것도 배우지 못한단 말인가?!'

후작의 우울한 눈동자에 비춰진 강물은 빗속에서 잿빛으로 젖은 채 흐르고 있었다.

복잡하게 굽이치며 중앙산맥에서 흘러 내려온 야르 강은 발트하임의 수도 아인돌프에서 마지막으로 거대한 U 자형으로 굽어진 다음 바다를 향해 묵묵히 뻗어 내려갔다. 강물이 굽어진 부분에 위치한 발트하임의 수도는 서쪽을 제외한 세 방향이 강물로 둘러싸인 천혜의 요새를 이루고 있었다.

라이어른의 다른 도시들과 마찬가지로 아인돌프도 지형적인 방어에 의존하는 기본적인 철학에는 변함이 없었다. 서쪽으로는 견고한 성벽이 건축되어 있었고, 강 건너편에도 강을 따라서 한없이 긴 '장벽'이 축조되어 있었다. 동쪽과 남북쪽에서 침입하는 적이 만의 하나 장벽을 함락시켜도 대규모 병사를 도하시키는 작전은 구사할 수 없었다. 장벽 자체가 병사들의 대규모 도하를 막는 방해물이 되고 있었다. 그리고 그 강변에 사자성이 위치하고 있었다.

서쪽으로는 수도의 시가지가 방벽 구실을 해주고 있었고, 나머지 방향으로는 야르 강이 방어를 해주는 구조였다. 실제로 대륙의 암흑기 동안에 여러 차례의 침공을 받았지만 아인돌프가 함락된 역사는 아직껏 없었다.

장벽을 점령하지 않은 채 강의 상·하류에서 직접적인 도하를 시도하게 되면 강의 양쪽에서 호된 협공을 받아 수장될 뿐이었다.

비가 내리고 있는 수도는 언제나처럼 바쁘게 화물선들이 오가고 있었다. 견인선에 이끌려 상류로 거슬러 올라가고 있는 배들도 있었고, 자력으로 노를 저어 상류로 올라가는 배도 있었다. 하류로 내려오는 배들은 강의 흐름에 몸을 의지한 채 좀 더 여유가 있었다.

'기억이 나질 않아. 나도 늙은 건가?'

후작은 강 건너 장벽 너머에 위치한 요새 도시 '좌사자'를 찾아보기 위해 눈을 가늘게 떴다. 비 때문에 좁아진 시야로는 좌사자의 성곽이 보이지 않았다. 좌사자는 수도의 서쪽 성벽 너머에 존재하는 또 다른 요새 도시 '우사자'와 함께 라이어른 맹약 기사단의 주둔지였다.

페나 아델만 왕비의 명령에 의하여 맹약 기사단 1연대가 게일 침공에 앞서 최종적인 훈련에 들어가 있었다.

사자왕 암살의 배후로 밝혀진 게일은 라이어른 맹약국에서 고립되었고, 라이어른의 나머지 5개 국가로부터 선전 포고를 받고 있었다.

국경선 부근에 집결한 게일의 기사단은 쉽사리 철군하지 못했다. 게일은 폴리안과 직접적으로 국경을 접하고 있는 국가였다. 군대를 철군하면 폴리안의 침공을 받게 될 상황이었다. 폴리안의 진홍 기사단은 여왕의 창기병과 함께 가장 돌파력과 기동력이 강한 군대였다. 철군을 하면 수도로 향한 게일의 기사단보다 진홍 기사단이 먼저 게일의 수도 게일란트(Geilland)로 입성하는 촌극이 벌어질 가능성도 없지 않았다.

페나가 게일을 선택한 것은 발트하임과 직접적으로 국경을 맞대고 있다는 사실과 그 게일은 다시 폴리안과 국경을 접하고 있다는 사실이 주된 이유였다. 물론 게일의 지방색이 반골 기질이 강하고 자국 문화에 대한 우월감이 강하다는 것도 중요한 요소였다. 노드 게일이 게일에서 떨어져 나왔을 때 다른 라이어른 국가들은 그 독립을 지지했었다.

게일 측에서는 라이어른의 각국 왕실로 사자왕 암살 문제에 있어서 자신들의 결백을 호소하는 문서를 보냈지만 답장은 아주 간결한 문구로 되돌아왔다.

A. U. Geil(Auwex Uri Geil: 게일에게 저주를).

게일의 왕실로 되돌아오는 서신에는 항상 간결한 세 단어의 저지 미노트 어만이 적혀 있었다. 즉각적인 보복성 침공이 벌어지지 않은 이유는 나머지 국가들의 모든 군대도 역시 폴리안의 국경선에 집결해 있다는 이유뿐이었다.

하지만 피해 당사국인 발트하임에는 '맹약 기사단'의 전 병력이 주둔해 있었다. 맹약 기사단은 각 기사단에서 선발된 최우수 기사들로 구성되어 있었고, 아피아노의 중앙 대교국으로부터 직접 '맹약 기사' 라는 서품을 받았다. 교황의 이름으로 각국 총대주교가 하사하는 맹약 기사의 서품이 갖게 되는 자부심은 애국심을 능가했다. 맹약 기사들은 스스로의 경건함과 정결을 증명하기 위하여 수도사와 마찬가지로 독신의 서약을 맹세했고, 신을 찬미하는 십자가를 휘장에 그려 넣었다. 맹약 기사단은 중앙 대교국을 지탱하는 3대 기사단 중에서 대륙 북부 지역을 대표했다.

'고작 한 여자에게 놀아나는 주제에 신의 이름을 들먹이다니. 어째서 라이어른에 맹약 기사단이라는 것이 존재해야 하는가!'

후작은 좌사자를 찾아보려던 자신의 행동을 자책하기 시작했다. 그의 기분은 한없는 자학과 역겨움의 나락으로 떨어지고 있었다.

신의 아름다움을 찬미하며 신의 권능을 대행하는 교황 폐하께서 발트하임의 국왕 제노스 라이침버 베오하이트 전하께 '사자왕'의 지위를 내리시며 그 용맹과 경건한 신앙심에 찬사를 보냈던 바, 우리 모두 사자왕 전하에게 무한한 존경과 복종을 보여야 함이 마땅함에도 저주받아 마땅한 게일은 사자왕 전하를 직접 시해하여 신께서 주신 두 손에 피를 묻혔도다. 이에 우리는…….

후작은 맹약 기사단의 이름으로 게일과 라이어른 전역으로 공표된 '선언문'을 다시 상기하고는 역겨움을 느꼈다.

한없이 경건하고 고상한 저지 미노트 어로 작성된 그 선언문은 무려 16,000 단어로 구성되어 있었고, 그 단어 수는 현재 운용 중인 맹약 기사단의 총 병력 숫자와 일치하도록 세심하게 배려되어 있었다. 물론 선언문의 처음은 A. U. Geil이라는 저지 미노트 어 경구로 시작하고 있었다. A. U.라는 오래된 경구는 발신인의 품위를 손상하지 않는 범위 안에서 외교 서신으로 사용할 수 있는 가장 과격한 어휘였다.

문학을 사랑하는 후작으로서는 그러한 행위가 문학에 대한 심각한 명예 훼손으로 느껴지고 있었고, 간신히 그 선언문을 찢어버리는 추태를 참았다. 각국에서는 발트하임의 왕실로 '경건하고 비장하면서 문학적 향취까지 겸비한 역사적 선언'이라는 요지의 서신을 장황하고 어려운 표현으로 첨부해 보내왔다.

후작은 그 서신들을 읽고 정확하게 3일 동안 아무것도 먹지 않은 채 명상실에서 나오지 않았고, 누구와의 접촉도 허락하지 않았다.

'후대에 나는 가장 무능력하고 무책임했던 국왕으로 추대되겠군. 멋져.'

그는 전쟁 준비로 들떠 있는 아내와 하일리버의 모습을 떠올리며 가슴 막힌 한숨을 쉬고 있었다. 물론 그에게는 표면적으로 '전투 준비' 명령이 떨어진 맹약 기사단에게 '대기'를 명령할 순 있었다. 하지만 과연 맹약 기사단이 자신에게 복종할지는 미지수였다. 아직 정확한 지위가 결정되지도 않은 하일리버가 맹약 기사단의 군사 고문으로 임명된 것과 그것을 이유로 임의로 그가 맹약 기사단의 보급을 진두지휘하는 행동은 후작의 마음에 들지 않았다.

'하지만 이미 주도권을 빼앗긴 상황에서 무얼 한단 말인가? 대신들도 이미 왕비를 지지하고 있는데. 에윈 후작님, 당신마저 가버리시면 이 나라는……'

아델만 후작은 문득 얼마 전에 암살당한 에윈 후작을 떠올리자 크림발츠를 맹렬하게 증오하기 시작했다. 아직 대신들에게는 비밀로 붙여졌지만 후작은 아내로부터 비밀 특사들이 국경선 부근에서 암살당했다는 사실을 들었다. 그리고 지금 크림발츠는 케언 공작과 각종 파벌들이 난립하고 있는 사실도 알고 있었다.

'네놈들이 파벌 싸움이나 하면서 죽인 사람이 이 나라에서는 얼마나 중요한 존재인지 아는가? 어째서 우리가 네놈들의 집안싸움에 피해를 입어야 하지?!'

비에 젖은 창틀을 움켜쥐며 크림발츠 인들을 저주하던 후작은 갑자기 흠칫했다. 결국은 그도 아내의 주장에 동의하고 있었던 것이다.

'라이어른의 통일. 보다 강한 독립 국가 건설.'

라이어른이 통일된다면 라이어른은 대륙의 3대 강국들과 어깨를 나란히 하기에 전혀 부족함이 없었다. 페임가르트의 해군, 발트하임의 육군, 게일의 철광 산지, 브레나의 경제력, 노드 게일과 뤼막의 식량 생산. 강대국이 되기 위한 조건은 모두 갖추고 있었다. 단지 지금은 '나눠서' 갖고 있을 뿐이었다. 인구 수와 군대 비율도 대륙 어느 국가들보다 높았다.

'통일이 된다면 군대비를 절반으로 낮춰도 대륙과 견줄 만한 군대가 남게 될 거야. 그 나머지 인원들이 농업과 철강 생산에 참여하게 된다면… 강대국 라이어른이 결코 허상은 아니야.'

레흐 디히트 아델만 후작은 가슴이 뜨거워지는 느낌을 받고 전율했다. 헤롤리우스의 연작 시집을 읽고 있는 듯한 격렬한 감흥이 그를 지배했다. 그는 자신의 조국 발트하임, 아니, 라이어른을 사랑했고, 10세기 전 똑같은 땅 위에 대륙을 통일하고 제국을 건설한 하페우스 3세의 군주론에 동의했다.

라이어른이 통일된다면 아메린과 크림발츠의 국경 분쟁 속에서 페임가르트와 발트하임의 군대가 서로 싸우는 비극을 벌이지 않아도 좋았다.

라이어른의 통일에 죄없는 이들의 피가 필요한 이유도 결국은 아메린과 크림발츠가 이곳에 뿌리 깊은 '지역 감정'을 심어놓았기 때문이었다.

'우리가 서로 싸우는 것도 결국 그들이 심어놓은 삐뚤어진 증오심 때문이지. 아내의 계획이 많은 이들의 죽음을 전제로 하는 것도 그들이 저지른 짓이야. 내가 그녀를 경멸할 자격이 있을까?'

아델만 후작은 창틀에 기댄 채 주저앉았다. 그는 머리 속을 맴도는 온갖 감정과 사고 속에서 신음했다.

'무엇이 옳은 것인가?'

그는 결코 그 질문에 대답을 할 수가 없었다. 누구도 그 질문에 조언을 해주지 않았으며 그 자신 스스로도 해답을 찾지 못했다.

진정한 군주가 되고자 한다면 스스로 해답을 찾아야 하리라. 그것이 군주의 진정한 자격이리라.

—군주론 발췌.

그의 머리 속으로 군주론의 경구가 맴돌고 있었다. 후작은 느리게 고개를 들어 수도의 시가지를 내려다보았다. 창밖으로는 여전히 비가 내리고 있었고, 끊임없이 배들이 들어오고 나갔다.

〈 3 〉

　‘모야의 타베른(Mya's Tavern)’에 대해서 말하라고 한다면 누구나
쉽게 대답할 수 있을 것이다. 수도에서 흔하디흔한 3류 타베른이라고.
　타베른들이 어떤 도시에서나 광장 주변에 밀집해 있다는 사실은 똑
같았다. 도시의 광장에는 보통 교회나 성당이 있었고, 공고판과 타베
른이 있었다. 여행자들은 낯선 도시에 도착하면 누구나 그 도시의 광
장으로 들어가 여행에 지친 목을 축였고, 광장 주변에 모여 있는 타베
른들 중에서 자신의 숙식을 해결할 장소를 찾았다. 도시에 사는 사람
들에게도 광장은 일상의 중심이었다. 그곳은 축제가 열리는 장소였고,
이따금씩 시장이 서는 장소였다. 주일에는 성무에 참석하기 위해 광
장으로 몰려들었고, 밤이면 술을 마시기 위해 광장 주변의 타베른으
로 몰려들었다. 셋째 왕자의 결혼식 소식이 공고로 나붙은 곳도 광장
이었고, 군 복무를 하면 세금을 감면해 준다는 소식이 알려진 곳도 그

곳이었다. 광장이라는 것은 모든 도시 생활의 중심이 되는 곳이었다. 모야의 타베른도 그런 광장에 존재하는 타베른들 중 하나였다.

"후우……."

수도는 비에 젖어 있었다. 한쯔(Hanz)와 그의 동료들은 비에 젖어 물귀신처럼 어깨로 감겨드는 로브 자락을 짜증스럽게 떼어내고 있었다. 서부 대로는 비에 젖어 지독한 진흙 수렁을 만들어냈고, 사람들에게 '지옥으로의 순례'를 떠올리게 만들었다. 며칠째 그 지독한 도로를 걸어온 한쯔와 동료들은 이제 겨우 한숨을 돌리고 있었다.

"여기가 발트하임의 수도인가?"

누군가 빗줄기 너머로 흐릿하게 떠 있는 왕성의 전망 탑을 보면서 중얼거렸다. 사자성은 도시 저편에서 가물거리는 윤곽만으로 자신의 존재를 증명했다.

"비를 피하고 뭐라도 따스한 걸 먹는 게 어떨까?"

누군가가 너무나도 당연한 제안을 해왔다. 한쯔는 주변을 둘러보다가 모야의 타베른을 발견하고는 그쪽으로 발걸음을 옮겼다.

"크아! 맛 좋다."

한쯔와 동료들은 만족스럽게 흑맥주를 마시며 안도의 한숨을 내쉬었다. 열어놓은 나무 들창 너머로는 비에 젖어 후줄근한 광장이 내다보이고 있었다.

"벌써 여행도 중반으로 접어들었군."

"쓸모없는 도적들 때문에 너무 시간을 낭비했어. 그건 그렇고… 어이, 뭐라고 말 좀 해보게나. 한쯔, 여행 내내 그렇게 입을 꾹 다물고 있을 필요가 있겠나?"

한쯔는 피식 웃고는 묵묵히 맥주 잔을 기울였다. 타베른의 더럽고 낮은 천장 아래에는 비를 피해 술을 마시고 있는 자들로 가득했다. 비에 젖은 사내들의 체온으로 무겁고 역한 냄새가 사방으로 뿜어지고 있었다. 나무 들창을 모두 열고 출입 문까지 열어두었지만 그 냄새만은 어쩌지 못하고 있었다. 하지만 그런 것에 신경을 쓰고 있는 자들은 아무도 없었다. 그저 일상의 퀴퀴함에 불과한 냄새였다.

"꺄악! 하, 하지 말아요! 제발 그만 좀 해요!"

"헤에, 이리 좀 앉아보라구. 예쁜데!"

'여기서도 저런 걸 보는군.'

한쯔는 짜증이 담긴 시선으로 맥주 잔을 내려놓았다. 구석진 테이블에 앉은 4명의 사내들이 손님들의 시중을 들고 있는 하녀의 손목을 잡고 실랑이를 벌이고 있었다. 타베른에 앉아 있던 다른 손님들은 몇 번이고 반복되는 일상의 무관심 속에서 그저 그 모습을 지켜만 보았다. 하녀가 들고 있던 나무 쟁반으로 사내를 내려치려고 했지만 사내는 웃으면서 쟁반을 빼앗았다.

"그쯤 해두는 게 어때? 얌전히 술이나 마시라구."

한쯔는 짜증스러운 말투로 사내들을 제지했다. 사람들의 시선은 바쁘게 양쪽 테이블을 오가고 있었다.

"넌 뭐냐?"

"지나가던 여행자들."

"그럼 신경 *끄고* 술이나 마셔."

"쓰레기 같은 놈들."

그 말은 사내들을 화나게 만들기에 충분했다. 사내들은 여자를 놓아주고 천천히 일어나 한쯔와 그의 동료들에게 다가왔다. 한쯔와 그의 동료들은 긴장감없이 태연하게 맥주를 마시고 있었다. 사내들은 한쯔 일행의 테이블 앞에 섰다. 덩치가 크고 검게 그을린 사내가 허허 웃으며 턱을 문지르고 있었고, 찢어진 눈매의 사내와 평범해 보이지만 유들거리는 표정의 사내가 손가락 관절을 뚝뚝 소리를 내며 꺾었다. 마침내 한쯔는 천천히 자리에서 일어났다. 맨 뒤에 서 있던 사내는 그런 광경을 지켜보며 섬뜩할 정도로 인상을 쓰고 있었다. 사내들은 한결같이 더럽고 냄새 나는 차림이었고, 옷차림도 엉망이었다.

'뭐야, 이런 건달들은?'

한쯔는 인상을 쓰고 있는 사내의 얼굴에 비스듬히 새겨진 칼자국을 보면서 그런 생각을 했다. 얼굴에 칼자국이 있는 사내는 무서운 눈으로 한쯔를 노려보고 있었다.

'보아하니 용병 조합이나 기웃거리는 싸구려 건달들이군.'

한쯔는 여행을 떠난 뒤 지겹게 봐온 부류의 인간들을 노려보았다. 그들은 얼굴에 새겨진 칼자국을 하나의 훈장처럼 생각하고 있었다. 사실 싸움 중에 얼굴에 칼자국만으로 끝날 수 있는 건 쉬운 일이 아니었다. 차라리 목이 잘릴 확률이 그보다는 몇 배나 높은 것이 현실이다.

"네놈들, 여행자들 같은데 내가 누군지 알아?"

"네놈이 누군지는 모르지만 그런 말을 내뱉는 놈들치고 제대로 된 놈들을 못 봤다."

"뭐? 이 자식이!"

그리고 싸움이 시작되었다. 이런 류의 싸움들이 늘 그렇듯 모두들 각자 비슷한 상대를 찾아서, 다시 말해 만만한 상대를 골라 주먹을 날렸다. 한쯔는 곧바로 얼굴에 칼자국이 있는 사내에게 주먹을 내질렀다. 한쯔는 그가 두목이라는 것을 어렵지 않게 짐작하고 있었다.

퍽!

칼자국의 사내가 미처 자세를 잡기도 전에 한쯔의 주먹이 사내의 턱에 명중했다. 칼자국의 사내는 한 걸음 휘청거리더니 입 안을 우물거리고는 피가 고인 침을 바닥에 뱉었다. 그리고는 한쯔를 무섭게 노려보았다.

"이놈들도 저놈들도 다 맘에 안 들어!"

"헤에, 말로만 그러지 말고 덤벼봐. 겁먹은 건가?"

한쯔는 자세를 취하며 상대를 비웃었다. 그 말은 칼자국의 상대를 충분히 열받게 만들기에 충분했다.

"크헉! 제길!"

밋밋한 얼굴인데도 어딘지 유들거리는 인상의 사내는 매서운 발길질을 받고 바닥을 뒹굴고 있었다. 통나무를 깎아서 만든 테이블은 장정 두어 사람이 들어야 할 정도로 무거웠기 때문에 요란한 소리를 내면서 부서지는 일은 없었다. 유들거리는 인상의 사내는 탁자에 부딪힌 허리를 부여잡으며 욕설을 내뱉었다.

"그러게 어설픈 실력을 믿고 까부는 게 아냐!"

한쯔의 동료는 상대에게 다가서면서 혀를 찼다. 상대는 쿨럭거리면서 탁자를 짚고 일어섰다. 그리고 한쯔의 동료를 바라보았다.

"혹시 알아?"

"뭘? 크악!"

한쯔의 동료는 비명을 내질렀다. 누군가에 의해 테이블 위에 놓여져 있던 뜨거운 냄비 요리를 얼굴에 뒤집어쓴 그는 비명을 질렀다. 유들거리는 인상의 사내는 곧바로 상대의 무릎을 걷어찼다. 상대는 무릎을 꺾으며 넘어졌고, 사내는 굴러다니는 의자로 그의 머리를 사정

없이 후려쳤다. 평민들이 흔히 쓰는 등받이가 없는 의자는 술집 싸움
에서 무기로 쓰기에 충분할 정도로 튼튼했다.

"네놈은 바보라는 거."

사내는 히죽 웃으며 피를 흘리며 기절해 버린 상대를 내려다보았다.

'역시 보통은 아니군. 이 정도 맞고도 서 있다니.'

한쯔는 보통이라면 한두 번에 뻗어버릴 자신의 주먹을 견뎌내는 칼
자국의 사내에게 감탄했다. 칼자국의 사내는 턱이 돌아갈 정도로 맞
으면서도 여전히 서 있었다.

"이봐, 정의의 사도."

"응?"

한쯔는 등 뒤에서 들려온 목소리에 고개를 돌렸고, 곧바로 그의 턱
은 원상태로 되돌아갔다. 제대로 턱을 맞은 한쯔는 휘청거리며 한쪽
무릎을 꿇었고, 아직까지 의자를 들고 있던 사내는 한쯔의 뒤통수를
향해 의자로 내려쳤다. 등 뒤에서 두 사람의 공격을 받은 한쯔는 그
일격에 정신을 잃고 뻗어버렸다. 찢어진 눈매의 사내가 씨익 웃으며
의자를 들고 있는 사내를 바라보았다.

"잘했어. 맘에 드는데!"

"니미, 구둣발로 맞으니 아파 죽겠다."

사내는 발길에 채였던 턱을 만져 보더니 핏덩이를 바닥에 뱉어냈
다. 그동안 검게 그을린 덩치 큰 사내는 상대를 광장 밖으로 던져 버
리고 되돌아오고 있었다.

"어딜 가나 이런 얼빠진 정의의 사도가 있지."

찢어진 눈매의 사내는 바닥에 널브러져 기절해 있는 한쯔를 발끝으
로 건드려 보면서 이죽거렸다.

"헤에, 이런 세상에도 정의 같은 게 있었어? 난 못 봤는데?"

술집 의자를 휘둘렀던 사내는 남의 테이블에서 멋대로 독한 밀주를 입 안에 털어 넣고 우물거리며 대꾸했다. 그는 인상을 구기며 입속으로 더러운 손가락을 집어넣고 상처를 살펴보고 있었다. 그동안 덩치 큰 사내가 기절한 한쯔의 몸을 뒤져 돈주머니를 챙기고 있었다. 이런 싸움 뒤에는 곧잘 벌어지는 일이기 때문에 그런 행동에 신경 쓰는 사람은 없었다.

"어이, 기어코 오늘도 한건했구만? 술 한잔 돌려."

"자네들처럼 빨리 이 바닥을 주름잡는 놈들은 처음 보겠어."

지금껏 지켜보고 있던 술꾼들은 오히려 사내들의 편을 들고 있었다. 그 즈음에서야 광장 주변을 순찰하던 경비대원들이 타베른 안으로 들어왔다.

"뭐야? 또, 네놈들이냐?"

"어이구, 나으리, 죄송합니다. 이 녀석들이 시비를 걸어서 말입쇼."

찢어진 눈매의 사내는 타베른으로 들이닥친 수도 경비대원들에게 굽실거리기 시작했다. 체인 메일을 입고 치안을 맡은 경비대원의 표시로 붉은 서코트를 입은 병사들은 엉망으로 어질러진 타베른을 둘러보며 혀를 찼다. 경비대원들은 롱 소드로 무장을 하고 손에는 나무 곤봉을 들고 있었다.

대도시에서는 단검까지 사용되는 싸움도 잦았지만, 군사 훈련을 받은 경비대원들이 롱 소드를 사용할 경우는 극히 드물었다. 경비대원을 상대로 어설프게 단검을 휘둘렀다가는 정규 군사 훈련을 받은 그들의 롱 소드를 단검으로 대항해야 하는 문제에 직면하기 쉬웠다. 때문에 보통의 경우 경비대원들은 기름을 먹여 묵직한 나무 곤봉을 사용하는 것으로도 충분했다.

"젠장! 비가 와서 죽겠는데 왜 이리 싸움이 많아? 사방에서 싸움질이군."

"헤헤, 죄송합니다요, 나으리. 자주 뵙는군요."

"그렇게 할 일이 없나, 툭하면 싸움질이게? 네놈들, 이 도시에 와서 벌써 몇 번째로 싸우는 건지나 알아?"

경비대원은 찢어진 눈매의 사내를 보면서 눈을 부라리고 있었다.

"도무지 할 일이 있어야죠. 나으리, 뭐, 돈 되는 일거리라도 없을까요?"

"수도 경비대를 뭐라고 생각하는 거냐? 네놈들 같은 너절한 건달을 상대할 성싶으냐?"

"아아, 그러지 마시고… 헤헤, 비도 오는데 어디서 목이라도 축이시죠."

찢어진 눈매의 사내는 경비대원의 팔을 붙잡고 아양을 떨었다. 경비대원은 흠칫거렸다가 이내 표정이 조금 부드럽게 변했다. 자신의 팔을 붙들고 귀찮게 굴던 사내가 슬며시 장갑 안으로 무언가를 떨어뜨렸다. 경비대원은 장갑을 낀 손바닥 안으로 흘러 들어온 동전을 느낄 수 있었다. 경비대원은 슬그머니 주먹을 쥐어보았다. 크기로 봐서 금화가 분명했다.

"너, 이런 큰돈이 어디서 났냐?"

경비대원은 손 안에 쥐어진 동전의 액수에 놀라며 나직하게 물었다. 100파이트짜리 금화라는 것은 그로서는 의외의 뇌물이었다. 사내는 더러운 얼굴로 히죽 웃었다.

"월척을 잡으려면 미끼가 커야 하는 법입니다요, 나으리. 어디 큼지막한 일거리 없을깝쇼? 소인이 제법 눈썰미 하나는 죽입니다요. 헤헤."

"흠… 없다네, '고작' 100파이트로 알려줄 일거리는."

경비대원은 헛기침을 하면서 짐짓 사내의 부스스한 머리통을 곤봉으로 가볍게 때렸다. 그의 보란 듯한 행동은 사람들의 주의를 끌지 못하고 있었다. 부하 경비대원들은 사내의 동료들에게 호통을 치면서 뻗어버린 여행자들을 술집 구석방으로 옮기도록 명령하고 있었다. 경비대원들은 별다른 감정 없이 단지 보편적인 경비대원들이 그러하듯 나무 곤봉으로 동작이 굼뜬 사내들의 머리통을 쥐어박고 있었다. 사내들은 호들갑을 떨면서 아픈 시늉을 했다.

"아이구, 나으리, 그만 때리십쇼. 제 머리는 교회 종탑에 매달린 종이 아닙니다요."

"시끄럿! 매일처럼 네놈들 싸움 뒤치다꺼리도 짜증난다."

"아, 그게 말입쇼. 이놈들이……."

"입 다물고 이 머저리들이나 빨리 치워!"

"아얏! 아픕니다요. 아이구! 나으리, 머리 나빠지면 어떡합니까요?"

"시꺼! 나빠질 머리통이 어됬냐, 네놈들이?"

경비대 조장은 자신의 부하들과 사내 패거리들 사이의 대화를 들으며 입을 다물고 있었다.

찰랑!

또 다른 금화가 들어와 장갑 안에 있던 금화와 부딪히며 낮은 소리를 냈다.

"아아! 나으리, 너무하십니다요. 전 재산을 털어가시다니."

"분명 어디서 도둑질했을 녀석이 헛소리는! 흠흠, 네놈들이 툭하면 싸움질을 하는 것도 짜증난다. 차라리 이런 놈들이 기웃거리는지 찾아보거라. 도시의 질서를 책임지는 신분으로서 네놈들을 쓸모있는 놈들로 바꿀 책임이 있겠지.”

‘놀고 있네. 뇌물이나 받아 처먹는 주제에.’

초저녁부터 타베른에 모여서 술이나 마시고 있던 사내들은 그런 생각을 하면서 혀를 찼지만, 감히 경비대원에게 대들 마음은 없었다. 사내들은 대도시 평민들이 그러하듯 경비대원들이 휘두르는 나무 몽둥이가 아니꼬웠지만 가만히 있었다. 어쨌거나 나무 몽둥이는 대도시 치안을 지키는 상징과도 같았다.

그들은 얼마 전에 수도로 흘러 들어와 툭하면 싸움을 벌이는 칼자국 패거리들을 익히 알고 있었고, 이런 광경은 더 이상 그들의 관심을 끌지 못했다. 주인 사내와 하녀, 그리고 방금 싸움을 벌인 패거리들은 경비대원들에게 굽실거리며 술집을 정돈하고 있었다.

“이건 누굽니까요?”

뇌물을 건넸던 사내는 목판화로 찍은 전단을 들여다보면서 물었다.

“알 거 없어. 그냥 이런 놈들을 발견하면 즉각 신고해. 내가 거창하게 한잔 사주마.”

“근데 나으리, 그림 옆에 있는 이건 뭐라고 쓰여져 있는 건가요?”

“알 거 없어. 글도 읽을 줄 모르는 무식한 놈들이 알아서 뭐 해?”

“아아, 저도 코흘리개 시절에는 천재 소리 들었습니다요. 그것보다 이건 제가 가져도 될깝쇼? 저희 놈들 머리통이 어디 가겠습니까요? 계속 봐야 기억을 할 거 같은뎁쇼?”

“으음~ 이건 공문서인데… 까짓거 그래라. 이런 놈들 보면 곧바로 신고해. 보고도 못 본 척하면 저 앞 광장에서 목매달아 버릴 테다.”

“아이구, 나으리, 그러믄넙쇼. 한달음에 달려가 알려드리겠습니다요.”

찢어진 눈매의 사내는 더러운 이를 드러내며 히죽 웃었다. 사내는 조심스럽게 수배 전단을 접어서 품 안에 넣었다. 경비대 조장은 장갑 속에서 쥐어지는 두 개의 금화에 만족하면서 다시 비가 내리는 밖으로 나가 버렸다.

'흐흐흐, 오늘은 붉은 거리에 가서 화끈하게 놀아볼까?'

그는 쏟아지는 비를 피해 챙이 넓은 경비대 가죽 모자를 눌러쓰며 웃고 있었다.

"내 자네들처럼 빨리 적응하는 친구들은 처음 보네. 벌써 경비대원들과 친해지다니. 하긴, 뇌물이면 못할 것도 없지."

다시 테이블에 둘러앉은 사내들에게 맥주 잔을 내려놓으며 주인 사내는 혀를 찼다. 흑맥주를 길게 들이킨 사내들은 만족스럽게 웃고 있었다. 단지 칼자국이 있는 사내만이 언제나처럼 묵묵히 인상을 쓰고 있었다.

"하하, 다 살아가는 지혜가 아니겠습니까, 주인장."

"그렇겠지. 오늘은 더 안 싸울 거지? 더 이상 장사를 방해하면 곤란해."

주인 사내는 다짐을 하고는 다시 주방으로 걸어가 버렸다. 하루에도 수십 수백의 인간들이 몰려들었고 그만큼이 떠나갔다. 유람을 하는 귀족들도 있었지만 이렇게 떠돌며 힘이 약한 여행자들에게 돈을 뜯어내 술이나 마시는 족속들이 더 많았다. 무엇 하나 새로울 것이 없는 부류였다.

"비가 계속 오는데……."

찢어진 눈매의 사내는 창밖을 보면서 중얼거렸다.

〈 4 〉

"응접실에 손님이 와 계십니다."

"손님? 이 시간에?"

왕성에서 돌아와 실내복으로 갈아입던 로펠스 바덴(Rhofels Warden) 자작은 의아한 표정으로 옷 시중을 들어주고 있는 하녀를 바라보았다. 바덴 자작과 거의 비슷한 연배의 하녀는 평소처럼 묵묵히 바덴 자작의 옷깃을 펴주고 조끼의 단추를 채워주었다. 몇 년 전 아내와 사별한 자작은 주변의 권유에도 불구하고 여전히 재혼을 하지 않고 있었다.

'나이 50살을 넘겨서 또다시 검정 코트를 입기 귀찮다.'

바덴 자작의 의견이었다. 하지만 보편적인 라이어른의 문화를 기준으로 그 의견은 별로 설득력이 없었다. 평생을 함께하자는 아내와의 약속을 지키고 싶을 뿐인 자작은 물론 주변의 의견에 신경 쓰지 않었다.

"누가 찾아왔지? 아직도 나를 찾아올 만한 사람이 있는가?"

"오랜 친구 분이십니다. 그분은 전혀 변한 게 없으시더군요."

자작과 마찬가지로 50줄을 넘긴 하녀는 아내처럼 꼼꼼한 손길로 어깨의 주름을 펴주며 희미하게 웃었다. 뒤늦게 홀로 남은 자작이 추레하다는 소리를 듣지 않는 것은 전적으로 이 집안에서 태어나 평생을 지키고 있는 그녀의 정성 때문이었다. 그녀는 아직까지 남아 있는 몇 명 되지 않는 하인들 중 한 명이었다.

자작이 문을 열고 들어갔을 때, 상대는 응접실을 장식하고 있는 가구들을 보고 있었다. 상대가 천천히 돌아서는 것과 자작의 눈이 커지는 것은 거의 동시였다.

"신이시여……! 이런 세상에! 하이머! 하이머 알스터(Haimer Alster)! 오오, 정말로 자네인가? 내 살아생전 자네를 다시 볼 줄이야!"

"오랜만이군, 로펠스."

"사람이 짓궂기는……. 이 친구가 왔다면 미리 언질을 주었어야지."

바덴 자작은 늙은 하녀에게 적의없는 눈총을 주면서 말했다. 그녀는 그저 온화하게 웃으며 응접실 문을 닫고 나갔다.

바덴은 응접실에 마련된 위스키를 가져왔다. 알스터는 묵묵히 의자에 앉아서 바덴을 보고 있었다. 바덴은 병을 들어 보이며 멋쩍게 웃었다.

"하하, 좀 싸구려라네. 요즘 사정이 좋지 않아서."

"술이란 건 취하는 걸로 족한 거야."

"역시 변하지 않았어. 오랜만의 재회를 이런 싸구려 위스키로 축하해서 정말 미안하네. 시대란 건 변하기 마련이어서 나도 한물 갔다네."

바덴은 쓰게 웃으면서 두 개의 잔을 채웠다. 알스터는 입을 다문 채 잔을 들었고, 다시 한 번 물끄러미 주변을 둘러보았다.

"확실히 변한 것 같군. 공기가 맘에 안 들어."

"자아, 신경 쓰지 말고 건배나 하세."

"예전에도 그랬지만, 건배 따윈 하지 않아."

알스터는 무뚝뚝하게 잔을 비웠다. 허공으로 들었던 잔이 멋쩍어진 바덴은 허허 웃으면서 마찬가지로 단숨에 잔을 비웠다.

"많이 변했더군. 하인들이나 경비병도 거의 보이지 않고."

"뭐랄까, 줄을 잘못 섰다고나 할까? 정치 생명이 끝장나니 여러 가지가 달라지더군. 재산도 이제는 거의 남아나지 않고, 찾아오는 손님도 없고. 프레이하 총기사단장님이 그나마 옛정이 있으신 분이라 왕성 출입은 하고 있다네. 그분의 비서관으로 일하고 있지."

"역시 사자왕이 죽은 것과 관련이 있는 건가?"

바덴은 순간적으로 알스터의 말투에 얼굴을 붉혔다. 그는 '전혀' 변하지 않았다라는 생각이 그의 머리를 스치고 있었다.

"아니, 그 이전부터라네. 뭐랄까, 떠오르는 해를 보지 못하고 스러져 가는 새벽을 붙잡고 있었거든. 그 이상은 왕성 내부 사정이라 말해 주지 못한다네, 미안하지만."

"상관없어. 그러고 보니… 엠마 바덴 부인은 잘 계시는가?"

알스터의 질문에 바덴은 한숨을 쉬면서 잔을 만지작거렸다. 잠시 동안의 침묵은 영원처럼 길었다. 바덴 자작은 팔걸이를 톡톡 두드려 보고는 미소를 지었다.

"폐렴으로 몇 해 전에 죽었다네. 다행히 가문이 기우는 건 못 보고 갔지. 아내가 죽고, 아델만 공주의 세력이 급격히 커지면서 사자왕만을 모시고 있던 나도 밀려났지."

"흠, 유감이네. 아름다운 부인이었는데."

알스터는 자작이 오기 전에 부인이 먼저 찾아와 인사를 하지 않았기 때문에 어느 정도 짐작은 하고 있었다. 그래서 별로 놀라지는 않았다.

"고맙네. 요즘은 정말 많이 변했어. 늙은이들은 하나둘씩 은퇴하거나 관직에서 쫓겨나고, 남은 것은 프레이하 백작님 혼자뿐일세. 자네 시절의 사람들 중에서 아직도 사자성을 출입하는 것은 백작님과 그분의 비서관인 나뿐일세. 얼마 전까지 에윈 후작님도 계셨는데 크림발츠에서 암살당하셨다네. 온화한 분이셨는데."

"에윈 후작? 트라이츠 에윈 외정관 말인가? 크림발츠에서?"

알스터는 미간을 좁힌 채 잔을 가볍게 흔들고 있었다. 그의 주름진 관자놀이가 이따금씩 가볍게 경련을 일으켰다. 촛불이 밝혀진 응접실에서 두 명의 늙은 사내들은 그렇게 앉아 있었다. 외정관이라는 직책을 가진 자가 타국에서 암살당하는 일은 결코 가벼운 문제가 아니었다.

"아마도 크림발츠 왕실 내분에 의해 희생된 것 같아. 요즘 그 일 때문에 사자성이 어수선하다네. 저주받을 게일 놈들이 사자왕 폐하를 암살하고, 여왕 치마폭에서 얼쩡거리는 크림발츠 놈들은 에윈 후작을 암살하고…… 시절이 하 수상하지. 누구도 바람의 풍향을 알지 못하고 있어."

"바람이란 건 변덕이 심하지. 우리는 바람을 쫓아가기엔 너무 늙었어. 녹슨 검이 부러지듯 말이야."

알스터는 별로 실망하지 않은 덤덤한 말투로 그렇게 말하고 있었다. 바덴 자작은 쓰게 웃으면서 과묵하고 직설적으로 말하는 옛친구를 보고 있었다.

"15년이야. 고작 15년 만에 대륙 정세, 아니, 사자성의 정세조차 가늠하기 힘들어지고 있어. 내정부 차관까지 올랐던 나도 관직에서 쫓겨나고. 그러고 보니 알피스 백작이 다시 나타난 건 아는가? 철혈의 기사가 아직껏 살아 있다니… 정말 놀라워. 아니, 끔찍하다고 해야 하는 건가?"

"소문을 들었네. 그래서 찾아왔지."

"역시 자네가 나타난 건 그것 때문이었군. 두 번 다시 라이어른으로 돌아오지 않을 거라고 생각했는데……. 그럼 라이어른 땅에 있었다는 소린가? 그 소문을 들은 건?"

바덴 자작은 아메린으로 갔을 거라고 생각했던 친구를 보면서 물었다. 알스터는 대답하지 않았다. 그의 대답을 기대하지 않았던 자작은 중얼거리듯 말을 이었다.

"스칼블루트가 해체된 마당에 어째서 다시 라이어른 땅에 나타난 걸까? 그것도 나타나자마자 지방 영주를 죽이고."

"지방 영주를 죽여? 케멤 알피스 백작이? 철혈의 기사가?"

알스터는 미간을 찡그리며 바덴을 바라보았다.

"확실한 건 아냐. 자네를 제외하고는 알피스 백작의 얼굴을 아는 사람은 아무도 없지 않은가? 그의 얼굴을 아는 스칼블루트 중에서 생존자가 한 명도 없는 마당에. 일단 현재 알려진 바로는 라트에일의 영주를 죽이고 사라졌다네."

"뭐 하러 그가 지방 영주 따위를 죽인 거지?"

"몰라. 케이시 튜멜 남작이라는 지방 영주와 동행을 하고 있다더군. 아마도 게일의 사주를 받아 사자왕을 암살한 것 같아."

바덴은 어두워진 얼굴로 술을 마시며 말하고 있었다. 알스터는 묵묵히 꾸준한 속도로 잔을 비우고 있었다. 15년 만에 만난 두 늙은 사내들은 호들갑을 떨지 않았고, 마치 지루한 일상의 연장인 것처럼 서로의 재회를 받아들이고 있었다.

"솔직히 철혈의 기사 정도가 아니라면 누가 사자왕 폐하를 암살하겠나? 아무리 노쇠하시고 광증에 사로잡히셨다고 해도. 아! 사자왕 폐하께서 최근에 광증에 빠지신 건 아는가? 음… 역시 모르는군. 여하튼 그래도 역시 사자왕이야. 라이어른 역사상 중앙 대교국에서 '사자왕' 칭호를 받은 건 그분이 세 번째야. 어줍잖은 칼잡이들이 위해를 가할 만한 분이 아니시지. 하지만 철혈의 기사 정도 실력이면 충분하겠지. 게다가 스칼블루트가 전멸한 건 사자왕 전하의 책임이 아닌가. 기억하나, 그 편지를?"

"흐음, 글쎄… 오래된 일은 잊혀지는 법이야. 그 딴 걸 기억해서 뭐하나?"

"스칼블루트가 참혹하게 학살… 그래, 학살이지. 사자왕 전하께서 하사하신 술을 밤새워 마시고 곯아떨어진 새벽에 사자왕의 군대가 스칼블루트 요새를 포위하고 불을 질렀으니까. 2,000명이라는 인원 중에 아무도 살아남지 못했지. 전원이 불에 타 죽고, 성 밖에서 쏘아 넣은 화살과 공성병기로 학살당했지. 단 한 명을 제외하고."

"케멤 알피스 백작. 스칼블루트의 지휘관이자 철혈의 기사."

"그가 보낸 편지… 아직도 기억한다네. 그건 정말 오래된 악몽이야."

편지를 회상하던 바덴의 얼굴은 창밖처럼 어두워지고 있었다. 별이 뜨기 시작한 건 벌써 오래전이었다. 하루 종일 내리던 비는 그쳐 있었고, 구름 사이로 별이 보이며 하루를 정리하고 있었다.

폐하의 지극한 정성에 감동을 드리는 바이옵니다.

소신 케멤 알피스 백작과 휘하 스칼블루트 기사대 2,000명은 폐하의 은총에 힘입어 편안하게 '학살'당했사옵니다.

폐하의 은총에 보답하지 못한 불충스러운 마지막 생존자 30여 명은 소신이 몸소 그 힘겨운 호흡을 끊어놓았사옵니다. 안심하셔도 좋습니다.

2,000명의 스칼블루트 원혼들은 죽어서도 사자성 주변을 맴돌며 폐하를 지켜드릴 것을 이 자리에서 굳게 맹세합니다.

A. U. Lionheart (사자왕에게 저주를).

추신: 보내주신 술 안에 있던 수면제는 술의 풍미를 더해주더군요.
세심한 배려에 정말 감사드리옵니다.

15년 전의 악몽은 그 시대의 한가운데 있던 두 사내들의 머리 속에서 재현되고 있었다. 스칼블루트의 대다수는 술과 수면제에 취해 잠든 채로 타 죽었고, 몇몇은 맨손으로 성벽을 긁으며 타 죽었다.

그 끔찍한 지옥의 새벽이 끝나고 케멤 알피스 백작은 라이어른에서 영원히 자취를 감추었다. 스칼블루트 요새에서 백작의 시신은 발견되지 않았다. 정확히 1,999구의 불에 타 죽은 시신만이 존재하고 있었다. 그로부터 보름 후 수도 주변으로 정기 순찰을 나섰던 9명의 중앙 기사단 병사들이 목없는 시체로 발견되었고, 케멘 알피스 백작의 편지가 그곳에 놓여져 있었다.

그 편지를 읽은 사자왕 제노스 라이침버 베오하이트는 밤마다 악몽에 시달리기 시작했고, 급기야는 완전히 미쳐 버렸다. 그는 '변신술'을 쓴다는 백작의 악명 때문에 신하들을 의심했고, 언제나 검을 끼고 지냈다. 알피스 백작의 부관이었던 하이머 알스터를 제외하고는 알피스 백작의 정확한 얼굴을 아는 이는 아무도 없었다.

스칼블루트 자체가 애초부터 '얼굴이 없는 유령 기사단' 이었다. 전투가 끝난 스칼블루트 기사단은 전장을 뒤지며 전사한 동료들의 시체를 찾아내 메이스로 꼼꼼하게 얼굴을 짓이겨 놓았기 때문에 아무도 그들의 얼굴을 아는 자가 없었다.

인간이 존재하는 곳에는 어디나 존재한다.

스칼블루트들의 능력을 나타내는 경구였다. 국왕인 사자왕조차 얼굴을 알지 못하는 그들이었기에 그들은 어디나 잠입이 가능했다. 그것이 그들의 존재 이유였다.

하이머 알스터는 스칼블루트에서 유일하게 '얼굴이 알려진' 존재였다. 그는 국왕의 칙명을 전달하고 왕실과 기사단을 연결하는 고리 역할을 하고 있었다.

"사자왕 전하께서 광기에 사로잡히신 건 그 편지를 받으신 직후였지. 아델만 공주께서는 그때부터 실질적으로 왕권을 소유하게 되셨고. 어쩌면 라이어른의 정세가 이렇게 된 건 그 사건 때문일지도 몰라."

"그런 과거사 때문에 알피스 백작이 사자왕을 암살했을 거라는 건가?"

"정확한 건 아무도 모른다네. 하지만 지금으로서는 정황 증거가 너무 확실해. 우선 케이시 튜멜 남작은 발트하임의 순수 귀족이 아니야. 어디 출신인지 기록이 없어."

"어떻게 그런 귀족이 존재할 수 있는 거지?"

알스터는 눈썹 부근을 문지르며 의아한 표정을 지었다.

"레온 튜멜(Leon Tuemell)이라는 늙은 몰락 영주의 뒤를 이었어. 근데 그에게는 피붙이가 전혀 없지. 몰락 남작 가문의 마지막 영지로 테일부룩이라는 국경 근처 시골 영지가 있었는데, 케이시 남작은 5년 전에 그 테일부룩의 영주가 되었어."

"그런 것이 국왕의 인가 없이 가능한가?"

"새로 영지를 내리는 게 아니잖나? 아들이 아버지의 영지를 계승할 때마다 매번 국왕이 인가를 하진 않아. 케이시 남작은 그런 식으로 레온 남작의 영지를 승계했어."

"그래서?"

"다시 말해서 케이시 튜멜 남작이 '게일의 귀족' 일지도 모른다는 거지. 몇 년 전부터 사자왕 암살을 염두에 두고 발트하임에 들어와 충성 서약을 한 걸지도 몰라."

바덴 자작은 말을 끊고 잠시 숨을 돌리며 술을 마셨고, 무거운 목소리로 다시 자신의 추리를 전개하기 시작했다.

"거기다가 알피스 백작이 튜멜 남작과 동행하고 있다는 것은 뭔가 이상하지 않은가? 우연인지 게일의 기사단 갑옷을 입은 병사들이 라트에일 주변에서 수차례 목격되었어. 어떻게 그들이 그런 곳까지 잠입하고, 또 보란 듯이 게일 제복을 입고 있었는지는 의문이지만. 어쨌거나 그들이 사라진 방향에서 백작과 튜멜 남작이 나타났어. 우연이라고 보기엔 뭔가 있어."

"상황이 너무 잘 맞아떨어져 가는군. 이상할 정도로."

알스터는 새로운 잔을 채우며 한숨을 쉬었다. 씁쓸한 기분은 바덴도 마찬가지였다. 15년 만에 나타난 친구와의 대화치고는 너무나 무거웠다.

"그래서 그 튜멜 남작과 백작은 찾아내지 못한 모양이군."

"그게, 라트에일 영지에서 초상화가 올라왔는데… 보통 초상화가 그렇듯 전혀 쓸모가 없어. 일단은 전국 각지에 뿌리기는 했지만, 솔직히 효과를 볼지는 의문이야. 알피스 백작의 경우에도 초상화는 차라리 자네와 비슷한 것 같더군. 사실 알피스 백작의 얼굴은 아무도 모르긴 하지만. 언젠가 파티 석상에서 잠깐 보였던 얼굴을 보면 자네와 상당히 비슷하지 않은가?"

"천만에. 그 피에 미친 흡혈귀 따위와는 절대로 안 닮았어."

"자네가 이런 때에 나타난 건 신이 굽어보신 거야. 백작의 초상화를 그리는 데 도와주겠나? 알피스 백작의 정확한 얼굴을 기억하는 것은 자네뿐이잖은가?"

"소문이 새 나가면 그가 내 목까지 날려 버릴지도 모르는데?"

"부탁일세! 물론 스칼블루트의 일은 사자왕 전하의 잘못이지만, 이건 라이어른의 미래가 걸린 문제일세."

바덴은 사정하는 표정으로 알스터를 바라보았다. 알스터는 탁자 위에서 일렁거리는 촛불을 바라보고 있었다. 가늘게 뜨고 있는 그의 눈에는 아무런 빛도 없었다.

〈 5 〉

"아무리 생각해도 이건 너야."

"웃기지 마! 이게 어째서 내 얼굴이냐?!"

쇼는 탁자를 거칠게 내려치면서 소리를 질렀다. 그 덕분에 책을 읽고 있던 레미는 깜짝 놀라며 고개를 들었고, 수프를 먹고 있던 에피는 수프를 침대에 쏟을 뻔했다. 소리를 질렀던 쇼는 잔뜩 찡그린 얼굴로 손가락을 입속으로 넣었다.

"니미… 어금니가 나간 것 같아. 그 잘난 영웅 녀석을 좀 더 날려주는 건데."

쇼는 오후에 구둣발에 채였던 어금니를 만져 보며 불분명한 발음으로 말했다. 모야의 타베른에서 싸웠던 튜멜 일행은 오후 늦게서야 항구에 있는 '야르 강의 뱃노래'라는 싸구려 타베른으로 되돌아와 있었다. 그 간판은 야르 강 근처의 타베른 이름으로는 가장 흔했다. 야르 강변에 산재한 도시마다 저 간판을 달지 않은 타베른은 없을 터였다. 일반인들은 항구 근처에 위치해 주로 뱃사람들을 상대하는 타베른으로는 거의 찾아오지 않았다. 야르 강을 오가는 뱃사람이라고는 해도, 엄연한 뱃사람들이었다. 일반인보다는 확실하게 거칠었고 단검이 오가는 싸움도 흔했다. 도시 경비대원들은 항구 근처에 있는 타베른에 대해서는 손을 놓고 완전히 포기하는 실정이었다. 칼부림을 했다고 감옥을 집어넣게 되면 야르 강을 오가는 뱃사람들 10명 중 6명은 감옥에 앉아 있어야 했다. 현실적으로 불가능한 일이었다.

수도와 가까워지면서 튜멜 일행은 튜멜의 마차를 꼼꼼하게 때려 부순 다음 강변 늪지대에 버렸다. 튜멜의 마차를 버린 그들은 맨몸으로 수도에 잠입했다. 이언의 예상대로 수도는 마차를 싣고 있는 배들을 집중적으로 검문하고 있었다. 라트에일에서 마차를 배에 싣고 도망쳤다는 전갈은 육로를 통해서 수로보다 먼저 도착해 있었다. 카라가 보란 듯이 마차를 배에 실었던 효과가 있었다.

그들은 선원들의 옷을 빌려 입었고, 별다른 어려움 없이 수도로 잠입할 수 있었다. 카라가 레미의 파티용 드레스를 입고 귀부인 행세를 했으며, 에피와 레미는 그녀의 시녀로 위장했었다. 카라의 인상착의는 수배 전단에 명시된 귀부인의 외모와 전혀 달랐기 때문에 문제는 없었다. 물론 카라가 발각의 위험을 감수하면서 수도 경비대원들에게 '매혹'이라는 힘을 사용한 효과도 있었다.

카라의 매혹은 그녀의 눈을 바라보는 사람에게만 효과가 있었고, 엄청난 숫자로 사방에 깔려진 경비대원 중 몇몇에게만 그 힘을 사용하면 발각될 위험이 있었다. 게다가 강 건너와 도시 쪽 강변에는 격침용 투석기가 장전된 채 준비되어 있었기 때문에 섣부른 행동을 하면 단번에 격침될 수 있었다.

이언은 경비대원에게 뇌물을 주고 받아온 수배 전단을 보면서 실실 웃었다. 부상당한 에피를 위해서 일주일 가량 수도에 머물기로 했던 일행은 이언의 주도 하에 정보를 모으고 있는 중이었다. 이언의 계획 대로 입수한 도배 전단을 돌려본 튜멜 일행은 바닥을 긁으며 웃고 말 았다. 라트에일에서 보내온 서투른 초상화를 다시 수도에서 손질해 목판화로 대량 인쇄한 수배 전단은 조악한 물건이었다. 곳곳에 잉크 가 번져 있었고 묘사된 얼굴은 현실성이 없었다.

"비교적 비슷한 인상착의로 그려진 건 레이드와 너밖에 없어."

"레이드는 그렇다 쳐도, 내가 이렇게 야비하게 생겼냐? 이건 '포 주'로밖에 보이지 않는 얼굴이잖앗!"

"디르거 경에 대한 기억은 수염밖에 없는 것 같군요. 이걸 사람 얼 굴이라고 그린 건지. 누가 그렸는지 얼굴을 보고 싶은데요?"

이언은 전단 너머로 파일런 디르거를 보면서 말했다. 수수한 검정 코트를 걸치고 허리에는 자신의 클레이모어 대신에 쇼의 롱 소드를 매달고 있던 파일런은 피식 웃었다. 흰머리를 향유로 매끈하게 빗어 넘기고 검정 코트를 입은 파일런은 전혀 다른 모습으로 변해 있었다. 그는 쓸데없는 경계심이나 주의를 끄는 것을 막기 위해서 가죽 흉갑 까지 벗어두고 있었다. 튜멜 일행은 일행 중에 가장 짐이 적어 거의 없다시피 한 파일런의 짐 속에 저런 옷이 들어 있었다는 사실에 경악 에 가까운 놀라움을 표시했었고, 에피가 '파일런 오빠, 멋있어요'라 고 말함으로써 사람들을 다시 한 번 놀라게 했다.

파일런은 쓰게 웃었고, 나머지 일행들은 에피가 충격으로 머리가 이상해졌다고 생각하기로 마음먹었다. 예식용의 검정 코트를 입은 파일런은 진짜 귀족으로 보였다. 몸에서 풍겨오는 이질적인 중압감이 사람들을 휘감고 있었다.

"어디 결혼식이라도 가십니까?"

창가에 앉아서 거리를 꾸준하게 내다보며 과일을 베어 먹던 레이드가 물었다. 파일런은 묵묵히 문을 열고 나가면서 무뚝뚝하게 말했다.

"내일 아침에는 오겠네. 그동안 남작이나 훈련시켜."

파일런은 뒤도 돌아보지 않은 채 문을 닫았다. 인사를 건네려던 레미와 튜멜은 멋쩍은 기분으로 다시 자리에 앉았다.

"훈련이라……. 누가 저 바보 남작 좀 가르쳐 봐."

"우와~ 이게 검이면 다른 건 쇠몽둥이겠어. 이건 사기야! 정말로 사기야!"

구석에서 파일런의 클레이모어를 뽑아 들던 쇼는 어이가 없다는 표정으로 검날을 살펴보고 있었다. 일반적인 롱 소드보다 얇은 검신은 놀랄 만큼 예리했다. 쇼는 거울처럼 매끈한 검신에 얼굴을 비춰 보며 머리칼을 정돈하기 시작했다.

"나, 남의 검으로 무슨 짓이냐?! 넌 기사로서의 예의도 모르냐?"

"어이, 남작. 난 기사가 아니야. 하이 스카우터들에게는 검에 대한 애착이 없어. 우린 그저 검을 도구로 생각하지, 애인으로는 생각하지 않아. 우린 근무 나갈 때 아무거나 손에 잡히는 검을 들고 나간다는 걸 알아둬."

쇼는 클레이모어를 제자리로 돌려놓으며 튜멜을 바라보았다. 이마에서 뺨까지 길게 칼자국이 생겨 버린 튜멜은 인상을 쓰다가 상처의 통증을 느끼며 고개를 숙였다.

"검술 훈련은 디르거 경이 충분히 했을 테고… 꼬맹이, 네가 좀 상대해 줘라."

"에? 나?"

침대에 앉은 채 다섯 그릇째의 버섯 크림 수프를 먹고 있던 에피는 황당한 표정으로 나무 수저를 내려놓았다. 쇼가 조제한 약에 취해서 항해 내내 잠만 잤던 에피는 수도에 도착한 이후로 음식에 대한 무서운 집착을 보이고 있었다.

의식을 회복한 에피는 가장 먼저 현재 위치를 물었고, 수도라는 대답을 듣고는 망설임없이 수도에서 유명한 음식 리스트를 읊었다. 버섯과 우유를 넣어 끓인 버섯 크림 수프는 아인돌프에서 정말로 유명한 요리였다.

"이언 오빠, 잊은 것 같은데… 난 환자야. 죽다 살아났단 말야."

"시끄러! 아침부터 여섯 사람 분의 음식을 먹어댄 주제에. 밥값이나 해!"

"오빠가 돈 내는 거 아니잖아! 저기 남작 오빠의 돈이지."

"그 잘난 주둥이를 불로 구워줄까?"

이언은 화염 마법을 시동시키려는 자세를 취하며 차갑게 노려보았다. 그 모습을 지켜보며 술을 마시던 카라가 웃음을 터뜨리기 시작했다.

"너, 지금 나더러 다친 여자를 상대하라는 거냐?"

"너도 시끄러! 왜 다들 말을 두 번씩 하게 만들어? 까불지 마라, 바보 남작. 넌 검을 갖고도 맨손의 에피조차 못 이겨."

"뭐, 뭐야?!"

"엑? 맨손으로 남작 오빠를 상대하라고? 내가 무슨 골렘인 줄 알아?"

“입 다물고 내려와, 꼬맹이. 전투력을 비슷하게 맞춰야 훈련이 될 거 아냐!”

“히잉~ 카라 언니가 오고 나서부터 오빠는 날 너무 미워해.”

에피는 발끝에 끌리는 레미의 회색 원피스 자락을 걷어 올리며 맨발로 내려왔다. 뭐라고 항의를 하려던 레미는 카라의 손에 붙잡혀 침대 위로 올라서야 했다. 튜멜은 롱 소드를 건네주는 이언을 싸늘한 눈으로 바라보았다. 하지만 이언은 그 눈길을 무시하면서 차갑게 웃었다.

“목숨 걸고 하는 게 좋을 거야. 에피는 나이는 어려도 용병이야. 디르거 경처럼 힘 조절에 능숙하지 못한 녀석이라 네놈이 죽을 수도 있어.”

“정말 해야 하는 거냐? 맨손인 여자를 상대로?”

“닥치라고 했지! 그 잘난 자존심 좀 버려. 넌 아직 멀었어.”

이언은 짜증스러운 얼굴로 멀어졌다. 에피는 붕대로 꼼꼼하게 감아 둔 옆구리를 살펴보고는 맨종아리가 드러날 정도로 치맛자락을 걷어 올렸다.

“씨이~ 이런 거추장스러운 옷 입고 싸워보기는 처음인데. 남작 오빠, 먼저 검을 뽑아.”

“뭐, 뭐라고?!”

‘아무도 널 두려워하지 않지. 넌 쓸모없는 놈이거든. 타고난 피는 못 속여.’

튜멜은 자신도 바라보지 않은 채 무심하게 말하는 에피의 행동에 기어코 흥분했다. 그는 고함을 지르며 검을 뽑아 들었다. 아니, 뽑아 들려고 했다.

튜멜이 검 손잡이를 움켜쥐는 순간, 에피는 곁에 있던 뜨거운 수프를 접시째 튜멜의 얼굴로 던졌다. 뜨거운 크림 수프와 나무 접시는 정확하게 튜멜의 얼굴에 맞았다.

"우왁!"

튜멜은 비명을 지르며 손을 들었다. 그 순간 에피는 조금 전까지 레미가 앉아 있던 등받이 없는 나무 의자를 튜멜에게 던졌고, 곧바로 몸을 날렸다. 등받이 없는 평민식의 나무 의자는 언젠가 쇼가 무기로 썼을 만큼 튼튼했고, 적당히 무거웠다. 의자로 가슴을 맞은 튜멜은 숨이 끊어지는 고통을 느끼며 바닥으로 나뒹굴었다. 에피가 몸을 날리는 순간 쇼가 단검을 던졌고, 그것은 에피의 손바닥으로 감겨들었다.

"크헉!"

튜멜은 등허리가 바닥에 닿기도 전에 에피의 무릎이 쇄골 부근을 찍어 내리자 막힌 비명을 질렀다. 에피는 무릎으로 튜멜의 목젖을 누르며 단검으로 튜멜의 심장을 찌르기 직전에서 멈췄다. 에피의 단검은 정확하게 튜멜의 심장 위에서 멈춘 채 튜멜의 옷자락을 가볍게 눌렀다.

에피는 오른손으로 단검을 단단하게 감아쥐고 있었고, 왼손으로는 단검의 폼멜을 지그시 누르고 있었다. 22살인 에피의 완력으로는 충분한 깊이까지 단검을 찔러 넣을 힘이 부족하기 때문에, 에피는 왼손으로 단검의 폼멜을 누르며 상체의 무게를 싣는 자세를 취하고 있었다.

"헤헤, 이겼지, 남작 오빠?"

에피는 여전히 단검에 자신의 상체를 지그시 기댄 자세로 히죽 웃었다. 에피의 체중이 실린 단검은 아슬아슬하게 튜멜의 옷자락 위에 멈춰져 있었다. 튜멜은 자신의 가슴을 미세한 힘으로 찌르고 있는 단검을 느끼며 얼어붙었다.

레이드는 별다른 관심 없이 창밖을 감시하고 있었고, 쇼와 이언은 동시에 휘파람을 불었다.

"교훈 첫 번째, 상대가 검을 뽑아 들 기회를 주지 말 것. 정정당당한 기사도 따위는 개밥으로나 쓰라고 그래. 두 번째, 상대가 손에 들고 있는 것만이 무기라는 생각을 버릴 것. 세 번째, 상대를 죽일 때는 확실하게 죽일 것. 네 번째, 히잉~ 아까운 크림 수프… 절반이나 남아 있었는데……."

에피는 웃으면서 튜멜의 몸에서 내려왔다. 튜멜은 그제야 고개를 돌리고 밭은기침을 내뱉기 시작했다. 수프를 뒤집어쓴 튜멜의 몰골은 볼썽사나웠다.

에피는 단검을 쥔 채로 다시 치맛자락을 걷어 올리더니 드러난 맨발과 종아리를 살펴보면서 콧노래를 흥얼거렸다.

"이 옷… 보기에는 예쁜데 역시 불편해. 이런 거 입고 싸우다간 죽기 딱 좋겠어."

"네가 입으면 전혀 안 이뻐. 내 단검이나 내놔."

"쇼 오빠는 장래 부인이 될 여자한테 너무 냉정해."

"죽을래? 이번엔 나랑 붙어볼까?"

에피는 인상을 쓰고 있는 쇼에게 단검을 던졌다. 가볍게 손을 뿌렸지만, 손목을 이용했기 때문에 제법 예리하게 날아갔다. 쇼는 고개를 살짝 기울였고, 단검은 그의 귓가를 스쳐 벽에 꽂혔다. 다시 한 번 쇼의 욕설이 방 안을 메우기 시작했다.

"상처는 괜찮은 거니?"

침대 위로 올라서는 에피에게 자리를 비켜주며 레미가 걱정스러운 표정을 지었다. 에피는 혀를 내밀더니 다시 히죽 웃었다.

"살살 움직인 거라 괜찮아, 언니. 전쟁터에선 이따위로 움직이면 묘비를 세우겠지만… 뭐, 연습이니까."

'방금 그게 살살 움직인 거라고?'

레미는 책을 든 채 어이없는 표정으로 에피를 바라보았다. 에피는 방금 전의 연습은 깡그리 잊어버린 표정으로 벌꿀을 넣어 구운 빵을 집어 들고 있었다.

〈 6 〉

소녀가 아주 어린아이였을 때 남자는 마치 산처럼 거대했다.

"아빠, 아빠……."

"핫핫핫!"

남자는 소녀를 곧잘 안아주었고, 이따금씩 머리 위로 번쩍 들어 올려주었다. 그럴 때마다 세상은 한없이 높고 거대했으며, 소녀는 까르르 웃었다. 남자가 자신의 꺼칠한 턱으로 뺨을 부빌 때마다 소녀는 목을 움츠리며 버둥거렸다.

남자의 몸에서는 항상 묘한 냄새가 떠돌았지만 소녀는 그 냄새가 싫지 않았다.

"귀찮게 굴지 말아! 언제까지 칭얼거릴 거야?"

언제부터인가 남자는 소녀에게 짜증을 냈다. 매일처럼 기나긴 길을 걸어야 했고, 소녀는 본능적으로 공포를 느끼고 있었다. 소녀는 그때

마다 남자에게 매달렸고, 남자는 지친 얼굴로 화를 냈다. 모든 사람들의 표정에서 공포가 맴돌고 있었고, 남자도 별반 다르지 않았다.

"히잉, 아빠아, 무서워. 무서워. 무섭단 말야. 엄마가 보고 싶어. 엄만 어딨어?"

하지만 소녀는 울지 않았다. 자신이 울면 남자가 자신을 버려두고 가버릴 것만 같았다. 소녀는 아무 이유 없이 그저 무서웠다.

"한 번만 더 그 딴 재수없는 계집 애길 꺼내면 멀리 팔아치워 버릴 거야! 알았어?"

어느 밤 소녀가 무서움에 떨면서 남자의 바지 자락을 붙잡고 칭얼거렸을 때 남자는 쩌렁쩌렁한 목소리로 소리를 질렀다. 남자는 소녀의 멱살을 잡아 자신의 눈 높이로 들어 올렸고, 무섭도록 소녀를 노려보았다. 남자가 소녀를 그런 눈으로 본 것은 처음이었다. 그전에 엄마가 보고 싶다고 했을 때 남자는 그저 웃기만 했었다.

소녀는 정말로 울고 싶었다. 남자의 그런 눈빛이 정말 싫었다. 소녀는 남자가 다시 자신을 어깨 위에 태우고 아저씨들 사이를 뛰어다니며 노래를 불러주었으면 싶었다. 하지만 남자는 짜증을 내고 있었고, 항상 화를 냈다. 남자는 소녀를 팽개쳤다.

소녀는 엉덩이가 아팠지만 울지도 못하고 끅끅거리며 자신의 조그만 주먹을 깨물었다. 훌쩍거리고 울면 진짜로 남자가 자신을 버릴 것만 같았다.

'다시는 엄마 찾지 않을게. 다시는 배고프다고 울지 않을게. 다시는 아빠가 잠잘 때 놀아달라고 조르지 않을게!'

소녀는 팔아치워 버린다는 말이 무슨 의미인지 몰랐다. 하지만 본능적으로 그것이 '혼자'가 된다는 것을 의미하는 것은 알고 있었다.

소녀는 무서웠고, 한없이 무서웠고, 끔찍하도록 무서웠다. 남자가 지금 당장이라도 자신을 버릴 것만 같았다.

"돈 대신에 이 녀석을 걸겠어. 얼마를 쳐줄 거야?"

"300파이트. 더 이상은 한 푼도 못 줘. 저런 어린애를 어디다 써먹나? 괜히 내 밥만 축 낼 뿐이잖아? 배고픈 용병은 오래 살지 못해."

'나를 파는 거야? 진짜로 파는 거야? 내가 미워진 거야?'

몇 해가 지났지만 소녀는 여전히 '팔아치운'다는 것이 무엇을 의미하는지 몰랐다. 하지만 소녀는 무섭게 떨었다.

남자는 자신을 보.고.있.지.않.았.다.

남자는 그저 묵묵히 자신의 카드를 노려보고 있었다. 소녀는 겁이 덜컥 났다.

'나를 팔아버리려는 거야? 나를 버리려는 거야? 그치만 난 엄마가 보고 싶다고 안 했는걸? 난 엄마가 보고 싶어도 꾹꾹 참았는걸?'

소녀는 남자가 자신을 한번쯤 봐주길 기대했다. 하지만 남자는 자신을 보고 있지 않았다. 소녀는 남자의 주의를 끌고 싶었다. 자신을 무섭게 노려보고 화를 내도 좋았다. 자신을 봐주길 원했다. 소녀는 남자의 허리에 있는 '단검'을 보았다.

소녀는 그것이 정말로 위험한 물건이라는 것을 알고 있었다. 얼마 전에 남자의 담요 안에 있던 그것을 가지고 놀다가 피가 났었고, 엉엉 울 만큼 아팠다. 소녀는 두 손으로 단검을 뽑아 들었다. 단검은 간신히 뽑혀져 나왔지만 소녀가 들기에는 무거웠다.

소녀는 단검으로 남자의 허벅지를 찔렀다. 그리고 무작정 도망쳤다. 냄새 나는 천막 뒤에 숨어버린 소녀는 목 놓아 울었다. 천막은 세상처럼 거대했고, 잔인하게 소녀를 짓눌렀다. 소녀는 갓난아기처럼 웅크리고 앉아서 목이 쉬도록 울었다. 울다 지치면 꺽꺽거리며 발버둥을 쳤고, 다시 쉰 목소리로 언제까지고 울었다. 눈물은 지치지도 않고 흘러나왔고, 소녀의 조그만 주먹은 눈물로 흠뻑 젖었다.

소녀는 7살이었고, 남자로부터 버림받았고, 세상으로부터 버림받았다. 남자는 소녀에게 있어서 세상 그 자체였다.

소녀는 그렇게 밤새워 울다가 새벽 이슬을 맞으며 잠들어 버렸다. 소녀가 다시 깨어났을 때, 소녀는 낯익은 천막 안에 누워 있었고 머리맡에는 남자가 있었다. 소녀의 몸은 불덩이처럼 달아올라 있었고, 목소리는 거의 나오지 않고 있었다.

남자는 짜증이 가득한 화난 얼굴로 소녀를 노려보고 있었다. 소녀는 열에 들뜬 몸을 더욱 작게 움츠렸다. 남자는 소녀에게 억지로 약초 끓인 물을 먹였다. 그건 너무 썼기 때문에 소녀는 밭은기침을 했다.

"아… 퍼? …다리?"

남자는 기어코 소녀의 머리를 쥐어박았다. 고열에 시달리는 소녀는 쥐어박힌 머리가 너무 아팠지만 울지 않았다.

"멍청한 년! 화살에도 맞아봤고 칼에도 찔러본 싸구려 용병이다. 네깟 녀석이 제대로 상처나 낼 수 있을 것 같냐? 그리고 다음번엔 말이지……."

남자는 단검을 뽑아 들었다. 소녀는 열에 들뜬 몸을 한껏 움츠렸다. 단검은 시퍼렇게 흔들거리고 있었다. 남자는 단검의 끝을 자신의 목젖으로 가져갔다.

"사람을 죽이고 싶거든 이렇게 여길 찔러! 있는 힘껏! 그래야 죽일 수 있어. 알아들었냐?"

남자는 그대로 천막을 나가 버렸다. 소녀는 그 후로 며칠 동안 고열에 시달리며 아팠지만 전처럼 무섭지는 않았다. 남.자.는.언.제.나.천.
막.주.변.에. 있.었.다.

"이게 뭐예요?"

소녀는 의아한 얼굴로 남자를 바라보았다. 남자는 히죽 웃었다.

"12살의 계집이라면 정신 나간 머저리가 덮치기엔 충분한 나이일
것 같아서."

소녀는 남자가 어디선가 주워 온 작고 가벼운 단검을 끌어안았다.
남자는 자신을 버리지 않았다. 소녀는 그날부터 아무도 안 보는 숲 속
에 들어가 나뭇가지를 상대로 단검을 휘둘렀다. 소녀는 용병단에 있
었고, 사방에서 칼이며 도끼를 휘두르는 인간들이 가득 널려 있었기
때문에 이런 물건은 어떻게 쓰는 건지 대충 짐작하고 있었다.

"아… 아…… 아아…… 아…… 아……."

뜨겁고 비릿한 피를 뒤집어쓴 소녀는 울고 있었다. 미끈거리는 피
는 그녀의 머리와 얼굴과 가슴을 적시고 있었다. 피에 젖은 셔츠는 섬
뜩하게 소녀의 몸을 휘감았다. 소녀는 피 웅덩이를 철벅거리며 뒷걸
음질쳤다. 무릎까지 끌어내려진 소녀의 바지 때문에 소녀의 다리는
제대로 말을 듣지 않았고, 소녀는 끔찍하게 무서운 피 웅덩이 속에서
버둥거렸다.

피에 젖은 단검은 여전히 소녀의 손에 쥐어져 있었다. 마치 지옥의
악귀처럼 단검은 소녀의 손바닥에 달라붙어서 떨어지지 않았다. 사내
는 눈을 뒤집은 채 여전히 목에서 피를 뿜어내고 있었다.

"우욱! …우웨엑!!"

소녀는 피 웅덩이 속에서 격하게 토하기 시작했다. 피에 젖은 머리칼이 소녀의 뺨과 목을 휘감고 있었다.

"우아아아아!"

소녀는 단검으로 미친 듯이 자신의 머리칼을 잘라내기 시작했다. 피에 젖은 머리칼은 사람을 죽인 소녀에게 달라붙으며 그녀를 질책하고 있었다.

'너는 사람을 죽였어. 너는 사람을 죽였어. 너는 사람을 죽였어.'

13살의 소녀는 미친 듯이 자신의 머리칼을 잘라냈다. 손가락을 베이고 목덜미를 베이고, 뺨을 베였다. 하지만 소녀는 아프지 않았다. 악귀처럼 자신의 몸에 달라붙는 피에 젖은 머리칼을 잘라내며 발버둥쳤다. 머리칼을 잘라내는 동안에도 소녀는 끊임없이 토하고 있었고, 서럽게 울고 있었다.

소녀는 마침내 머리칼을 잘라냈고, 피와 구토물의 웅덩이 속에서 피를 뒤집어쓴 몰골로 웃기 시작했다.

"아하하! 아하하! 흐하하하하!"

소녀는 남자의 몸에서 나던 냄새가 무슨 냄새인지 알 수 있었다. 그것은 피 냄새였고 죄의 냄새였다. 그리고 소녀 자신도 그 냄새를 풍기며 앉아 있었다. 소녀는 눈물을 흘리며 마음껏 웃었다. 소녀는 피에 젖은 머리칼을 잘라냈고, 두 번 다시 머리를 기르지 않았다.

"이 머저리 자식! 죽여 버릴 거야!"

쾅!!

에피의 예리한 스톨츠식 단검은 섬뜩한 여운을 남기며 나무 탁자에 꽂혔다. 레이드는 맥주 잔을 든 자세로 의자에서 굴러 떨어졌고, 쇼는 의자를 튕겨내며 일어섰다. 에피는 한쪽 발을 탁자에 걸친 자세로 단검을 뽑아 들고는 단검 손잡이로 레이드의 턱을 매섭게 후려쳤다.

탁자를 짚고 일어서던 레이드는 고개가 꺾이며 다시 바닥으로 나뒹굴었다. 곧바로 에피의 부츠가 레이드의 명치를 걷어찼다.

"야이, 씨발놈아! 도박하지 말라고 내가 경고했지? 손가락을 다 잘라 버릴 거야!"

에피는 탁자를 짚은 레이드의 손을 향해 단검을 내려쳤고, 레이드는 아슬아슬하게 손을 거둬들였다.

"그러다 또 사고 칠려고 그러는 거지?! 인간의 탈을 쓴 목각 인형아!"

"자, 잠깐만! 이번엔 쇼가 부추긴 거야! 내가 아니야!"

물론 그것은 사실이었다. 물건을 사러 갔다 오라고 튜멜에게서 돈을 받은 쇼와 레이드는 그 돈을 밑천으로 길거리 주사위 도박판에 끼어들었다. 그리고 돈을 모두 날리고는 태연하게 돌아왔다. 튜멜은 분노를 넘어서 말도 제대로 하지 못한 채 씩씩거렸고, 좀 더 냉정한 에피는 대번에 단검을 뽑아 들었다.

"시끄럿! 착한 쇼 오빠가 그런 짓을 할 리가 없잖아? 설득력이 없어!"

"지, 진짜야! 우왁! 아, 아버지를 죽일 셈이야?!"

레이드는 에피의 단검을 의자로 막아내면서 쇼에게 도움을 요청했다. 도박을 제의한 것은 쇼였고, 레이드는 거짓말을 하는 것이 아니었다. 하지만 쇼는 하이 스타우터였고, 결코 정직한 사내의 부류에는 끼지 않았다. 쇼는 식은땀을 흘리며 헛기침을 했다.

"내가 언제? 레이드, 자네가 하자고 했잖아? 난 하기 싫었어."

“거봐! 이 걸어다니는 슬라임 녀석! 넌 오늘 죽었어!”

“쇼오오—! 배신이냐?!”

“레이드, 내가 보기에는 빨리 용서를 비는 게 살아남는 길인 것 같아.”

쇼는 레이드를 외면한 채 허공을 보면서 말했다. 레이드는 자신의 목을 노리고 날아든 단검을 고개를 젖혀 간신히 피하면서 욕설을 내뱉었다.

“시끄럿! 다들! 뭐 하는 짓거리들이야?!”

마침내 튜멜이 시뻘겋게 달아오른 얼굴로 소리를 질렀다. 에피와 레이드가 동시에 멈춰 섰고, 쇼는 슬금슬금 거리를 두고 물러섰다.

“너희 부녀는 도대체 어떻게 생겨먹은 인간들이냐? 술집에서 이게 무슨 짓거리들이야? 부끄럽지도 않나? 당장 그만두지 못해!”

‘예절이 부족해. 정말 부족해. 타인에 대한 배려가 뭔지도 몰라!’

튜멜은 쓰린 속을 부여잡으며 짜증스럽게 에피와 레이드의 소란을 보고 있었다.

〈 7 〉

"그 소문 들었나?"

"뭐가?"

밀(Mile)은 의아한 표정을 지으며 맥주 잔을 기울였다. 니크(Nihg)
는 혀를 차면서 친구를 바라보았다. 순하고 부드러운 인상의 밀은 하
품을 하면서 히죽 웃고 있었다.

"저번에 독살 사건을 일으킨 귀족 집안 딸내미 말이야."

"그런 일이 있었나?"

니크는 어이없는 얼굴로 밀을 바라보았다.

"내가 자네를 안 지도 어언 2년은 된 것 같은데, 자네처럼 세상 돌
아가는 소식에 둔한 친구는 처음 보네. 귀족 집안 딸내미 하나가 따돌
림을 당하는 데 흑심을 품고 예절 수업인가 뭔가를 받다가 친구들을
모두 독살해 버린 사건 있잖아."

“아아, 들은 기억이 난다. 근데?”

“아까 정오 성무가 끝나고 내성 중앙 광장에서 교수형에 처해졌다는군. 끔찍한 일이야. 얼마 전까진 악마가 수도를 돌아다니더니 이번에는 귀족 나부랭이의 딸내미라는 계집이 독살 사건을 벌이고.”

“전쟁도 끝났는데 여전히 개판이라니.”

“그래도 다행이지 뭐야.”

니크는 입맛을 다시며 새로운 맥주 잔을 기다렸다. 타베른 안은 여느 때와 같이 시끄럽고 어수선했으며, 남자들의 몸에서 풍겨나는 시큼한 체취로 가득했다. 흐릿한 등불이 흔들거리며 타베른을 밝히고 있었다.

“우리네 같은 평민들은 오히려 살기 좋아졌어. 대대적인 성벽 보수 공사와 운하 정비 공사 덕분에 어중이떠중이들까지 적어도 밥은 굶지 않잖나? 일단 아침에 공사 현장에 가서 일을 시작하면 끼니는 해결되고, 가끔씩 이렇게 술을 마실 은전이라도 몇 푼 받잖는가? 게다가 야간 통행금지도 폐지되고. 물론 내성은 그 악마 때문에 더 엄격해졌지만 그런 건 우리완 상관없고.”

“아마 수도 경비대원들이 내성 야간 순찰을 하기도 벅차기 때문이겠지?”

“모르지. 아무튼 상관은 없지, 우리와는.”

“말 들어보니까 연말 세금도 낮아질 거라고 하더군.”

밀의 말에 니크는 눈빛을 반짝이면서 자세를 고쳐 앉았다.

“그게 진짜인가? 얼마나?”

“나도 몰라. 어디선가 들은 소문이야. 연말이 돼봐야 알겠지.”

“세금을 줄여주든, 군역을 줄여주든 하나만 해줘도 원이 없겠어.

그 두 가지를 메꾸다가 내 인생 다 보내고 있으니까. 용병이나 되어서 떠돌아다닐까 하는 생각을 할 정도라구."

"칙명관 나으리가 정치를 잘하는 걸까?"

"정치? 자넨 곧잘 어려운 말을 쓰더군. 뭐, 정치가 뭔지는 잘 모르지만, 적어도 한 가지는 확실해. 밥 굶는 우리네 무지렁이들을 위해서 일거리를 주시지. 덤으로 맛은 형편없지만 적어도 푸짐하게 먹을 밥도 나오고. 그러고 보니 자네, 올해에만 수도에 빈민 구제소가 몇 군데나 생긴 줄 아나? 다섯 군데야, 자그마치 다섯 군데라고."

어느새 니크는 잔뜩 흥분한 얼굴로 열변을 토하기 시작하고 있었다. 덕분에 주변의 사내들도 몰려들어 대화에 참여하기 시작했다. 밀은 당황한 표정으로 조금 물러나 앉았다. 타베른은 순식간에 정치에 관한 열변들이 쏟아져 나왔다.

"그러게 말야! 냄새 나고 더럽다고 하리야나의 빈민 구제소들을 모조리 철거했었잖아? 그게 겨우 2, 3년 전이야!"

"헤게 영감도 그 빈민 구제소가 철거되면서 12월에 길바닥에서 자다가 얼어 죽었어. 술 주정뱅이지만 착한 노인네였는데. 전쟁터에서 다리가 잘린 이후로 폐인이 되었었지."

"새로 개설된 빈민 구제소에 가봤나? 새로 회벽을 발랐더군. 바닥도 다시 깔았고. 으리으리하던데! 우리 집보다 좋더군. 허참."

"그것뿐이야? 보름에 한 번씩 의사 나리들이 빈민 구제소를 돈다구. 돈 한 푼 안 받고 그 뭐시기더라?"

"진료라는 거야, 멍청아."

"아, 그래. 암튼 진료도 해주잖나? 멀쩡히 집이 있는 평민들도 그날이면 빈민 구제소로 모여든다네. 어디 의사 나으리 얼굴 한번 볼려면 보통 일인가? 근데 그곳에서는 돈이 없어도 약이나 치료를 받을 수 있지. 소문을 들어보니 칙명관 폐하께서 직접 지시하신 일이라고 하더군."

"멍청한 자식아! 죽고 싶냐? 칙명관 각하라고 하는 거야. 폐하라는 건 여왕 폐하께만 써야 하는 거야."

"하여간 칙명관님이 바뀐 이후로 우리로선 살기 좋아졌어. 구질구질하다고 시장을 모조리 철거한 게 4년 전이지 않은가? 보름에 한 번이나 겨우 시장이 섰지. 근데 요즘은 웬만한 광장에서는 매일처럼 시장이 서잖나? 얼마나 좋아?"

사내들은 맥주 잔을 비위가면서 쉬지 않고 떠들기 시작했다. 밀은 언제나처럼 슬그머니 자리를 빠져나왔다. 타베른을 벗어난 밀은 심호흡을 하면서 피식 웃었다. 그리고는 빠른 걸음으로 발걸음을 옮기기 시작했다.

멀리서 내성 문을 잠그기 전에 울리는 종소리가 들려왔다. 도시는 빠르게 어둠 속으로 젖어들고 있었고, 곧 조용해졌다.

밀은 두 손을 주머니에 찌르고 조금 삐딱하고 불량스러운 걸음으로 걸어가면서 휘파람을 불었다. 그가 불고 있는 멜로디는 군대에서 행진곡으로 사용하는 '영광의 새벽'이라는 곡의 전주곡이었다. 군대의 행진에 맞춰 작곡된 빠르고 규칙적으로 반복되는 멜로디가 차가운 밤공기 사이로 스며들었다. 그의 구둣발 소리와 멜로디는 한데 어울려 그가 지나가는 궤적을 남기고 있었다.

밀이 모퉁이를 돌았을 때 내성 출입 문 주변은 한창 어수선한 분위기 속에서 성문 폐쇄 작업이 한창이었다. 내성과 외성의 수비를 맡은 중앙 기사단 소속 수도 경비 연대의 병사들이 횃불을 들고 오가고 있었다.

"뭐냐, 넌? 이 시간에?"

"죄송합니다, 나으리. 친구들과 술 한잔 하다 늦었습니다."

밀은 히죽 웃으면서 주머니에서 패를 꺼내 들었다. 경비대원은 횃불에 황동으로 만들어진 패를 받아 들었다. 가시나무가 뒤엉킨 방패 문양을 본 병사는 눈살을 찌푸렸다.

"빨리 튀어 들어가! 가시나무 공작님 가문에서 일하는 놈의 행실이 그 따위냐? 케언 칙명관님께서 대범하신 분인 덕분이라고 생각해라."

밀은 패를 받아 들고는 서둘러 내성 문을 지나 빠르게 내성 시가지 안쪽으로 사라져 버렸다. 내성으로 들어온 밀은 곧장 민트 J. 케언 공작의 가시나무 저택으로 향하지 않았다. 그는 성문에서 멀지 않은 곳에 위치한 왕실 근위대 외곽 바라크로 들어갔다.

"외출은 즐거우셨습니까?"

"아아, 정말 중노동이더군. 하루 종일 돌을 지고 날랐더니 온몸이 쑤시는군."

오랜 시간을 들여 씻고 새하얀 셔츠로 갈아입던 케언은 혀를 차면서 말했다. 근위대 제복을 입고 기다리던 켓셀 아마인은 어깨를 으쓱했다.

"수도의 민심을 조사하는 데 굳이 그렇게 노동까지 참여하실 필요가 있습니까?"

"이봐, 가끔씩 나타나는 낯선 인물은 누구나 경계를 하잖나? 감찰원에서 몰래 평민으로 가장해 엿듣고 다닌다는 건 그들도 다 알고 있어. 평민은 바보가 아니야. 명심하도록 하게나."

케언은 공작 가문의 외출용 코트를 여미며 조용하게 대꾸했다. 그의 모래 빛 머리는 잘 다듬어져 이마 뒤로 넘겨져 있었다.

케언은 호위를 붙이겠다는 아마인의 제의를 거부하고는 근위대를 나와 자신의 저택으로 발걸음을 옮기기 시작했다. 그의 입술에서는 여전히 영광의 새벽 서곡이 휘파람으로 나오고 있었다. 귀족이, 그것도 크림발츠 유일의 공작 가문이자 칙명관의 지위에 있는 민트 J. 케언이 평민들처럼 천박하게 휘파람을 분다는 것은 귀족 사회의 이슈가 되기에 충분했다. 하지만 늦은 밤거리를 걷는 케언은 전혀 개의치 않고 있었다.

여전히 밤의 내성 시가지에는 삼엄하게 순찰이 행해지고 있었다. 대부분 기병으로 구성된 순찰대원들은 케언을 발견하고는 기겁을 하면서 예를 취했다. 개중에는 다급하게 말에서 내리다가 돌 바닥을 나뒹구는 병사도 있었다.

'휴가는 끝났어. 내일부터는 또 정신없이 서류와 씨름해야 하겠군.'

"우아와!!"

케언은 등 뒤에서 들려오는 고함 소리보다 먼저 반응했다. 오랜 기간 동안 훈련을 받았던 케언은 빠르게 몸을 옆으로 움직이며 뒤돌아섰다. 허공을 찌른 상대는 흐릿한 달빛 아래서 비틀거렸다. 케언은 한 걸음 물러서며 자신의 저택 담벼락 그늘 속으로 들어갔다. 케언은 담벼락의 어둠 속에서 상대를 바라보았다. 상대는 달빛을 온몸으로 받으며 어둠 속에 서 있는 케언을 노려보았다. 상대가 전투의 기초도 제대로 모른다는 증거였다. 케언은 상대보다 어두운 곳에 머문다는 철칙을 본능적으로 지키며 온몸을 천천히 긴장시켰다. 오랜만에 느껴보는 긴장감 속에서 그의 근육들은 기분 좋은 느낌을 퍼뜨리고 있었다.

"넌 누구냐?"

"지옥에서나 기억해라, 에릭스 아헨디스 자작이다! 내 딸을… 죄없는 내 딸을 무자비하게 교수형이라니……! 오오, 신이시여! 제가 무슨 죄를 지었습니까?! 이건… 이건 형벌로는 너무 가혹합니다."

에릭스 아헨디스 자작은 산발한 머리로 옷차림도 엉망이었고, 서툴게 롱 소드를 쥐고 있었다.

'깔끔하던 사내가 맛이 갔군.'

케언은 여전히 어둠 속에 선 채 눈살을 찌푸렸다.

"진 아헨디스 자작 영애는 분명 레이디 엘라를 비롯한 31명의 영애들을 독살한 혐의로……."

"다, 닥쳐! 내 딸은 정원의 장미를 꺾어도 우는 아이야! 누굴 독살했다는 거야?! 그애가… 그애가 얼마나 여리고 착한 아이였는지 알아? 가문이 이렇게 기울었어도 항상 웃는 아이였어! 넌 내 마지막 재산을 가져갔어! 내 지위와 내 재산으로는 부족한 건가? 응?! 내가 네놈에게 잘못한 게 뭐가 있지? 왕자 파? 난 아무 짓도 안 했어! 네놈들 멋대로 왕자 파라고 결정하고, 네놈들 멋대로 내 모든 걸 빼앗았지! 말해 봐! 어째서 네 딸년만 살아났지? 다들 죽었는데?!"

"라미스는 아직 병상에 누워 있어. 아무도 못 알아보고 밤이면 헛소리를 하고 있어."

"다, 닥쳐! 어째서 네 딸은 살아남고, 내 딸은 죽어야 했지? 진과 라미스가 다른 게 뭐가 있지? 단지 지위가 다르다는 거?! 넌 진이 꿈꾸던 미래가 뭔지 아나? 진이 어떨 때 행복해하는지 아나? 네놈들이 무슨 권리로 그애를 죽였지? 어째서 못난 아비가 권력 투쟁에 밀려났다는 이유로 그애가 죽어야 하지?!"

"무슨 소리를 하는 건가, 아헨디스 자작."

"닥쳐! 난 알고 있어! 그건 네놈들이 꾸민 더러운 음모라는 걸! 날 머리 속에 치즈만 가득한 바보라고 생각하지 마! 왕자 파를 제거하기 위한 수작이라 거 알아!"

에릭스 아헨디스 자작의 검끝은 어둠 속에서 가늘게 떨리고 있었다. 그 때문에 이따금 검신이 달빛을 받아 희게 빛났다. 케언은 허리춤에 양손을 찔러 넣은 자세로 묵묵히 서 있었다.

"그래서? 뭘 원하는 거지?"

"죽어랏!"

아헨디스 자작은 고함을 지르며 케언을 향해 달려들었다. 케언은 차가운 눈으로 그를 바라보았다. 그리고 주저없이 검을 뽑아 들었다. 자작의 롱 소드가 케언의 심장을 노리고 날아들었다. 케언은 빠르게 옆으로 움직이면서 검을 뻗었다.

파각!

아헨디스 자작은 무관 귀족이 아니었고, 게다가 그는 흐트러진 평상복 차림이었다. 케언의 롱 소드는 아헨디스 자작의 오른쪽 겨드랑이를 뚫고 안으로 들어가 왼쪽 가슴으로 나왔다. 일격에 심장을 관통당한 아헨디스 자작은 주저없이 무너져 내렸다. 그의 겨드랑이와 가슴에서 거의 동시에 피가 뿜어져 나와 흐릿한 돌 바닥을 적시기 시작했다.

케언은 쓰게 웃으면서 검을 털어냈다. 케언은 주변을 힐끔거리며 손수건을 꺼내 검신의 핏자국을 닦기 시작했다.

"다녀오셨어요?"

케언이 자신의 호위 기사단에게 뒷수습을 맡기고 저택으로 돌아왔을 때, 라미스는 미소를 지으며 그를 맞이했다. 케언은 하녀의 도움을 받아 외투를 벗으며 미소를 지었다.

"몸은 좀 어떠냐?"

"괜찮아요. 의사 말이 위와 식도가 좀 상했을 거래요. 당분간 음식만 조심하면 별다른 문제는 없을 것 같아요. 그보다는 외출은 즐거우셨어요?"

케언은 검집을 풀어 하녀에게 건네주면서 피식 웃었다.

"그럭저럭. 좀 전에 담벼락 아래서 아헨디스 자작이 습격하더군."

"네? 아헨디스 자작이 검도 쓸 줄 알던가요?"

"형편없었어. 네가 롱 소드를 잡는 게 더 나을 것 같더군. 하체도 불안하고 검을 쥐는 방법도 틀렸어. 맨손으로 싸워도 이기겠더군. 피곤하고 귀찮아서 검으로 그냥 끝내 버렸어."

"차를 준비해 뒀어요. 응접실에서 기다리세요."

라미스는 활짝 웃으면서 말했다. 응접실로 향하던 케언은 문득 멈춰 서고는 어깨 너머로 라미스를 바라보았다.

"아! 독약이 든 밀크는 사양하겠어. 아직은 별로 죽고 싶지 않아."

"아, 맞다! 우유에 독약을 넣는 거 버릇이 되어버렸어요."

"앞으로 네가 주는 건 아무것도 먹지 않겠어."

케언은 라미스의 농담에 응수를 하면서 응접실 문을 열었다. 라미스는 화사하고 부드러운 미소로 활기 차게 차를 준비하러 갔다.

〈 8 〉

"그런가?"

정원 가득 뜨거운 햇살이 쏟아져 내리고 있었다.

르뻴 소 생 마리(Le' Pier Saute-Sant-Mariy) 백작은 가볍게 눈살을 찌푸렸다. 반백의 머리를 단정하게 다듬은 소 생 마리 백작은 적지 않은 나이에도 불구하고 당당하게 허리를 펴고 침착한 몸가짐으로 걷고 있었다.

"네, 에릭스 아헨디스 자작이 저지른 케언 공작 암살 기도는 실패로 돌아갔습니다. 이로써 사실상 왕자 파들은 붕괴한 거라고 볼 수 있습니다. 뭐, 아직은 적지 않은 수가 남아 있지만 암살 미수 사건이 벌어진 이상, 케언 공작이 가만히 앉아 있지는 않을 것입니다. 그자는 주어진 기회를 놓치는 인간이 아니니까요. 때문에 벌써부터 요양을 핑계로 지방 영지로 낙향하는 귀족들이 있습니다."

"올해의 포도 농사는 잘될 것 같지 않은가? 훌륭한 와인이 나올 것 같군.”

하이나 여왕의 외삼촌이 되는 에피온 후작은 지팡이에 의지한 채 평온한 얼굴로 하늘을 올려다보고 있었다. 소 생 마리 백작은 여전히 미소 짓고 있었다.

“조만간 대대적인 조사 작업이 있을 예정입니다. 아마 이번 사건을 계기로 적지 않은 숫자의 카시안 왕자 파들이 반역 혐의를 뒤집어쓰게 될 것입니다. 당분간은 저희들도 조심하는 편이 좋을 듯합니다.”

“흐음… 그래?”

에피온 후작은 심드렁하게 대꾸하면서 정원을 산책하고 있었다. 어려서 잔병치레가 잦았고, 병명이 알려지지 않은 무릎 질환 때문에 에피온 후작은 젊은 시절부터 지팡이 없이는 거동이 불편했다. 조금만 무리해도 에피온 후작은 무릎 통증을 호소했고, 며칠 동안 침대에서 일어나지 못하기도 했다.

현 여왕 하이나 11세의 모친인 에이샤 6세 여왕이 남동생이던 에피온 후작 대신에 왕위에 오른 것은 그의 선천적인 질환과 그로 인해 얻어진 태만한 성품 때문이었다.

에피온 후작은 찌푸린 얼굴로 지팡이에 의지해 힘겹게 걸음을 옮기고 있었다.

‘모처럼의 아침부터 귀찮군. 빨리 말을 끝내고 가줬으면 하는데…….’

“사실상 케언 공작의 숙청은 본격화되었다고 보는 편이 타당합니다. 한동안 귀족 사회를 떠돌던 ‘악마’도 기실 그의 공작일지도 모릅니다. 대체 어떤 존재들이 그런 짓을 할 수 있을지는 모르겠지만, 상당히 심각한 상황으로 치닫고 있습니다. 야간 순찰이 강화되어서 저희 측 인사들끼리의 연락망이 거의 붕괴된 상황입니다."

"밤에 서신 연락이 불가능하면 낮에 만나면 되는 거 아닌가?"

소 생 마리 백작은 섣부르게 소리를 지르거나 얼굴을 붉히지 않았다. 19살의 나이로 처음 정치에 입문한 이래로 백작은 정치판에서 평생을 살아온 인간이었다. 그는 정치판에서 가장 중요한 것은 냉정함과 연기력이라는 것을 잘 알고 있었다.

그는 정치 이외의 것에 관심을 가져 본 적이 없었고, 자신 정도로 권력에 접근한 자들이 흔히 그러하듯 재산이나 여자 문제로 사람들의 입에 오르내린 전력이 없었다. 소 생 마리 백작은 추문은 정치가의 수명을 단축시킨다는 사실을 잘 알고 있었다.

"낮에는 보는 눈이 너무 많습니다. 케언 공작에게 우리가 무언가를 고심 중에 있다는 사실을 공공연하게 알려줄 필요는 없습니다. 그래서 찾아뵌 것입니다. 이번 주말쯤에 파티를 한번쯤 개최하시는 것이 좋겠습니다."

정원에 흐드러지게 피어 있는 꽃들을 감상하던 에피온 후작은 걸음을 멈췄다. 그는 물끄러미 소 생 마리 백작을 바라보았다. 노쇠한 그의 시선은 힘겹게 늘어져 있었고, 아무런 광채도 없었다. 비슷한 연배인 소 생 마리 백작의 건강함과는 대조적이었다.

"난 파티를 싫어하네. 나도 잘 모르는 인간들이 소중한 내 정원을 망가뜨리고, 내 응접실과 서재에서 술에 취해 떠는 걸 싫어한다네. 그리고 무엇보다 실비아가 싫어해. 실비아는 다른 사람을 만나는 것을 싫어하잖나?"

'한 나라의 왕이 될 사람이 고작 정부 한 명 따위를 신경 쓰다니……. 역시 국왕의 재목은 아닌 인간이야.'

"중요한 일입니다. 왕자 파가 제거되면 다음 표적은 저희가 될 겁니다. 대책을 세우지 않으면 곤란합니다."

에피온 후작은 턱을 쓰다듬으며 한숨을 내쉬었다.

"허허, 찰나에 불과한 짧은 삶이거늘 어째서 그렇게 미워하고 싸우며 사는 건지."

에피온 후작의 중얼거림은 낮고 희미했기 때문에 소 생 마리 백작은 그의 말을 듣지 못했다. 후작은 물론 소 생 마리 백작이 자신의 말을 이해하리라 기대하지 않았기 때문에 별로 신경 쓰지 않았다. 삶에 대한 관점이 완전히 다르다는 것을 그는 잘 알고 있었다.

"그럼, 허락하시는 것으로 알고 제가 준비하겠습니다."

에피온 후작은 정원 저편으로 당당하게 걸어가는 소 생 마리 백작의 뒷모습을 지치고 쓸쓸한 눈으로 바라보고 있었다.

'자네가 원하는 건 왕.가.의.핏.줄.이겠지. 에피온 엘지엘 아서 파반트(Ephion Elgiel Athsia' Fahrwand)라는 이름을 가진 왕족. 내가 필요한 건 아니지. 그저 내 이름과 내 핏줄이 필요할 뿐. 그래서? 내가 조카를 죽이고 왕위에 오르면 뭐가 달라지는 건가? 이제 얼마 남지 않은 자네의 삶이 뭐가 달라지는 건가? 삶이란 한 자루의 양초처럼 허망하기 그지없는 거라네. 자넨 아직도 그 진리를 깨닫지 못했나, 친구여?'

에피온 후작은 정원 한가운데 혼자 남은 채 한숨을 쉬었다.

'이런이런, 실비아를 너무 오래 혼자 있게 했어. 미안하군.'

에피온 후작은 자신보다 30년도 넘는 나이 차이가 있는 실비아의 따스한 체온을 그리워하면서 저택 쪽으로 발걸음을 돌렸다.

"걱정이 있으신가요?"

　실비아의 탐스러운 붉은 머리가 후작의 뺨을 간지럽혔다. 실비아는 길고 탐스러운 자신의 머리칼을 쥐고서 후작의 코끝을 쓰다듬었다. 에피온 후작은 조용하게 웃으면서 실비아의 허리를 끌어안았다. 실비아의 부드러운 가슴이 후작의 옆구리에 밀착되고 있었다.

　"아무것도 아니다."

　"표정이 무거우세요. 방금 소 생 마리 백작 어른께서 다녀가신 이후로……."

　"실비아, 넌 내가 좋은가?"

　"네?"

　27살의 실비아는 눈을 동그랗게 뜨고서 에피온 후작을 바라보았다. 실비아는 원래 후작 집안의 하녀였다. 50년도 넘는 인생을 독신으로 살아온 후작은 젊은 시절 여자 관계가 복잡하기로 악명이 높았다. 선천적인 무릎 질환 때문에 왕권에서 밀려난 에피온 후작은 그저 술과 여자에 탐닉한 채 자신의 삶을 낭비했다.

　젊은 시절의 에피온 엘지엘 왕자는 병약했지만 명석했고, 어려서부터 탁월한 대인 관계 형성에 재능을 보이고 있었다. 왕자였던 그는 카리스마와 지도력이 무엇인지 천부적으로 파악하는 재능을 갖고 있었다. 하지만 그는 한 나라의 국왕이 되기에는 너무나 병약했다. 20살이 넘어서면서 무릎 관절의 통증은 손목과 어깨로 전염되기 시작했고, 검을 쥘 수조차 없었다.

　결국 왕위 계승권은 평범하고 소심했던 누나인 레센느 엘리안 아셔 파반트 공주에게로 돌아갔고, 레센느 공주는 에이샤 6세라는 왕명으로 즉위했다. 에피온 왕자의 타락은 그때부터 시작되었다. 병약한 체질 때문에 술과 여자를 멀리하던 에피온 왕자는 집요한 광증에 가까울 정도로 술과 여자에 몰두하기 시작했고, 급기야 그가 29살이 되던 해, 그는 폐태자가 되었다. 소심한 에이샤 6세 여왕은 왕실 예법부의 결정에 이의를 제기하지 않았고, 그에게 후작의 지위를 내리는 것으로 자신의 양심을 만족시켰다.

귀족 계급이 필요없는 왕자의 지위와 후작의 지위는 전혀 다른 것이었다. 에피온 후작은 왕성 장미여왕 1세에서 쫓겨났고, 후작 가문의 저택이라고 하기에는 초라한 내성 외곽의 작고 낡은 저택에서 기거하며 지금껏 살아오고 있었다.

아이러니컬하게도 그의 방탕한 생활은 그의 건강을 얼마간 호전시켜 주었다. 30살을 넘기지 못할 거라는 왕의의 진단에도 불구하고 그는 50살을 넘도록 살아오고 있었고, 이제는 하루에 한 번쯤 정원을 산책할 정도로 건강이 호전되고 있었다.

40대 후반에 들어서면서 호전되기 시작한 그의 건강과 카시안 왕자의 전사, 연이은 여왕의 집권은 그의 주변으로 귀족들이 모여드는 결과를 가져왔다. 술과 여자를 제외하면 자신의 이름조차 쓸 줄 모르는 인간으로 평가를 받고 있지만, 소수의 사람들은 그가 젊은 시절에 보여주었던 재능을 기억하고 있었다.

"너도 알다시피 난 더 이상 사내 구실을 못하잖나? 허울 좋은 왕족 간판만 갖고 있는 쓰레기 같은 사내인데도 내 곁에 있고 싶은가? 더군다나 난 지금껏 여자 관계가 추잡하기로 소문난……."

에피온 후작의 말은 그곳에서 끊어졌다. 실비아는 다정하게 후작의 머리를 쓰다듬으면서 그의 입술에 키스하고 있었다. 녹아들 것만 같은 혀가 부드럽게 뒤엉키고 있었다. 에피온 후작은 나른하게 침몰해 갔다.

"제가 어렸을 때, 우리 집안은 끼니를 굶는 날이 더 많았어요. 먼

친척 아저씨의 도움이 없었다면 이 집안의 하녀로 들어오지도 못했죠. 게다가 지금은 저도, 저희 가족들도 이렇게 좋은 옷을 입고 맛있는 음식을 먹을 수 있죠. 전 제 가족들의 끼니 걱정이 없어진 그걸로 행복해요. 그리고……."

실비아는 희고 가는 손가락으로 에피온 후작은 노쇠한 가슴에 기묘한 도형을 그리며 장난을 쳤다. 그리고 다시 입을 열었다.

"다른 사람들이 후작님을 뭐라고 욕하든 상관없어요. 후작님을 제대로 이해하고 있는 것은 이 집안 사람들뿐일 거예요. 제가 사람들을 만나기 싫어하는 것은… 사람들이 후작님을 단순히 술과 여자에 미친 노인네로 보고 있다는 점 때문이에요. 단지 왕가의 혈통이라는 이유로 굽실거리면서도 돌아서면 후작님의 욕을 하고 있죠. 하지만 후작님은 그런 분이 아니시잖아요?"

"허허, 내가 너무 많은 이야기를 해준 모양이구나. 나 같은 늙은이를 너무 과대평가하는 것 같아."

"그럴지도 몰라요. 하지만 저와 이야기할 때의 후작님과 귀족들 사이에서의 후작님은 분명히 달라요. 저는 몇 번이나 그걸 깨달은걸요? 왜 그러시는 거예요?"

"글쎄… 흥청거리고 노는 것밖에 할 줄 모르는 인간이라 잘 모르겠구나."

에피온 후작은 조용하게 웃으며 실비아의 등허리를 쓰다듬었다. 실비아는 입술을 삐죽거리며 후작의 옆구리를 꼬집었다.

"후작님은 능구렁이세요. 하지만… 정말 기뻐요……. 요즘은 저 말고 다른 여자에게는 눈을 돌리시지 않잖아요."

한평생을 같은 여자와 두 번 이상의 잠자리를 하지 않는다는 평판

을 들었던 후작은 남자로서의 능력이 상실된 이후에 정부가 된 실비
아를 유난히 아끼고 있었다.

이후로 후작이 다른 여자를 침실로 끌어들이는 일은 없어졌다.

"너도 이제는 정상적인 남자를 만나서 결혼해야 할 텐데… 더 늦기
전에 그러는 것이 좋지 않겠니?"

"그럼, 후작님 곁에는 그 야비한 귀족들밖에 남지 않을 거예요. 전
그러고 싶지 않아요. 후작님은 제 은인인걸요."

"내 재산은 대부분 네가 상속하는 걸로 유서를 작성해 놨다. 이 집
안에서 고생하던 하인들에게 조금씩 나눠주고 나머지는 네가 갖거라.
귀족인 나에게는 하찮을 정도로 초라한 재산이지만 네가 갖는다면 나
같은 늙은이에게 붙어 있었다는 허물이 가려질 거다. 쓸 만한 남자를
골라잡기엔 충분하겠지."

"그런 말씀 싫어하는 거 아시잖아요. 나 토라질 거예요."

"…기다리기 힘들다면 날 독살해 버리렴. 살 만큼 살았고, 별로 미
련은 없어. 희망도 없고 꿈도 없는 삶이란 무의미하단다. 그래서 사람
들은 희망을 갖고 살려고, 꿈을 잃지 않고 살아가려고 애를 쓰는 거란
다. 내일은 오늘보다 따스하리란 희망 때문에 사람들은 추운 겨울을
나는 법이야……."

소 생 마리 백작 때문에 길어진 정원 산책의 피로 덕분에 에피온 후
작은 조용히 잠들어 버렸다. 실비아는 조용히 미소를 지으며 에피온
후작의 잠든 얼굴을 내려다보았다. 그녀는 조용히 후작의 앙상하고
병약한 가슴에 고개를 묻었다. 그녀는 슬라임 후작이라는 별명으로
유명한 에피온 후작을 진심으로 사랑했다.

〈 9 〉

낙엽 냄새가 스민 바람이 코끝을 스치고 있었다.

"행복하니?"

"네?"

공주의 정원 한켠에 마련된 티 테이블을 정돈하고 있던 시녀 이아엘라는 의아한 표정으로 고개를 들었다. 단정하게 시녀복을 갖춰 입은 이아엘라는 손길을 멈추고 루엘라이 A. 파반트 공주를 바라보았다.

루엘라이 공주는 읽던 책을 덮고는 멍한 얼굴로 하늘을 올려다보고 있었다. 손끝으로 흘러내린 앞 머리칼을 만지작거리던 공주는 길게 한숨을 쉬었다.

"무슨 말씀이시죠?"

"그냥…… 행복하니, 이런 생활이? 여긴 딱딱하고 독창성없는 예절과 규율에 맞춰 인형처럼 살아가는 것이 인간다운 삶이라고 생각하는 머저리들이 가득 찬 곳이잖아?"

"죄송하지만, 전 그런 어려운 말씀은 모르겠습니다."

이아엘라는 빙긋 웃으면서 다시 찻잔을 정돈했다. 그녀의 손놀림은 빠르고 정확했다. 루엘라이 공주는 한 치의 흐트러짐도 없이 가지런히 놓여진 찻잔을 감탄스럽게 바라보고 있었다.

"대단해. 난 아직도 몸가짐이 엉망이라고 핀잔을 듣는데. 어떻게 이렇게 가지런히 찻잔을 정돈하지?"

"고작 티 테이블을 차리는 일이에요. 전 루엘라이님처럼 몇 개 국어를 말하지도 못하고, 역사니 수학 같은 것도 몰라요."

이아엘라는 얼굴을 붉히며 어깨를 조금 움츠렸다. 루엘라이는 한숨을 쉬었다.

"외국어 실력? 역사나 수학? 그런 것들과 내 자유를 바꾸라면 난 주저없이 바꿔 버릴 거야. 아주 멋진 거래가 될 텐데. 옛날이야기 속에 나오는 공주님들은 상당히 로맨틱한 사랑을 하지만, 그거 다 거짓말이야. 한 나라의 공주라는 건 그저 쓸 만한 외교적 도구에 불과한 거야. 강화 협정을 맺을 때 공주를 그 나라로 시집을 보내지. 난 아직도 기억해. 내가 15살 때의 일을……."

루엘라이는 시니컬하게 비죽 웃었다. 이아엘라도 그 일을 기억하고 있었기에 입을 다물고 다시 테이블을 정돈했다. 찻잔과 우유, 벌꿀, 스푼들은 이미 가지런하게 한 치의 빈틈도 없이 정돈되어 있었지만 이아엘라는 괜스레 그것들을 다시 만지작거리고 있었다.

루엘라이 공주가 15살 때 벌어졌던 아메린과의 혼담은 결국 두 나라 간의 오랜 앙금을 극복하지 못한 채 불발로 끝났다. 크림발츠의 15

살짜리 조숙하고 영민한 루엘라이 공주와 아메린의 출중하고 용맹한 23살짜리 막내 왕자와의 혼담은 대륙을 긴장시켰다.

아메린의 막강한 육군과 뛰어난 철 제련 기술, 그리고 크림발츠의 해군력과 대륙 최대의 식량 생산 능력의 결합은 단순한 두 나라의 제휴를 넘어서는 것이었다. 게다가 군사 국가 아메린의 뛰어난 측량학과 크림발츠의 인쇄 기술의 결합만으로도 아직 자국의 정확한 지도 구축조차 이루지 못한 대륙 국가들에게는 치명적인 요소였다. 정교한 지도를 대량 인쇄할 수 있는 크림발츠가 아메린 측에서 수집한 정교한 측량 자료를 바탕으로 대륙 지도를 대량 생산한다면 두 국가의 군사력을 제쳐 두고서도 막강한 전략적 우위를 선점할 수 있었다.

하지만 혼담을 성사시키기에는 개국 이래 계속되어 온 두 나라의 앙금과 영토 분쟁의 골이 너무 깊었다. 때마침 아피아노에 있는 중앙 대교국에서는 성서에 나온 최초의 결혼 기록을 바탕으로 17세 이하의 결혼은 비도덕적이라는 공식 서한을 각국으로 발송했다. 대륙의 각국들은 서둘러 자국 왕실의 예법을 고쳐 17세 이하의 초혼을 금지시키는 법안을 통과시켰다. 양국의 민족적 적대감을 극복하기 힘들다고 느끼던 아메린과 크림발츠의 왕실은 중앙 대교국의 결정적인 선전 포고에 이를 갈면서 혼담을 무효화시켜 버렸다. 두 국가의 연합만으로 대륙 전체와의 전면전은 불가능했다.

결국 15살이던 루엘라이 공주는 등을 떠밀려 시집가게 되는 상황을 간신히 벗어날 수 있었다. 하지만 그때의 일은 결정적으로 루엘라이 공주에게 앙금으로 남아 있었다.

"난 내가 왕족이라는 것이 수치스러워. 얼굴은 고사하고 이름도 모르는 딴 나라 왕자와 혼담이 오가고, 정작 본인의 의견 따위는 안중에

도 없는 것이 당연하다고 여기는 풍토. 대체 인간을 뭐라고 생각하는
거지? 인간은 도구가 아니야. 인간은 인간이야. 역사를 통틀어봐도
'인간'을 '수단'으로 사용해 바람직한 결과를 낳은 적은 한 번도 없
었어."

"루엘라이님께서는 세상을 너무 부정적으로 보시는 게 아닌가요?
좀 주제넘는 소리인 건 알지만……."

"난 내가 회의적이 아니라 현실적이라고 생각해."

"하지만 인간을 수단으로 삼는 건 보통 너무나 매력적이죠. 그런
유혹을 뿌리칠 수 있는 자제력을 가진 인간은 많지 않을 겁니다. 그래
서 인간이죠."

루엘라이와 이아엘라는 거의 동시에 고개를 돌렸다. 모래 빛 머리
를 가진 젊은 사내는 공손하게 바닥에 한쪽 무릎을 꿇고 오른손으로
심장 언저리를 가리며 고개를 숙였다.

"민트 J. 케언, 왕실 근위 기사대 제1기사대장, 크림발츠의 빛이 되
시는 영민하고 아름다우신 루엘라이 A. 파반트 공주님을 뵙습니다."

"흐응, 여전히 저를 의미하는 수식어가 길군요."

"뭐, 형식입니다. 황송하지만 저도 별로 이런 예법이 마음에 들지
않습니다."

창기병을 떠나 이제는 왕실 근위대에 머물고 있던 케언은 천천히
자리에서 일어서면서 웃었다. 젊은 시절, 대학을 진학하기 위해서 군
대에 몸담았던 그는 이제 자신의 어린 시절 꿈을 접어두고 있었다. 루
엘라이는 공주다운 우아한 태도로 그를 맞이하지는 않았다. 그저 앉
은 자세를 좀 단정하게 고쳐 앉았다.

"어떤 의미죠? 수단으로 삼는 게 매력적이라는 말이?"

케언은 공주의 질문에 미소를 지었다. 그는 천천히 의자를 당겨 앉았다.

"예를 든다면… 제가 공주님을 유혹하게 되면 전 공주님의 남편이 되어 보다 높은 지위를 얻게 되겠죠? 보통의 사내라면 공주님의 환심을 사려고 노력할 겁니다."

"지금으로도 충분한 숫자의 바보들이 내 꽁무니만 쫓아다녀요. 그 대열에 참가하고 싶으신가요?"

"별로. 솔직히 말씀드리면 공주님은 제 취향이 아닙니다."

케언은 여유만만하게 미소를 짓고 있었다. 루엘라이 파반트 공주는 태연한 표정을 짓고 있었지만 관자놀이가 실룩거리는 것은 어쩔 수 없었다. 그녀는 확실히 울컥했다. 이아엘라는 눈을 동그랗게 뜬 채로 두 사람의 눈치를 보고 있었다. 루엘라이 공주는 헛기침을 하면서 자신의 억양을 가다듬었다.

"아무리 카시안 왕자님의 친우시라고 해도 그런 발언은 왕실 모독입니다."

"괜찮습니다. 정의감 넘치는 바보 카시안 왕자가 있는 한 제 목이 달아날 걱정은 없을 거라고 봅니다."

"누가 바보라는 거냐? 너, 죽고 싶으냐?"

세 사람의 시선이 일제히 움직였다. 카시안 왕자는 정원 한가운데 마련된 테라스 기둥에 기대서서 인상을 쓰고 있었다. 크림발츠 왕실을 상징하는 쌍두 독수리가 섬세하게 수놓아진 튜닉을 걸친 카시안 왕자는 곧바로 푸핫 하는 웃음을 터뜨렸다.

루엘라이는 자리에서 일어나 화려한 실크 드레스 자락을 조금 들어 올리며 무릎을 굽혔다.

"루엘라이 A. 파반트 공주가 카시안 왕자님을 뵙습니다."

카시안 왕자는 피식 웃더니 귀찮다는 표정으로 튜닉을 벗어 던졌다. 물론 왕자의 신분을 가진 카시안이 얇은 셔츠 차림으로 있는 것은 예법에 어긋났다. 카시안 왕자는 고개를 들고 눈을 감은 채 시원한 가을바람을 마음껏 들이마셨다.

"아, 고마워. 자네는 결혼하더니 예뻐졌군."

카시안 왕자는 이아엘라에게 찻잔을 받으며 싱긋 웃었다. 이아엘라는 얼굴을 붉히며 한 걸음 물러섰다. 잠시 동안 크림발츠의 공주와 크림발츠 왕실 근위대 장교는 거의 동시에 카시안 왕자가 결혼한 시녀에게 추파를 던진다고 야유했다. 물론 악의가 없는 농담이었다.

"근데 혈기 왕성한 남녀가 모여서 무슨 이야기를 하고 있었어?"

"별거 아냐."

"제가 케언님의 취향이 아니라는군요, 왕자님."

"역시! 자네는 내 친구야. 여자 보는 눈이 정확하군."

이번만큼은 루엘라이 공주도 자신의 표정을 관리하지 못했다. 하지만 두 남자는 태연하게 웃고 있었다.

"이봐, 그거 알고 있나? 요즘 왕성에 재미있는 농담이 있지. '영민하신 루엘라이 공주님과 티타임을 하게 된다면 풀 플레이트 메일을 입고 참석할 것' 이라는 농담이지."

"왜냐하면 공주가 열에 아홉은 펄펄 끓는 찻잔을 쏟는 실수를 저지르기 때문이다."

"두 사람! 나 화낼 거예요!"

루엘라이는 뾰로통한 표정으로 두 사람을 노려보았다. 하지만 카시안 왕자의 농담 덕분에 티타임은 평범한 남매와 그 친구의 자리로 변해 있었다.

"오빠는 이제 곧 왕위 계승 내정자가 되겠지?"

"아직은 아니야. 앞으로 몇 년쯤 더 있어야 할 거야."

"그때가 되면, 난 정말로 더 이상 오빠라고 부르지 못하겠지?"

"글쎄… 결국 간판이 바뀌는 것일 뿐이야. 카시안 루엘 파반트라는 인간의 본질이 변하는 건 아니야. 나를 간판 따위에 휘둘리는 얼간이로 보는 거냐?"

"현실을 직시해. 너 자신은 변하지 않아도 주변에서 너에게 변하길 강요할 거야. 인간은 자기 스스로 변하기보다는 타인에 의해서, 환경에 의해서 변하게 되는 법이야. 그게 사회라는 거 아닐까? 언제까지 그런 몽상에 빠져 있을 건가?"

"몽상이라고? 아냐. 스스로의 의지가 굳다면 괜찮아. 타의에 의해서 스스로가 변화한다는 것은 결국 스스로에게 자신이 없다는 의미가 아닐까? 귀가 얇은 것은 스스로가 무엇을 해야 하고, 무엇을 지켜야 하는지 모르기 때문이야. 난 물론 성질 급하고 덜렁대는 인간이지만 적어도 내가 해야 되는 것은 알고 있어."

갑작스럽게 시작된 케언과 카시안의 열변 속에서 루엘라이는 어깨를 움츠린 채 입을 다물고 있었다. 이아엘라는 살며시 그녀의 곁으로 섰고, 루엘라이는 조용히 이아엘라의 손을 잡았다.

"그런 생각이 자의라고 생각하는 건가? 자넨 이 나라의 왕자야. 하지만 결코 현명한 왕자는 아닌 것 같아. 지키고 싶다? 무엇을? 예를 들어볼까?"

"해봐. 어떤 의미지?"

"자넨 자네의 여동생 루엘라이 공주를 지켜주고 싶어하지. 주변에서 누가 뭐라고 하든, 현재 서로의 지위에 연연하지 않은 채 언제까지나 그저 저 냉소적인 '아가씨'의 오빠로 남고 싶어하지. 맞나?"

"그거야. 그렇기 때문에 난 주변에 휘둘리지 않는다는 거야. 난 나 자신에 대해서 자신있어. 타인의 말에 스스로를 잃어버리지 않아. 난 내 여동생, 그리고 자네를 소중하게 생각해. 그렇기 때문에 내게 소중한 이들을 지키고 싶어."

카시안 왕자는 웃지 않았다. 진지한 얼굴로 케언을 노려보고 있었다. 케언은 히죽 웃더니 차를 한 모금 마셨다. 그리고는 차갑고 냉정하게 입을 열었다.

"얼빠진 영웅주의에 빠진 녀석."

"뭐라고?"

"지키고 싶다고? 누구를? 어째서? 자네가 그런 생각을 하는 게 스스로의 의지라고 생각하는가? '난 나에게 소중한 이들을 지키기 위해서 스스로 움직인다!'라고? 정신 차려! 한 나라의 지도자가 되려면 우선 그 얼빠진 영웅주의부터 버려! 자네의 그런 생각이 스스로 갖게 된 거라고 생각하는가? 그게 아냐. 요즘 왕실 돌아가는 판도를 보고 네가 위기 의식을 느끼고 있는 거지. 벌써부터 왕자 파와 공주 파로 파가 갈리고 있으니까. 살기등등한 왕자 파로부터 네 여동생을 지키고 싶어서 그런 생각을 하는 거 아닌가? 너는 선대 국왕들처럼 여동생이나 누나를 슬픔의 탑에 유폐시키지 않겠다고 생각하지? 인.간.이.란.타. 의.에.의.해.서.변.하.는.거.야. 너의 그런 의지도 타의에 의해서 발현되는 거야. 그게 인간이야, 바보 녀석아."

긴 이야기를 마친 케언은 만족스러운 표정으로 찻잔을 기울였다. 카시안 왕자는 굳은 얼굴로 케언을 보고 있었다.

“인정하고 싶지 않아… 하지만…….”

“영웅주의는 스스로를 잃는 지름길이야. 명심해. 내 소중한 것이라고? 난 말야, 내 소중한 이를 지키기 위해서라면 악마가 될 수도 있어. 극단적으로 말해서… 나에게 정말로 소중한 사람을 위해서라면 자네를 죽일지도 몰라. 자네와 나의 차이점이 뭔지 아는가?”

“몰라. 말해 봐.”

“넌 정의감에 빠져서 시야가 좁아. 정의가 뭐지? 정의란 건 사회가, 아니, 소수의 인간들이 다수의 인간들에게 강요하는 또 다른 편견에 불과해. 넌 한 나라의 국왕이 될 인간인 주제에 어설픈 정의의 영웅교에 빠져 있어. 네놈에게 국왕의 자격이 있다고 생각하나? 절대 아니야.”

“그래서?”

“난 자네와 달라. 난 인간이란 타의에 의해서 알게 모르게 변화한다고 알고 있어. 주변에서 악마를 원한다면 난 악마가 될 거야. 그게 내 소중한 것을 지키기 위해서라면 말이지. 역대 국왕들이 어째서 병든 남동생을 쫓아내고, 멀쩡한 누나를 탑 속에 평생 동안 가둬두는지 알아?”

“왕실을 모독할 생각이냐?”

“그 딴 허세는 집어쳐! 안 어울려! 자네도 알고 있지? 국왕이나 여왕의 권력 집중을 방해할 위험 요소를 제거하기 위함이라는 거? 국왕의 형제자매가 없다면 왕권이 위협받을 요소가 사라지지. 크림발츠 역사상 유난히 왕실 반란이 적은 것은 그들의 형제자매들이 슬픔의 탑에서 병들어 죽어갔기 때문이야. 크림발츠라는 나라는 저 슬픔의 탑이라는 거대한 기둥에 의지해 있어. 그게 현실이야.”

　케언은 고개를 들어 왕성 너머로 보이는 북쪽 별관 슬픔의 탑을 바라보았다. 루엘라이 공주는 우울한 얼굴로 고개를 숙이고 있었다. 이아엘라는 저미는 슬픔 속에서 공주의 손을 힘주어 잡아주었다. 카시안 왕자는 잔뜩 찌푸린 얼굴로 입을 다물었다.

　"정말로 저 대책없이 삐뚤어진 여동생을 지키고 싶다면… 강해져. 중요한 건 정의를 지키느냐, 혹은 영웅적이냐가 아니야. 소중한 것을 지킬 힘이, 스스로가 옳다고 생각하는 것을 지켜낼 힘이 있는가야. 알겠나? 나라면 지금부터 착실하게 명단을 짜겠어. 네가 정말로 여동생을 소중히 하고, 이 나라를 소중히 한다면."

　"어떤 명단이지?"

　"너에게 입에 발린 소리를 하는 인간들, 네 편을 들어주는 인간들, 물론 나를 포함해서 말이지. 그리고 즉위식 기념 파티로 그자들을 모조리 목매달아 버려. 그러면 아무도 네 여동생을 손대지 못할 거야."

　"사람의 목숨을 뭐라고 생각하는 거죠? 사람이 타인의 삶을 함부로 좌지우지할 권리는 없어요."

　"그래서 누군가는 비난을 받을 악마가 되어줘야 하는 겁니다, 공주님."

　"이런 곳 정말 싫어! 난 이렇게 태어나고 싶지 않았어. 이런 건 내가 원한 삶이 아니야. 난 그저 오빠랑 사이좋게, 평범하게 살아가고 싶어."

　"태어나서 한 번도 밥 굶어본 적 없는 주제에 그런 말을 할 자격은 없습니다. 당신은 스스로가 시니컬하다고 생각하지만, 당신은 아직도 어린애입니다. 당신의 냉소는 그저 배부른 칭얼거림입니다. 때문에 당신은 제 취향이 아닙니다. 전 애인을 필요로 하지 뒷바라지해 줄 어린애를 원하는 게 아닙니다."

케언은 한 치의 흔들림 없는 말투로 그렇게 말하고는 하늘을 바라보았다. 한참 만에 카시안 왕자는 입을 열었다. 그의 목소리는 평소의 쾌활함이 씻겨 나간 건조한 목소리였다.

"난 말야, 사람이 살아가는 방법은 두 가지가 있다고 생각해."

케언과 루엘라이, 이아엘라는 카시안을 바라보았다. 카시안은 우울한 얼굴로 고개를 숙이고 있었다.

"불꽃처럼, 혹은 노래처럼. 불꽃은 스스로를 태우며 주변을 밝혀주지. 하지만 결국엔 스스로를 전소하고 스러져 버려. 그리고 먼동이 트는 새벽이 찾아오면 불꽃은 스러지고 잊혀지지. 그걸로 충분해. 긴긴 밤을 불꽃은 힘차게 타올랐으니까. 노래는 사람의 입을 건너며 땅을 채우고 하늘을 채우지. 아버지와 아들을 통해서 긴긴 시간을 건너지. 좋은 노래는 영원 속에서도 머물지. 불꽃처럼 스스로를 태우진 않지만 사람들 속에서 언제까지 머물고, 사람들에게 기억되지."

'불꽃처럼… 혹은 노래처럼…….'

루엘라이는 오빠인 카시안 왕자의 말을 되뇌었다. 카시안 왕자는 눈을 들어 여동생을 바라보았다.

"루엘라이, 너는 노래처럼 살아가겠니? 언제까지 사람들 속에 머물면서, 사람들 속에서 변화하면서 언제까지고 머물게 되는 노래처럼……. 난 불꽃이 되겠어. 어둠을 태우고, 스스로를 태우고, 크림발츠의 새벽을 여는 자가 되겠어. 그리고 민트 J. 케언."

카시안 왕자와 케언의 눈이 마주쳤다. 오랜 친구였던 두 남자는 묵묵히 서로를 응시했다. 케언은 시선을 피하지 않았다. 두 사람은 말없이 서로를 응시했지만, 맹렬한 감격을 교환하는 것과 다르지 않았다.

마침내 케언이 한숨을 쉬었다.

"알겠어. 난 자네의 편에 서지. 불꽃이 되겠어. 설사 노래를 지키기 위해서 다른 모든 것을 태우는 한이 있어도… 누구보다 뜨거운 불꽃이 되겠어. 만족하나?"

"고마워."

"닥쳐! 그런 낯간지러운 대사는……. 루엘라이 공주님."

"네?"

케언은 자리에서 일어나 바닥에 한쪽 무릎을 꿇었다. 루엘라이는 왕실 모독도 마다하지 않던 차가운 사내를 놀란 눈으로 바라보았다. 케언은 한참 만에 입을 열었다.

"노래를 지키기 위한 불꽃으로 살아가겠습니다."

The Sad Song

〈 1 〉

흐린 하늘은 언제 비가 와도 이상하지 않을 것 같았다. 페나 라이침
버 아델만 왕비는 창가에 서서 수도 동쪽을 응시하고 있었다. 흐린 하
늘 속에서 야르 강은 잿빛으로 흘러가고 있었다. 강 건너편에 세워진
긴 장벽은 야르 강 속에 묵묵히 희미한 그림자를 던지고 있었다.

어깨가 드러나는 화려한 드레스를 입은 왕비는 묵묵히 우중충한 창
밖을 응시하고 있었다.

'지금까지는 순조로운데… 하일리버가 과연 충분한 역량이 있는가
가 관건이겠어. 과연 맹약 기사단을 충분히 통제할 수 있을까?'

기사가 아닌 그녀로서는, 더군다나 흐린 날씨 때문에 강 건너 평야
에 세워진 우사자 성채를 볼 수 없었다.

'이제 슬슬 케언 공작에게서 서신이 올 텐데……. 인재가… 인재가
부족해. 한 나라를 다스리려면 무엇보다 당장 쓸 만한 가신들을 모아

야 해. 소심하고 무능한 남편에게 이 나라를 맡길 순 없어. 썩은 종기
는 도려내야 해. 라이어른이 더 이상 지역 감정으로 썩어 문드러지기
전에. 천박한 크림발츠나 아메린에게 굽실거리지 않는… 하이파 제국
이 건설되었던 이 땅에 라이어른 제국을 재건하는 거야. 라이어른의
힘이 모인다면 제국 건설은 몽상이 아니야. 더 이상 라이어른이 크림
발츠나 아메린처럼 더럽혀져서는 안 돼!'

페나 왕비는 힐끔 고개를 돌렸다. 테이블에는 라이어른 지도가 펼
쳐져 있었다. 그곳에는 그녀의 젊은 시절이 송두리째 녹아 들어가 있
었다. 그녀는 자신의 젊음과 아름다움을 그곳에 아낌없이 쏟아 부었
다.

귀족 여성들이 무도회를 즐기며 질펀한 쾌락에 젖어 있을 때, 누가
멋진 애인을 두고 있는가를 경쟁하고 있을 때, 페나 라이침버 공주는
전술 지도를 갖고 씨름했다.

고집스럽고 엄격한 아버지인 사자왕 베오하이트가 레흐 디히트 아
델만이라는 문학과 수학에 몰두하던 젊은 귀족을 소개시켜 주었을 때,
페나는 라이어른 통일 이후의 행정 구역 재편 작업을 하고 있었다.

"당신은 너무 먼 곳을 보고 있군요. 북해 저편의 아름다운 백야를
상상하고 있는 것보다는 코끝을 스치고 있는 튤립의 향기가 훨씬 소
중한 법입니다."

처음 아델만과 단둘의 시간을 가졌을 때, 그는 튤립 화병을 만지작
거리며 중얼거리듯 그렇게 말했다. 대화는 제쳐 두고 라이어른 통일
이후 귀족원의 존속 여부를 고심하고 있던 페나였다. 페나가 그를 보
았을 때 아델만은 밤하늘을 보고 있었다.

"권력이란 건 벽난로와 같습니다."

"네?"

"벽난로에서 너무 멀어지면 추위에 떨게 됩니다. 하지만 너무 가까우면 불길이 그대의 아름다운 드레스를 삼켜 버릴 겁니다. 하나의 거대한 벽난로를 피워 그 곁에 머물기보다는 여러 개의 작은 벽난로를 지피는 쪽이 더 따스한 서재를 갖는 비결입니다. 긴긴 겨울 내내 헤롤리우스 전집을 독파하면서 얻은 교훈이죠. 삶이란 그렇게 하루하루가 교훈의 연속입니다."

페나는 얼빠진 뜬구름 잡기식 대화를 좋아하지 않았다. 아델만의 그런 말은 결정적으로 그녀에게 혐오감을 심어주었다. 동시에 페나는 그를 우유부단하고 나약한 겁쟁이로 판단했고, 최적의 남편감이란 판단을 내리게 했다.

사자왕이 두 사람의 혼인을 결정했을 때 페나는 불만이 없었다. 무능력한 주제에 욕심만 많은 사내보다는 독서와 미적분학 이외에는 아무런 관심이 없는 사내가 더 나을 거라는 판단이 들었던 것이다.

긴긴 결혼 생활 동안 두 사람은 거의 침실을 따로 쓰고 있었고, 페나는 서너 달에 한 번쯤 억지로 남편과 잠자리를 함께했다. 결혼 이후에도 아델만은 데릴사위라는 수군거림도 개의치 않은 채 새로 역사와 철학을 공부하기 시작했다.

일주일에 한 번씩 사자왕과 저녁 식사를 겸한 술자리를 하는 동안 사자왕과 아델만은 시종들도 물리치고 긴긴 대화를 했다. 두 사람의 지적인 토론에 관심이 없던 페나는 그 시간이면 혼자 텅 빈 침실에 틀어박혀 세제 개혁을 고심했고, 매년 자신의 정부를 갈아치웠다.

'바다 저편의 보석보다는 발 밑의 돌멩이가 더 귀중하다.'

페나는 남편의 그런 나태한 가치관에 몸서리를 치며 끔찍한 기분을 경험해야 했지만 묵묵히 인내했다.

'발 밑의 돌멩이를 버리고 바다 저편의 보석을 이리로 가져오면 된다. 움직이지 않는 자는 어디로도 가지 못한다.'

그것이 페나의 가치관이었다.

두꺼운 문을 두드리는 노크 소리에 페나는 자신의 생각에서 벗어났다. 그녀는 심호흡을 하면서 표정을 가다듬었다.

"누구냐?"

"왕비 폐하를 알현코자 하는 자가 있습니다."

문밖에서 보초를 서고 있던 병사가 큰 목소리로 대답했다. 페나는 의아한 표정으로 고개를 갸웃거렸다. 오전 회의는 이미 끝난 이후였고, 신하들이 자신을 찾아올 이유가 없었다. 페나는 지도를 치우고 국왕의 집무실 책상에 앉으며 자세를 가다듬었다.

"들라 이르라."

할버드를 조심스럽게 비껴 든 병사가 두꺼운 문을 열었다. 페나는 얼굴을 기억하지 못하는 낯선 신하의 모습을 차갑게 쏘아보았다. 낯선 신하는 고개를 숙인 채 조심스럽게 다가왔다.

"넌 누구냐?"

"황공하옵니다, 왕비 전하. 소신은 프레이하 총기사단장님의 비서관으로 일하고 있는 로펠스 바덴 자작이라고 합니다."

"그래, 용건이 뭐냐?"

"튜멜 남작 건에 대한 일입니다."

'뭐? 튜멜 남작?'

페나는 가볍게 헛기침을 하고는 손가락으로 책상을 두어 번 두들겼다. 바덴 자작은 식은땀이 흐르는 것을 느끼며 입을 다물고 있었다. 그는 깊숙이 고개를 숙인 채 바닥에 깔려진 양탄자에 시선을 두고 있었다.

“거기 자리에 앉게나.”

“가, 감사합니다.”

‘절반은 성공이야. 침착해라, 로펠스. 신께서 주신 기회다.’

바덴 자작은 평정을 가장하려 애쓰면서 천천히 자리에 앉았다. 페나는 입을 다물고 창밖을 내다보고 있었다. 한참 동안 왕비의 말을 기다리던 바덴은 뒤늦게 왕비가 자신의 보고를 기다리고 있다는 사실을 깨달았다.

“어젯밤에 오랜 친구가 찾아왔습니다.”

“그래서?”

“그 친구의 이름은 하이머 알스터. 케멤 알피스 백작의 부관이자 ‘등신대’였던 존재입니다.”

“등신대가 뭐지?”

“케멤 알피스 백작의 스칼블루트는 얼굴이 알려지지 않은 유령 기사단입니다. 그 부대를 운용하셨던 사자왕 전하께서도 그들의 얼굴을 알지 못하십니다. 등신대라는 것은 위장을 위한 미끼 같은 존재입니다.”

“그러니까 알피스 백작의 존재를 속이기 위해서 가짜 알피스 백작의 행세를 하는 존재란 말인가?”

“네. 그 친구가 찾아왔었습니다. 발트하임 땅에 알피스 백작이 다시 나타난 것과 관계가 있을 거라고 생각합니다.”

바덴은 조용하지만 뚜렷한 목소리로 자신의 오랜 친구와의 만남을 상세하게 설명했다. 페나는 입을 다문 채 묵묵히 듣고 있었다.

"그러한 이유로 하이머 알스터가 알피스 백작과 비밀스런 접촉을 시도하거나, 혹은 이미 접촉을 끝냈을 수 있습니다. 두 사람이 거의 동시에 발트하임에 나타난 것은 우연이라고 보기에는 무언가 있습니다."

"그 하이머 알스터라는 자는 지금 어디 있는가? 자네의 저택에 있는가?"

바덴은 허탈하게 미소를 짓다가 자신이 왕비와 마주하고 있다는 사실을 깨달았다. 그는 헛기침을 하고는 자세를 가다듬었다.

"그는 '바람' 입니다. 바람은 한곳에 머물지 못합니다. 그건 더 이상 바람이 아니죠. 그 친구, 하이머 알스터의 말입니다."

"내 질문에 대한 대답은 아니라고 생각하네."

"오늘 오전에 저와 식사를 하고 떠났습니다. 몸가짐이 날랜 친구를 붙여보았는데 실패했습니다. 전투에 참가한 일은 한 번도 없지만 그도 뛰어난 기사입니다. 항구 쪽으로 가는 도중에 종적을 잃어버렸다고 합니다."

"그렇다면 항구 쪽의 어딘가에 은신해 있다는 의미겠군."

"죄송하오나, 아닐 겁니다."

바덴의 말에 페나는 의아한 표정으로 그를 바라보았다.

"스칼블루트는 그 존재만으로도 정적들이 많았습니다. 유일하게 정체와 얼굴이 드러난 그가 어떻게 살아남았다고 보십니까? 그는 사람들의 마음을 읽고 사람들의 생각을 예측하는 데 천부적인 사내였습니다. 그를 보통 사람 수준으로 생각하시면 곤란합니다. 아마 외성 문

부근의 타베른 어딘가에 있을 겁니다."

"외성 문? 항구 쪽이라면 몰라도 외성 문 쪽은 탈출 경로가 낙제일 텐데? 성문을 잠가 버리면 어디로 도망가지?"

"바로 그 점을 이용하는 것 같습니다. 사람들이 막연하게 갖게 되는 고정관념을 이용하는 것이 그의 특기입니다. 그렇지 않다면 보란 듯이 항구 쪽으로 향하다 사라질 이유가 없지 않겠습니까? 항구 쪽 타베른을 뒤지는 기색이 있으면 아마 곧바로 성을 빠져나갈 겁니다. 상인들 틈에 뒤섞여서 말입니다."

"그렇다면 당분간은 그자를 찾아내기 위한 수색은 보류해야겠군."

"마침 이런 일에 적당한 인물들을 수배해 놓았습니다. 오늘 중으로 연락이 오리라 생각됩니다."

페나의 얼굴로 희미하게 감탄스런 표정이 스치고 지나갔다.

"호오~ 상당히 치밀하군 그래? 내가 보기엔 자네는 고작 기사대장의 비서관 따위나 하면서 썩을 인재는 아닌 것 같은데?"

"미천하나마 국왕 폐하에 대한 충성을 하기 위함입니다. 제 좁은 소견으로 추리한 결과 케멤 알피스 백작이 게일의 첩자인 케이시 튜멜 남작과 손을 잡은 것 같습니다. 알피스 백작은 스칼블루트 일로 사자왕 전하께 좋지 못한 감정이 있습니다. 아마도 그들이 사자왕 전하를 시해했고, 하이머 알스터는 발트하임 왕실의 분위기를 떠보려고 나타난 것 같습니다……."

바덴은 말을 끊고 잠시 주저하다가 다시 입을 열었다.

"…죽어 마땅하오나 제가 알스터와 친분이 조금 있습니다. 저를 이용해 왕실 정보를 캐려고 했던 모양입니다. 물론 이미 알피스 백작과는 끈이 닿아 있을 겁니다. 이곳 사자성으로 직접 들어와도 충분한 지위를 누렸던 인물이 시대에 뒤처진 저 같은 인물을 몰래 찾아온 것도 다 그런 이유가 아니겠습니까?"

페나는 잠시 동안 생각에 잠겨들었다.

라트에일에서 튜멜 일행이 보여준 의외의 행동은 마침 하일리버가 게일의 기사단으로 위장시켜 그 근처에 파견했던 공작조와 너무 잘 맞아떨어졌다.

페나는 공작조가 이동한 방향에서 튜멜이 나타났다는 지독한 우연에 스스로도 놀라고 있었다. 게다가 라트에일의 영주를 죽이고 도주한 튜멜 남작에게 사자왕 시해의 죄를 덧씌우는 것은 일도 아니었다. 하늘이 도왔는지 덤으로 튜멜 남작에 대한 신분이 상당히 모호했다.

사실 지방의 소영주들에 대한 기록은 그렇게 정확하지 않았다. 라트에일 정도의 대도시 영주라면 물론 국왕의 인이 찍혀진 '인가'가 필요했지만, 겨우 시골 마을 하나와 그 주변 영지를 다스리는 지방 영주들까지 왕실에서 관리하기는 불가능했다.

극단적으로 말해서 늙은 영주가 지나가던 젊은이에게 영지를 상속해도 중앙의 왕실에서는 알지 못했다. 전 국토를 전쟁을 위한 전략적 요충지 순서로 분류, 정리하는 크림발츠나 아메린에서는 그런 류의 '영지의 임의 상속'이 불가능했지만, 대륙의 대다수 국가들은 자신의 영토도 확실하게 파악하지 못하고 있는 실정이었다.

게다가 고급 귀족들이 토지 대장에 고의적으로 누락시킨 지방을 자신의 사유지로 삼아 그곳에서 거두는 세금과 병사들을 자신들의 비밀 자산과 사병화시키는 일은 대륙 어느 곳에서나 비일비재했다.

페나도 자신이 다스리는 발트하임의 실제 지도와 왕실의 토지 대장이 상당한 격차가 있을 거라는 것을 잘 알고 있었다. 아메린과 크림발츠도 그렇게 토지 대장에 누락된 사유지를 완전히 색출하지는 못하고 있었다. 그런 것을 완벽하게 찾아내는 데 들어가는 비용과 기간은 결코 가벼운 것이 아니었다.

그런 이유로 해서 튜멜 남작에게 사자왕 암살의 배후라는 혐의를 씌우는 것은 손쉬운 일이었다. 또한 그것은 이제 공개적으로 그들을 수배할 수 있다는 의미였다.

페나는 잠시 동안 입을 다물고 고심을 했다. 그녀는 자신이 무엇이 가장 필요한지 잘 알고 있을 만큼 현명했다. 통일된 라이어른 제국 건설을 위해서 주춧돌을 짊어지고 날라줄 '공사 인부'. 그녀가 가장 필요로 하는 요소였다. 그중 몇 명이 죽는가는 중요하지 않았다. 얼마나 충분한 인부를 동원해 성벽을 세우는가가 중요했다.

'국가란 그런 것이다.'

이것이 페나의 지론이었다. 페나는 재빨리 현재 중신 회의에 들어오는 가신들을 떠올렸고, 바덴 자작과 저울질을 해보았다.

"왕실에 대한 그대의 충성과 현명한 판단력을 가진 그대가 고작 비서관으로 머문다는 것은 발트하임, 아니, 라이어른의 손실이군. 내일 아침부터 왕성으로 정식 입성하기 바라네. 사찰관이라면 그다지 낮은 직책은 아니겠지."

바덴 자작은 순간 숨이 멎는 듯한 착각을 느꼈다. 그것은 그가 예상한 것과는 동떨어진 결과였다.

'사, 사찰관?! 내, 내가 사찰관이 되는 건가?!'

바덴 자작은 깊숙하게 고개를 조아리는 것으로 자신의 흥분된 얼굴을 감췄다.

사찰관이라는 직책은 말 그대로 사찰부의 수장이라는 의미였다. 자작의 신분으로 차지할 만한 직책은 아니었다.

 국왕의 명령을 받들어 모든 실무를 주관하는 칙명관 제도가 없는 라이어른에서는 군수권을 거머쥔 총기사단장과 외정관, 내정관, 그리고 사찰관 등 4개의 직책이 공동으로 권력 제2인자 자리에 있었다. 외정관이 외교적인 대외 업무를 맡는다면, 내정관은 국왕의 명을 받아 국내 행정을 도맡는 기관이었다. 그리고 사찰관은 모든 감찰 업무와 민심 파악 등을 하여 국왕께 직접 보고를 드리는 기관이었다.

 지방 영주들의 세금 착취, 토지 대장에 누락된 사유지 적발, 고급 장교들의 반란 동향 감시, 귀족들의 반역 감시, 왕성 내 스파이 색출 등은 대표적인 사찰부의 주된 임무였다. 때문에 귀족들끼리의 정적 제거의 주도권은 누가 사찰관의 지위에 오르느냐가 결정지어 주었다. 그래서 원칙적으로는 왕가의 먼 친척들이 오르는 자리였다.

 '가문 재건은 꿈이 아니다.'

 바덴 자작은 그 자신도 설마 이런 파격적인 지위를 하사받을 거라고는 생각하지 못했다. 그저 왕성의 한직이나마 한 자리 정도 받을 수 있을 거라고 생각했었다.

 그가 사찰관이 된다면 많은 귀족들이 그의 눈에 들기 위해 그의 저택으로 꼬여들 것이고, 그것은 그의 재산이 머지않아 막대하게 불어날 것이라는 것을 의미했다. 막강한 위력을 발휘하는 고위 귀족들이 그를 자신의 편으로 끌어들이기 위하여 접촉을 해올 것이고, 자신은 편하게 저울질할 수 있을 터였다.

 실질적으로 국왕 친위대를 제외하고는 사찰부를 공식적으로 저지할 세력은 없었다. 사찰부의 감시 대상은 '국왕을 제외한 모든 신하'였기 때문이었다. 바덴 자작은 순간적으로 머리를 굴리기 시작했다.

사찰관이 된다면 가장 먼저 친해져야 하는 세력은 국왕 친위대였다. 국왕 친위대는 무력으로도, 권력으로도 사찰관이 된 자신을 제거할 수 있는 유일한 세력이었다. 바덴은 현재 공석인 국왕 친위대장으로 정식으로 임명될, 실질적으로 벌써부터 친위대장직을 수행하고 있는 인물을 떠올렸다.

'에르만 하일리버. 가장 먼저 친목을 도모해야 하는 인물이겠군.'

바덴은 전율하고 있었다. 프레이하 총기사단장도 자신의 거짓 보고서 한 장이면 사자성 앞뜰에서 교수형을 당하기에 충분할 것이다. 그는 왕비의 편에 먼저 줄을 섰다는 이유만으로 자신을 괄시했던 귀족들의 이름을 기억했다. 이제는 그가 보답을 해줘야 할 차례였다.

"단, 오늘 있었던 일은 비밀로 해야 하네. 그리고 사자왕 전하를 시해한 튜멜 남작과 그 일행들을 빠른 시일 내에 '생포'해서 데려오기 바라네. 그것이 사찰관으로서 첫 번째 받게 되는 왕명이 될 거네. 이해했는가?"

"무, 물론입니다, 왕비 전하. 소신, 수단 방법을 가리지 않겠사옵니다."

바덴은 감정이 격해져 떨리는 목소리로 말했다. 페나 왕비는 잔잔한 미소를 지으며 그를 바라보고 있었다.

'당분간 써먹기에는 좋을 것 같아. 한 반 년 정도는 쓸 만하겠지?'

〈 2 〉

퍽!

"못난 놈! 이따위 책이나 읽고 있으니 그 따위 썩어 빠진 생각이나 하고 있지."

카이(Kai)는 거실 서재 바닥에 무릎을 꿇은 채 고개를 숙이고 있었다. 테두리에 금박을 입힌 두꺼운 가죽 장정의 책은 클럽(Club)에 뒤지지 않는 위력을 갖고 있었다.

12살의 소년인 카이가 견디기에는 너무나 가혹한 충격이었다. 하지만 카이는 울음을 터뜨리지 않았다. 어깨 쪽으로 고개가 돌아가 버린 카이의 얼굴로 코피가 터져 나왔다. 하지만 카이는 머리 속이 텅 비어 버리는 고통보다는 코피에 젖어버린 옷자락을 신경 쓰고 있었다.

'핏자국이 남아버릴 텐데…….'

"나이가 몇 살이냐? 사내자식이 그 나이가 되도록 이따위 썩어 빠진 인간이 끄적거린 책이나 뒤적거릴 테냐? 응?"

펙!

카이의 고개가 다시 반대 편으로 돌아갔다. 가죽 장정의 책에 피가 튀었다. 카이는 충격을 이기지 못하고 서재의 양탄자 위를 나뒹굴었다. 흘러내린 코피가 남부 대륙산 고급 양탄자를 검붉게 물들였다.

소년은 핏자국으로 엉망이 된 얼굴을 훔칠 새도 없이 다시 무릎을 꿇고 앉았다. 소년의 그런 행동은 사내를 더욱 짜증나게 만들었다. 12살의 카이는 절대로 우는 법이 없었다. 그렇다고 물건을 집어 던지며 반항하지도 않았다. 때리면 묵묵히 맞았고, 화를 내면 묵묵히 입을 다물고 있었다. 사내는 12살의 소년답지 않은 그 과묵한 고집에 짜증났고, 그것이 그의 신경을 긁는 주된 이유가 됐다.

"에이… 내게 무슨 죄가 있다고 저런 녀석이 태어난 건지……."

사내는 고개를 숙인 채 코피를 쏟고 있는 소년의 머리를 책 모서리로 내려쳤다.

'당신의 잘못이야, 내가 세상에 태어난 건.'

"아버님, 그만 하시죠. 저 돌멩이 같은 녀석을 움직이는 건 불가능합니다."

"형님, 그래도 근성은 있지 않나요? 멧돼지만큼 고집스런 놈이죠."

카이는 양탄자 바닥에 기묘한 무늬를 그리고 있는 검붉은 자국을 노려보고 있었다. 큰형과 작은형의 목소리는 꿈결처럼 그의 귓가를 맴돌았다. 소년은 머리를 맞은 탓이라고 생각하고 있었다.

"네 큰형 자크리트는 11살의 나이로 검을 잡기 시작했다. 내년이면 정식으로 기사 서품을 받을 몸이다. 네 작은형 본베르크는 올 겨울이면 최연소 왕립 대학생이 된다. 12살이나 처먹은 녀석이 언제까지 연

애 소설이나 뒤적거리며 빈둥거릴 셈이냐? 응? 도대체 얼마나 내 얼굴
에 먹칠을 해야 직성이 풀리는 거냐? 대답해!"

펙!

카이는 다시 바닥을 나뒹굴었다. 하지만 카이는 울지 않았고, 신음
을 내뱉지도 않았다. 카이는 피투성이가 된 얼굴을 숙인 채 다시 바닥
에 무릎을 꿇고 앉았다.

"하지만 저 녀석도 잘하는 것은 있습니다, 아버님."

큰형 자크리트(Zarqlite Vex Temeln)는 창가에 기대선 채 킥킥거리
며 웃었다. 사내는 힐끔 고개를 돌렸다.

"무구 손질을 시켜봤는데, 저 녀석, 편집증이더군요. 제 검날을 어
찌나 날카롭게 날을 세웠는지 골렘의 목도 자를 정도로 예리했습니다.
갑옷은 거울 대신으로 쓰기에 충분할 정도로 번쩍거렸죠."

"하하, 그럼 형의 시종으로 쓰면 되겠네. 저 녀석에게 어울리잖아?"

"저런 천박한 녀석을 내 시종으로 쓰는 건 내 명예가 더럽혀질 뿐
이야. 저런 무능한 녀석이 내 동생인 걸로 이미 내 명예가 땅바닥을
기고 있어."

카이의 작은형 본베르크(Bohnberg)는 자크리트의 말에 웃음을 터
뜨렸다.

"어머, 다들 너무해요. 카이가 잘하는 건 또 있어요."

로젤라인(Rosselrain Witty Temeln)이 두 사람의 대화에 끼어들었다.
카이는 지금까지 묵묵히 서 있던 사촌 누이 로젤라인이 입을 열자 어
깨를 움츠렸다. 그의 심약한 심장은 폭주하는 말처럼 날뛰기 시작했
다.

"저번에 저한테 청혼을 했었잖아요. 얼마나 아름다운 사랑인가요?

친형의 약혼녀에게 사랑을 고백하다니. 호호호."

로젤라인은 카이보다 두 살이 많은 사촌 누나였고, 큰형 자크리트의 약혼녀가 되어 저택에 머물고 있었다.

"푸하하! 저 녀석은 그쪽에 소질있는 거 아냐? 세르비안(Serbiean) 남작이 되고 싶은 건가? 그러니까 저 책을 소중히 하는 거지. 안 그래?"

작은형 본베르크의 말은 카이에게 모멸감을 주기에 충분했다.

하이파 제국이 붕괴한 이후, 대륙이 암흑 시대라는 전란기를 건너는 동안에 세르비안 남작은 그의 평생 동안 12명의 유부녀와 23명의 처녀들과 정을 통했다. 그가 최초로 여자와 동침한 것은 13살 때였고, 42살의 나이로 어떤 유부녀와 몰래 정을 통하다 그 유부녀의 분노한 남편의 칼에 찔려 침대에서 비참한 죽음을 맞았다. 그는 무려 30여 회나 반복해서 칼에 찔렸고, 이튿날 아침 끔찍한 모습으로 하인에게 발견되었다.

42년의 인생 동안 그가 세상에 남긴 것은 '난봉꾼' 이라는 호칭과 35명의 연인들, 그리고 죽기 전날 밤까지 쓰다가 미완으로 남긴 회고록뿐이었다.

주변을 둘러보라. 하루하루가 전쟁뿐이다. 삶이란 어차피 의미가 없었다. 남들이 나라를 세우는 동안 나는 그저 여인의 가슴을 채워줄 뿐이다. 허울 좋은 국가보다는 한 사람의 여인이 더 중요한 게 인생이 아닌가?

세르비안 남작은 미완성 회고록에서 그렇게 말했다. 18살의 나이로 전쟁에 참가했던 그는 첫 전투에서 등을 돌리고 도망쳐 버렸다. 다행히 전투는 승리했고, 세르비안 남작은 가문을 등에 업고 화를 모면했다. 하지만 그는 두 번 다시 기사의 명예를 떠들지 않았고, 전쟁에 참가하지 않았다. 천성적으로 심약한 세르비안 남작은 동료 기사가 목이 잘려 죽는 모습에 공포를 느꼈다. 그건 지옥 같은 침실이었다… 라고 그는 회고했다.

한 사람의 마음도 헤아리지 못하는 자가 국가를 세우는 희극의 시대로다. 그런 자가 세운 국가가 시민의 마음을 헤아리겠는가? 자고로 연인의 마음을 헤아리는 자가 삶을 진정으로 이해하는 법이다.

이제 12살인 카이로서는 세르비안의 미완성 회고록 '비겁자의 삶'을 완전히 이해하기는 불가능했다. 하지만 카이는 무언가 이유 모를 동질감을 그의 책에서 찾아내고 있었고, 그것이 반복해서 그 책을 읽게 만들었다.

천성적으로 천박한 인간이란 없다. 그저 천박한 인간이 타인을 천박하고 더러운 인간이라고 매도하는 것뿐이다. '천박'이라는 단어를 입에 올리는 인간치고 고고한 인간을 아직 나는 보지 못했다. 삶은 그런 의미에서 조잡한 연극 대본과도 같다.

세르비안 남작은 불륜의 결과로써 세상에 태어났고, 평생 동안 타의에 의해서 자신의 문장에 '서자'를 의미하는 리본을 넣어야 했다. 그는 한평생 결혼하지 않았고, 냉소적인 비겁자를 자처했다.

카이는 고개를 숙인 채 입술을 깨물었다. 그의 입술에서 피가 흘러
내리기 시작했다.

"이따위 책을 뒤적거릴 시간이 있다면 큰형처럼 검을 연마하거나
작은형처럼 공부를 해라! 네가 이 집안에 있는 이상, 너 자신보다는
가문의 명예를 먼저 생각해라. 네 녀석 따위는 중요하지 않아. 우리
가문의 셋째라는 사실이 더 중요하지."

사내는 혀를 차면서 세르비안의 회고록을 벽난로 안으로 던져 버렸
다. 그 순간 카이는 처음으로 눈물을 흘렸다. 책은 장작불 속에서 힘
없이 타 들어가고 있었다. 그의 머리 속에는 여전히 세르비안 남작의
회고록 구절이 맴돌았다.

상처를 받아본 인간만이 타인의 고통을 이해하는 법이다.

"정말 수치스러워, 아무것도 할 줄 모르고 고집만 센 저런 녀석이
내 동생이라는 것이. 내 명예가 더럽혀지고 있잖아."

큰형 자크리트의 말은 결정적으로 카이를 건드렸다. 카이는 벽난로
안에서 더욱 밝고 격하게 타오르는 책을 보면서 어금니를 깨물었다.
소년은 고개를 들어 그들을 바라보았다. 그리고 마침내 입을 열었다.

"시끄럿! 다들 마음에 안 들어! 정말 마음에 안 들어!"

소란스럽던 대화가 일시에 멎었다. 벌써 두 개째 산딸기 파이의 절
반을 먹어치운 에피는 파이를 입에 문 채로 동작을 멈췄다. 튜멜은 자
신에게 시선이 몰려들자 헛기침을 하면서 얼굴을 붉혔다. 그는 자신
의 얼굴에 길게 그어진 칼자국 흉터를 왼손으로 가리며 입술을 깨물

었다.

"왜 갑자기 신경질이야?"

이언은 하품을 하고는 맥주 잔을 기울였다. 마악 건배를 하려던 레이드와 쇼는 허공에 잔을 치켜든 어정쩡한 자세로 머뭇거리고 있었다.

"언제까지 여기서 노닥거릴 거야? 우리가 한가하게 유람을 하는 건가? 게다가 우리는……."

튜멜은 잠시 말을 끊고 주변을 둘러보았다.

"…별로 좋지 못한 상황으로 내몰리고 있잖아. 어째서 다들 그렇게 태평한 거지?"

"조만간 떠날 셈이야. 일단은 정보를 좀 더 수집해 봐야겠어. 레이드와 쇼가 그쪽 계통을 헤집고 다니고 있으니까 곧 수확이 있을 거야. 네가 멀거니 있는 동안에도 나와 디르거 경은 지도를 갖고 씨름하고 있어. 우리가 놀고 있는 걸로 보이나?"

이언은 짜증 섞인 어투로 소시지에 나이프를 찔러 넣었다.

"이언의 말이 맞네. 요즘 상황이 묘하게 돌아가는 것 같네. 일단 우리는 어쩐 이유에서인지 쫓기게 되었어. 게다가 소문에 의하면 조만간 발트하임이 게일을 공격할 거라고 하고, 폴리안과 라이어른의 교전은 이미 시작된 모양이야."

"폴리안과? 그럼 전쟁이 시작되는 겁니까?"

파일런은 흰 수염을 쓰다듬으며 맥주를 마셨다. 그리고 고개를 저었다.

"형식적인 거야. 라이어른은 폴리안을 절대 못 이겨. 어쨌거나 당초 계획을 변경할 필요가 있어. 이대로는 양국의 병력이 깔린 국경은 못 지나가."

"아마 양쪽에서 화살을 날려댈 겁니다. 멋진 광경일 텐데…….”

이언은 히죽 웃으며 잔을 기울였다.

"계획을 수정해야겠어. 이대로 북쪽으로 올라갈 생각이야. 북해까지 올라가서 한제 도시 연맹(Hanse) 중 한곳으로 가서 배편으로 폴리안으로 갈 생각이야.”

"한제 도시 연맹? 거기까지 올라가겠다는 건가? 꼭 그래야 하나? 너무 우회하는 거 아닌가?”

"바보 남작, 네 녀석이 이대로 국경을 넘어가면 내가 네놈을 국왕으로 모시겠어. 한번 시도해 봐.”

튜멜은 이언의 말에 입을 다물었다.

한제 도시 연맹은 라이어른 북부, 브레나의 3대 무역항을 일컫는 말이었다. 중앙산맥에서 시작된 야르 강은 발트하임을 거쳐 브레나를 가로질러 북쪽으로 흘러 내려가 북해에 닿았다. 그런 야르 강 하류의 보덴(Boden), 베렌(Beren), 베라인(Berlain) 등 3개 도시는 대륙 북부 최대 규모의 무역항을 자랑했다. 형식적으로는 브레나의 영토였지만, 사실상 세 도시는 브레나와 독립되어 있었다. 한제 도시 연맹은 대륙에서는 극히 보기 드문 국제 도시였다. 라이어른 인은 물론, 아메린, 크림발츠, 심지어는 남쪽 대륙인들까지 볼 수 있는 곳이 한제 도시 연맹이었다. 야르 강과 레센 강, 이아르 강 등 라이어른 3대 하천을 이용한 내륙과의 교역망은 중앙산맥 언저리까지 올라갔고, 북해와 대해(Grand Sea)를 지나 녹해 연안의 사막 도시들과 장거리 무역이 이루어지고 있었다. 라이어른 전체의 부(富)를 움직이는 곳은 한제 도시 연맹이라고 보기에 부족함이 없었다.

"일단은 한제로 가서 다음 계획을 세우자. 불만있나?”

“어, 없다. 알았어.”
튜멜은 쓰게 웃으며 고개를 끄덕였다.

튜멜은 쓰게 웃으며 고개를 끄덕였다.

〈 3 〉

"카아악!!"

"뭐, 뭐야?!"

카라는 가슴 언저리를 부여잡은 채 바닥을 뒹굴었다. 카라의 갑작
스러운 행동에 일행은 놀란 눈으로 그녀를 바라보았다.

'아, 안 돼… 제기랄! 그이도 없는데…….'

카라는 손톱으로 바닥을 긁으며 절망스럽게 얼굴을 찡그렸다. 튜멜
과 레미는 여전히 분위기를 이해하지 못한 얼굴로 어정쩡하게 서 있
었다. 두 사람의 신변 보호를 위해서 남아 있던 쇼는 불길한 기분을
느끼며 마시고 있던 싸구려 와인 병을 내려놓았다.

"카악! …크아악! 카악―!"

객실 바닥을 뒹굴며 신음을 토하는 카라와 쇼의 시선이 마주쳤다.
쇼는 절망감이라는 단어의 의미를 알게 되었다.

피처럼 붉은 안광은 불안정하게 흔들리고 있었다. 카라의 눈동자는 붉게 변해 있었고, 마치 늑대처럼 안광을 뿜어내고 있었다. 쇼는 다급하게 고개를 돌려 창밖을 올려다보았다.

칙칙한 교회 종탑 너머로 보름달이 반쯤 걸려 있었다. 교회 종탑의 십자가는 어두운 그림자를 던지며 황적색으로 빛나고 있는 보름달을 깊숙이 찌르고 있었다.

교회의 검은 십자가가 보름달을 찌를 때 달은 피를 흘리고 지상에는 악마가 태어난다.

쇼는 교회 십자가가 달을 찌른다는 오랜 경구의 의미를 알게 되었다. 축축한 무언가가 그의 등을 타고 흘렀다.

'신이시여… 참 오랜만이군요. 빌어먹을!'

"괜찮으신가요? 안색이……."

"물러서!!"

카라에게 한 걸음 내딛던 레미는 흠칫 놀라며 고개를 돌렸다. 쇼는 딱딱한 얼굴로 자리에서 일어났다.

"숙녀에게 말버릇이 그게 뭐냐?!"

"쌍! 입 닥치고 있어! 대가리가 나쁘면 나서지 마!"

"네, 네놈까지 나를 무시하는 거냐?! 내 가문에 대한……."

튜멜은 붉어진 얼굴로 인상을 쓰며 주먹을 쥐었다. 거의 동시에 쇼는 자신의 롱 소드를 뽑아 들었다. 튜멜은 순간적으로 침을 삼켰다. 하지만 쇼는 그를 보고 있지 않았다.

카라의 입가를 타고 흐른 타액이 바닥을 검게 적셨다. 카라는 붉게 변해 버린 눈으로 쇼를 바라보고 있었다. 그녀의 몸은 끊임없이 떨리고 있었고, 이따금씩 발작적으로 손발을 허우적거렸다. 쇼는 무릎을 조금 구부린 자세로 검을 거꾸로 쥐고, 검신은 자신의 팔꿈치 쪽으로 붙였다. 지나치게 평범하고 무개성한 쇼의 얼굴은 차갑게 가라앉았다.

"이봐, 죽지는 않는 거지? 넌 뱀파이어잖아."

"카라락! '시… 끄… 러…' 캬악!"

"제기랄! 내가 왜 남의 애인 뒷바라지를 해야 하지. …불공평해."

"캬악! 컥! '물… 어… 버… 릴… 거… 야…' 캬악!"

뱀파이어의 본성 속으로 침식당하는 카라의 모습을 보고 있는 쇼는 식은땀을 흘리고 있었다. 지금 그녀의 모습은 항상 일행의 맨 뒤에 서서 웃고 떠들던 그녀가 아니었다. 그녀의 검은 머리칼은 음산하게 흐트러져 있었고 피부는 얼음처럼 차가워졌다. 붉게 변한 동공이 괴괴한 빛을 뿜어냈다. 카라는 꿈틀거리며 쉭쉭거리는 소리를 흘렸다.

"캬악! 컥!"

카라는 다시 한 번 격렬하게 요동 쳤다. 송곳니가 드러난 카라는 쇼를 보면서 희게 웃었다. 아주 짧은 순간이었지만, 단련된 하이 스카우터인 쇼는 그녀의 미소를 놓치지 않았다. 그것은 뱀파이어가 아닌, 인간인 카라의 미소였다. 카라의 하얀 미소가 쇼의 기억 중 무언가를 헤집어놓았다.

'오빠아……'

'제기랄!'

카라는 어금니를 물고는 사력을 다해 몸을 웅크리며 엎드렸다. 기다리고 있던 쇼는 그녀가 스스로 만들어준 빈틈을 파고들었다. 쇼는 몸을 날린 반동으로 카라의 척추를 찍어 눌렀다. 체중과 속도가 실린 위력적인 무릎 공격이었다. 쇼의 롱 소드는 카라의 흐트러진 목덜미를 파고들어 그녀의 쇄골과 앞가슴 사이로 뚫고 나왔다.

"캬아악!"

"꺄악!"

"우아악!"

쇼의 귓가로 레미와 튜멜의 비명 소리가 스쳤다. 하지만 쇼에게 그들의 비명은 자신의 이마를 타고 흐르는 땀방울만큼 의미가 없었다. 쇼는 롱 소드의 폼멜을 손바닥으로 감싸 쥐고는 체중을 실었다.

가가각!

롱 소드가 카라의 몸과 나무 바닥을 관통하는 소리는 끔찍했다. 쇼는 무릎으로 카라의 허리를 누르며 최대한으로 검을 찍어 넣고 있었다. 카라는 신음을 흘리며 두 팔과 다리를 휘저으며 발버둥쳤다. 도저히 여자의 힘이라고 볼 수 없었다.

"야! 이 닭 대가리 남작! 도와줘!"

쇼는 전력으로 카라를 찍어 누르며 소리쳤다. 롱 소드 한 자루로는 부족함을 느낀 그는 부츠 속에서 단검을 뽑아 들었다.

픽!

쇼의 단검이 카라의 목을 관통해 바닥에 박혔다.

"이, 이게 뭐야? 무, 무슨 짓이야?!"

"헤헤, 보름달이야. 만월이 흘린 피 속에서 악마가 태어나는 밤이지."

남자를 능가하는 힘으로 발버둥치는 카라를 두 개의 검으로 저지하

면서 쇼는 지친 미소를 지었다. 레미는 흠칫 놀라며 창밖을 바라보았
다. 쇼가 보았던 황적색 보름달은 검은 음영으로 변해 버린 교회 십자
가에 걸려 있었다.

'후후후, 일 년에 서너 번쯤 보름달이 뜰 때면 욕구를 제어하지 못한단
다……'

레미는 언젠가 카라가 헝클어진 머리를 쓸어 올리며 희미하게 웃던
모습을 떠올리며 떨기 시작했다.
"서, 설마……."
튜멜의 무릎이 그제야 사태를 파악하고 후들거리기 시작했다. 튜멜
은 거의 발작적으로 롱 소드를 뽑아 들었다. 하지만 검끝이 떨리는 것
은 어쩌지 못했다.
"이 여자… 뱀파이어가 된 거냐?"
"머저리! 이 여자는 원래 뱀파이어였어! 그래! 거기에 검을 찔러 넣
어! 힘껏!"
튜멜은 떨리는 턱을 움직여 간신히 침을 삼켰다. 쇼는 그에게 카라
의 등허리 한복판에 검을 찌르길 요구하고 있었다.
"모, 못해! 도, 동료잖아……."
"니미! 이 여자가 각성하면 이 수도가 초토화될 거야! 제일 먼저 우
리가……."
"카아악! 카악!!"
카라가 갑작스럽게 발버둥치자 쇼의 말이 끊어졌다. 카라의 상체는
등 뒤쪽에서 목과 가슴이 검에 찔려 움직이지 못했다. 하지만 거의 이

성이 사라진 카라는 팔다리를 버둥거리며 벗어나려고 애쓰고 있었다. 쇼는 무릎으로 카라의 어깨를 찍어 눌렀다.

"가만있어, 이 여편네야! 이 여편네가 각성하면 제일 먼저 우리가 제물이 될 거다! 난 라이어른 땅에서 흡혈귀에게 죽고 싶진 않아!"

텅!

튜멜은 롱 소드를 떨어뜨리고 기어코 주저앉았다. 기사나 귀족으로서의 체면은 이미 그의 머리 속에서 비워진 상태였다. 튜멜은 주저앉은 채 뒷걸음질치기 시작했다.

'저 머저리! 진작 죽여 버렸어야 했어……! 제기랄!'

쇼는 버둥거리는 카라를 누른 채 이를 갈았다.

"모, 모, 못해! 난 못해! …내가 어떻게…… 못해!"

"제기랄! 모두 죽여 버릴 거야!"

쇼는 땀에 범벅이 된 얼굴로 절망적으로 소리 질렀다. 그때 그의 앞으로 검이 내밀어졌다. 쇼는 고개를 들었다. 레미는 당장이라도 기절할 듯한 얼굴로 튜멜의 롱 소드를 두 손으로 힘들게 들고 있었다. 레미의 눈은 젖어 있었고, 억지로 울음을 참고 있었다. 레미는 어색한 동작으로 롱 소드의 가드를 양손으로 쥐고 쇼에게 검 손잡이를 내밀었다. 레미는 답을 원하는 표정으로 쇼를 보았다. 두 사람의 시선이 급박한 순간에 교차했다. 레미는 입술을 깨물며 쇼의 시선을 피하지 않았다.

"죽지는 않겠죠?"

쇼가 튜멜의 검을 잡았을 때, 레미는 다시 한 번 확답을 구하듯 물었다. 쇼는 땀에 젖은 얼굴로 검을 받아 들었다.

"뱀파이어니까요. 우리가 죽이고 싶어도 못 죽일 겁니다."

쇼의 말에 레미는 어색하게 미소를 지으려 했다. 쇼는 카라의 몸부림에 중심을 잃었지만 이내 다시 그녀를 누르기 시작했다.

"물러서시죠, 레이디."

"네?"

파각!

그 순간 쇼는 카라의 허리 아래쪽으로 검을 찔러 넣었다. 카라는 손발을 허우적거렸지만 자신의 몸에 박혀 버린 세 자루의 검을 이기지 못했다. 쇼는 반대 편 부츠에서 단검을 뽑아 들고는 카라의 상태를 감시했다.

"니미, 끔찍한 새벽이겠어."

쇼는 헐떡이며 내뱉었다.

〈 4 〉

"으으……."

희미한 신음 소리가 들려왔다. 케이시 파온 튜멜 남작은 온몸에 돋는 소름 때문에 진저리를 치면서 눈을 떴다. 새벽에 얼핏 들어버린 선잠이었지만, 목 쉰 신음 소리를 듣게 되면서 그의 의식은 하얗게 표백되었다.

튜멜은 발작적으로 검 손잡이를 움켜잡으려고 했다. 하지만 그의 허리춤은 텅 비어 있었다. 그는 힐끔 고개를 들었고, 심장이 멎어버리는 고통을 느꼈다. 희미하게 먼동이 트려 하고 있었고, 그 창백한 청백색 속에서 검은 옷차림의 여자가 바닥에 엎드려 있었다. 하지만 그 모습을 기괴하게 만드는 것은 바닥에 엎드린 여자의 목덜미에서 허리춤까지 이어져 있는 세 자루의 검이었다. 두 자루의 롱 소드가 그녀의 등허리에 이정표처럼 나란히 세워져 있었다.

튜멜은 침을 삼키려 했지만, 둔탁한 공포 속에서 마른침조차 넘어가지 않았다.

"시, 싫어… 아퍼……. 엄마… 아빠… 무서워……."

카라의 입술 사이에서 알아듣기 힘든 목소리가 흘러나왔다.

튜멜은 힘들게 고개를 돌려 쇼를 깨우려 했다. 쇼는 창문 아래 등을 기대고 잠들어 있었다. 만의 하나, 카라가 뱀파이어로 각성을 해도 창문으로 도망칠 퇴로를 확보하겠다는 의도였다. 지난밤에 혼자서 뱀파이어의 괴력과 싸운 쇼는 밤새도록 쾨렐을 장전한 석궁을 들고 카라를 감시하다가 새벽녘에 기절하듯 잠이 들었다.

튜멜은 쇼를 깨우려 했지만 그의 혀와 무릎은 명령을 거부했다. 튜멜은 손바닥과 목덜미가 동시에 축축하게 젖어드는 느낌 속에서 신음했다.

"으윽… 뭐야……."

갑자기 카라가 고개를 돌렸고, 튜멜과 시선이 마주쳤다. 튜멜은 목구멍이 메인 듯 숨 쉬기가 곤란해졌다.

"으… 반편이 남작이냐?"

"어?"

튜멜 남작은 그제야 카라의 눈동자를 똑바로 바라보았다. 간밤에 붉게 변했던 그녀의 홍채는 다시 원래의 색깔로 되돌아가 있었다. 카라의 검은 눈동자는 그다지 맑지는 못했지만 적어도 뱀파이어의 붉은 눈동자는 아니었다. 갑자기 카라는 피식 웃더니 소리 죽여 킥킥거리기 시작했다.

"하아, 우습지 내 모습? 애인도 없는데 추한 모습을 보였네."

"이제는 괜찮은 건가, 흡혈귀?"

카라는 미간을 좁히면서 이를 드러내며 으르렁거렸다. 하지만 여전히 그녀는 제대로 움직이지 못하고 있었다.

"내 이름은 카라야. 내가 뱀파이어인 건 사실이지만, 그 딴 식으로 나를 부르면 죽는 수가 있어. 쓸데없는 잡소리는 관두고 이 검들이나 뽑아줘."

"아직은 너를 믿을 수 없어. 다시 습격하면 어쩔 거지?"

"이 꽉 막힌 바보 자식! 물론 어젯밤에 본성이 자각되는 것을 미리 깨닫지 못한 건 내 잘못이야. 좀 방심했지, 애인도 있으니까 문제가 없을 거라고. 하지만! 새파랗게 어린 네놈한테 그런 소리를 듣고 싶진 않아. 검이나 빨리 뽑아!"

카라는 싸늘한 말투로 명령했다. 튜멜은 자신도 모르게 카라에게 다가갔다.

'괘, 괜찮은 걸까?'

튜멜은 불안한 얼굴로 자신의 롱 소드 손잡이를 잡고는 카라의 등허리에서 힘주어 뽑아냈다.

"크흑! 아프잖아! 바보 남작! 살살해—!"

튜멜은 이런 소동 속에서도 깨어나지 않는 쇼와 레미가 원망스럽기 시작했다. 그는 동료들을 깨우고 싶었지만, 카라가 서슬이 시퍼렇게 구는 탓에 그러지 못했다. 튜멜은 뱀파이어를 두려워하는 정상적인 인간이었고 자유로워진 카라에게 보복받기를 원하지 않았다.

"대, 대단해……!"

카라의 상처는 빠른 속도로 아물기 시작했다. 튜멜은 쇼의 단검을 손에 든 채 멍한 표정을 지었다. 밤새도록 검에 꽂혀 지냈는데도 카라의 몸에서는 피 한 방울 나지 않고 있었다.

"크핫! 후련하다!"

카라는 거칠게 잔을 내려놓으며 말했다. 아침 식사를 준비하러 나왔던 주인 사내는 혀를 차면서 주방 쪽으로 들어가 버렸다. 튜멜은 텅 빈 식당을 둘러보며 질린 표정을 지었다.

흐트러지는 곱슬머리를 긁어 올린 카라는 다시 잔을 비웠다.

'아침부터 술을 마시다니. 이 여자는 행실이 엉망이군. 경건한 아침부터 술이라니.'

튜멜은 여전히 의식적으로 카라의 시선을 피하고 있었다. 가늘게 뜬 눈으로 지그시 바라보는 카라 특유의 시선은 별로 유쾌하지 못했다. 튜멜은 남을 빤히 쳐다보는 카라의 버릇이 마음에 들지 않았다.

"어젯밤엔 미안하구나, 추한 꼴을 보여서. 한동안 만월의 영향을 받지 않은 덕분에 까먹었지 뭐니? 내가 뱀파이어라는 사실을. 후후후."

"이젠 정말 괜찮은 건가?"

"응, 첫 번째 만월의 밤에만 그러는 거야. 안심해도 좋아. 역시 뱀파이어라는 건 너무 불편해."

카라는 무심한 말투로 중얼거리며 다시 한 번 머리칼을 쓸어 올렸다. 햇살이 들지 않는 어두운 식당 한켠에서 머리칼을 넘기는 카라의 모습은 빛과 그림자를 동시에 갖고 있었다. 그녀의 하얀 피부는 빛이었고, 그녀의 검은 머리칼은 어둠이었다.

튜멜은 자신도 모르게 한숨을 쉬었다.

"난 뱀파이어 따위는 되고 싶지 않았는데……."

"그럼, 예전에는 인간이었다는 소린가?"

쾅!

카라는 주먹으로 탁자를 내려치며 튜멜을 쏘아보았다.

"시끄러! 바보 남작! 그 따위 표정 짓지 마. 그 웃기지도 않는 우월 감은 역겨워! 신에게 저주받은 존재는 뱀파이어가 아니라 인간이야!"

"무, 무슨 억지를… 이, 인간은 신께서 손수 살펴주시는 유일한 존재로서……."

"너어… 잊고 있었나 본데, 내가 예전에 인간이었을 때 난 세속 수녀였어. 신학이라는 건 내가 너보다 더 잘 알고 있어. 그 따위 어설픈 지식에 의지해 자기 편한 대로 결론을 내리는 게 바로 인간의 오만이야."

카라는 소리 지르지 않았다. 하지만 튜멜의 턱은 떨리고 있었다. 튜멜은 떨리는 손끝을 저지하기 위해 주먹을 쥐었다. 엉망으로 흐트러져 내린 검은 곱슬머리 너머로 보이는 그녀의 눈동자는 지극히 평온했다. 하지만 너무나 평온했다. 튜멜은 마치 저 너머에 뭐가 있는지 모르는 깊은 동굴을 들여다보는 느낌을 받고 있었다.

'인간의 오만이라고? 배, 뱀파이어가 훈계하는 건가, 인간에게?'

"예를 들어볼까? 우리가 들렀던 라트에일이라는 도시. 평생 살아가면서 검 한 번 쥐어보지 못한 여자가 메이스에 예쁜 얼굴이 으깨진 채 목매달려 죽어 있었지. 아직 흙투성이로 노는 것이 즐거울 5살짜리 사내아이가 부모와 나란히 교수형을 당해 있었고. 이유가 뭘까? 그들이 게일 출신이기 때문이야."

"하, 하지만 저주받을 게일 놈들이 사자왕을 암살했……."

"5살짜리가 라이어른을 호령하는 사자왕을 암살할 수 있니? 그리고 고작 한 나라의 국왕에 불과한 사자왕의 목숨이 그렇게 대단한 건가?

그래 봐야 늙고 싸움밖에 모르는 사내 녀석에 불과하잖아? 그 한 사람의 목숨이 라트에일 교외에서 목매달렸던 사람들의 목숨보다, 아니, 발트하임 전역에서, 어쩌면 라이어른 전역에서 교수형당했을 사람들이 갖고 있었을 시간보다 중요하다고 말할 수 있니? 앞으로 이 나라가 서로 피를 흘리며 싸우기에 충분할 만큼 그 늙은이의 목숨이 소중한 건가?"

"그, 그렇지만… 사자왕 전하는 우리 라이어른을 이끌……."

"그건 사람들이 그렇게 결론을 내고 싶은 것일 뿐이지. 더도 덜도 아니야."

"물론 나도 그런 비극들이 정당하다고 생각지는 않아. 하지만 정의라는 것은 세상을 지탱하는 마지막 기둥이라고 생각해."

튜멜은 어째서 자신이 이렇게 항변하는지 몰랐다. 튜멜은 그런 문제에 대해서 깊게 생각해 본 적이 없었다. 그는 보잘것없는 시골 영지의 영주였고, 제화공 베르거 영감이 술에 취해서 소란을 피우는 것이 유일한 골치거리였었다. 튜멜은 거대한 세상 속에서 자신이 할 수 있는 일은 아무것도 없다고 생각했다.

권력도, 명성도, 혹은 재물도 그에게는 없었고, 그는 세상의 중심에서 벗어나 있었다. 하지만 카라는 그를 세상의 중심으로 몰아넣고 있었다. 그것이 튜멜의 유일한 불만이었다.

"고개를 돌려보렴. 세상은 평면이 아니란다. 동쪽에서는 해가 뜨고, 서쪽에서는 해가 저물어. 북쪽에서는 북극성이 빛나고, 남쪽에서는 십자성이 빛나. 어째서 해가 뜨는 동쪽만이 세상의 전부라고 생각하면서 살아가는 거니? 고작 한 남자의 생명이 그토록 소중하고 가치가 있는 걸까? 수많은 죽음으로 보상받아 마땅할 만큼?"

'세상은 평면이 아니다? 세상은… 어쩌면 나는……'

인간들이 행하는 저 다양한 사유들의 근본적인 오류는 한 가지뿐이다. 인간들이란 진리, 혹은 정의라고 불리우는 싸구려 위스키에 너무 쉽게 취한다는 데 있다.

대륙 역사를 통틀어 희대의 난봉꾼이었던 세르비안 남작이 남긴 회고록의 구절이 튜멜의 머리 속을 스쳐 갔다. 어린 시절의 튜멜은 그 말을 이해하지 못했다. 하지만 지금은 무언가 알 것 같았다. 알싸한 느낌이 튜멜을 휘감아 돌았다.

"넌 정말 재미있는 아이구나. 내 애인이 어째서 너에게 관심을 갖고 있는지 알 것 같아. 너도 레미라는 아이만큼이나 재미있어. 후후후."

"관심? 그 미친 떠돌이 마법사가 나에게? 어째서?"

"알게 될 거야. 아직 넌 깨닫지 못한 모양이구나?"

튜멜은 더 이상 그녀에게 공포를 느끼지 않았다. 하지만 그녀의 희미한 미소를 애써 외면했다.

"한 가지 말하고 싶거든. 뭔지 알아?"

"……."

"사자왕이라는 웃기는 별명을 가진 노인네에게 충성을 바치는 신하 흉내는 집어치우는 게 어떻겠니? 너라는 인간에게는 별로 어울리지 않아."

"나라는 인간? 그건 또 무슨 의미야?"

"자신에게 솔직해 보렴. 스스로가 스스로를 차별하고 속여서 뭐가 남는 거지? 알량한 자존심? 자기만족?”

"의, 의도가 뭐야?”

"한 가지뿐이야. 네가 생각하는 것보다 난 너에 대하여 많이 알고 있단다. 넌 네 생각이 얼굴에 보이거든. 후후.”

튜멜은 시선을 내리깔았다. 카라는 말을 하면서도 여전히 술을 마시고 있었다.

"그거 알아? 넌 네가 당해왔던 모든 것들을 고스란히 다른 사람들에게 행하고 있어. 우습지 않니? 그것이 어떤 고통인지 누구보다 잘 알고 있잖아? 그런데 어째서 그것을 고스란히 타인에게 강요하는 거니?”

'내가 당해왔던 것이라니? 무슨 뚱딴지 같은… 뭐? 설마… 내가… 나도 그들처럼?! 나도 그들처럼 행동하고 생각해 온 건가? 아냐! 그럴 리 없어!'

튜멜은 입술을 깨물었다.

〈 5 〉

"아아, 이번도 헛수고인가?"

이언은 피곤한 목소리로 투덜거렸다. 반쯤 썩어가는 더러운 지붕들 너머로 희미한 새벽이 열리고 있었다. 이언은 밤을 지새워 둔해진 눈꺼풀을 문질렀다.

"새벽이군……. 새벽의 기사에게 어울리는 시간이랄까……."

"밤의 끝에 다다르는 자, 어둠을 짊어지고 빛에게 자리를 양보하는 자, 뜨거운 여명을 여는 자, 빛과 불꽃의 시대를 태어나게 하는 자."

"에~ 오빠, 밤새고 무슨 헛소리야?"

"아냐, 아무것도. 어떤 멍청한 남자에 관한 기억이 떠올라서."

에피는 이언에게 더 이상 묻지는 않았다. 함께 여행을 하는 동안 하이언이라는 사내가 갖고 있는 묘한 이중성과 괴팍한 성격은 익히 알고 있었다. 한없이 잔인하고 냉혹한 성격이면서도 타인에게 전혀 잔혹하다는 인상을 주지 않는 사내였다. 에피는 예정에 없던 철야에 지친 얼굴로 묵묵히 이언과 나란히 걷고 있었다.

비좁은 골목길 좌우로는 지금 당장 무너지거나 좀비들이 기어 나와도 이상하지 않다고 여길 만큼 더럽고 낡은 집들이 흩어져 있었다. 시궁쥐 시체와 배설물, 그리고 쓰레기들이 뒤엉켜 썩는 냄새는 정말 고약했고, 썩은 물들이 흘러나와 질퍽거렸다.

"슬슬 수도를 떠나야 할 것 같아. 아무리 뒤지고 다녀도 전혀 성과가 없어. 도대체 우리가 어째서 사자왕인가 하는 늙은이 암살 혐의를 뒤집어써야 하지?"

"난 상관없어. 머리 나쁜 계집애는 그저 가만히 있는 게 도와주는 거잖아?"

"안 그래도 복잡한 세상, 대충 살아가자… 가 나의 신념이긴 한데, 넌 정도가 심해. 괴팍한 마녀랑 생각없이 친해지는 것도 어이가 없고. 그러고 보니 어째서 뱀파이어를 두려워하지 않는 거냐?"

"아, 그거? 동료잖아. 그리고 물리면 어때? 카라 언니가 말해 줬잖아. 그저 피를 빨릴 뿐이지 뱀파이어가 되는 건 아니라고."

"어디 믿을 게 없어서 마녀를 믿냐? 넌 정말 단순해."

에피는 뺨을 긁적거리며 히죽 웃었다. 이언은 에피의 머리를 가볍게 흐트러뜨리며 앞장서서 걸었다. 에피는 입술을 비죽 내밀며 '난 어린애가 아냐'라고 투덜거리면서도 서둘러 이언의 뒤를 쫓아갔다.

"그나저나, 그런 고문은 어디서 배웠어? 난 저녁 먹은 게 올라오는 줄 알았다구."

"웃기지 마. 술집 주방을 뒤져서 밤새도록 먹고 마신 게 누구야?"

이언은 혼자서 7명이나 되는 사내들을 번갈아 고문하는 동안 태연하게 탁자에 앉아 소시지를 먹던 에피를 보고 혀를 내둘렀다. 아무리 회색남풍처럼 거친 용병단과 전쟁터를 전전하던 어린 시절을 보냈다 곤 해도 에피는 정상이 아니었다.

"암튼 엄청난 고문도 많던데? 그런 거 처음 봤어."

"거듭 말하지만 난 멋으로 떠돌아다니는 게 아냐. 세계 정복을 위한 야망을 위해서라면……."

"아, 배고파. 근데 결론은 뭔데, 오빠? 쉽게쉽게 말해 줘. 난 머리가 나빠서 못 알아듣는단 말야."

"예전에 언젠가 동방 제국의 포로가 된 적이 있었어. 꼬박 보름 밤낮으로 고문을 당했었지. 그때 놈들에게 배운 기술이야. 하아, 그땐 정말 지독했어. 차라리 죽는 게 나았는데 재갈이 물려져 있어서 혀를 깨물지도 못하게 되어 있었지."

이언은 잠시 말을 끊었다.

"거기서 마지막 친구를 잃었지. 손발이 묶인 채 모래 사막 한가운데 버려졌어. 낙타 가죽으로 만든 물통 하나와 함께."

"사막에? 우엑! 장난 아니네. 그래서?"

이언은 걸음을 멈추고 에피를 바라보았다. 버림받은 골목길 사이로 도 아침 햇살은 쏟아져 들어왔다. 하지만 더부룩하게 흘러내린 검은 머리칼 때문에 이언의 눈동자는 보이지 않았다. 이언은 보는 사람을 열받게 만드는 예의 미소를 지어 보였다. 에피는 무심한 시선으로 머리를 긁으며 이언의 미소를 되받고 있었다.

"그 멍청한 놈은 이빨로 물통 가죽을 물어뜯고는 물을 마셨지. 머저리 같은 녀석."

"사막에서 물을 급하게 마시면 탈수로 죽어버릴 텐데."

"손발이 묶인 채 처절하게 물통 가죽을 물어뜯은 건 좋았는데, 물이 소금물이었어. 놈들에게 끌려가 친구의 시체를 봤지. 햇볕에 훈제 쇠고기처럼 잘 말려져 있더군. 끔찍하게 고통을 받다가 죽었을 거야."

"뜻밖이네… 오빠가 동방 원정 기사단에 있었다는 게. 오빤 어떻게 탈출했어?"

"미친 마녀가 구해줬지. 전장에서 죽은 시체를 일개 독립대 정도는 끌고 왔어. 녀석, 뱀파이어라고 시체를 조종할 줄 알거든. 주변에 시체만 있으면 무적이야, 그 녀석은."

"히익! 카라 언니가 시체도 조종해? 아아, 상상하기 싫어."

이언은 어깨를 건들거리며 걷다가 유쾌하게 웃었다. 이언은 휘적휘적 골목길을 걸어나갔다.

"하하, 정말 지독한 밤이었지. 붉디붉은 보름달 아래 시체들이 절뚝거리며 들판을 가득 메우고 있었으니까. 개중에는 자기 아버지, 자기 형, 혹은 자기 친구의 시체도 섞여 있었을 테지. 그 한가운데 카라가 싸늘한 얼굴로 서 있었어. '내 애인을 괴롭힌 놈들은 모조리 죽여버릴 테야!' 라고 내뱉으면서. 걸작이지 않아?"

에피는 겨우 20살을 갓 넘긴 나이지만, 전쟁터에서 닳고 닳은 인간이라고 자부하고 있었다. 하지만 이언의 모습은 그러한 모든 통념을 뛰어넘고 있었다.

"네, 네놈은……!"

"어? 낯이 익은데?"

골목길을 빠져나오던 에피와 이언은 마침 골목길을 들어서려던 사내와 마주쳤다. 이른 새벽이라 아직 시장 바닥은 텅 비어 있었다. 항구의 어시장과는 달리 시내의 일반 시장들은 느지막이 장이 서는 것이 관례였다.

이언은 어이가 없다는 표정으로 상대를 바라보았다. 두 명의 사내들은 몸을 떨면서 그와 에피를 노려보고 있었다.

"어? 살아 있었나? 내 동료 놈이 네놈들을 쓸어버린 줄 알았는데."

"주, 죽여 버릴 테다!"

아침 햇살 속에서 배틀엑스는 섬뜩한 모습을 드러냈다.

'말도 안 돼. 반역 죄인들이 어떻게 발트하임의 수도에 있는 거지?!'

가늘고 호리호리한 체구에 눈매가 찢어진 파이세는 너무나 어이가 없어서 말도 나오지 않고 있었다. 그가 모시고 있는 데곤은 벌써 배틀엑스를 겨냥하고 거리를 가늠하고 있었다. 파이세는 롱 소드를 뽑아 들었다.

검은 광야에서 그들은 끝내 튜멜 일행을 놓치고 말았다. 이정표로 삼을 것이 아무것도 없는 막막한 평원에서 바퀴 자국만으로 누구를 추적한다는 것은 불가능한 일이었다. 게다가 검은 광야를 벗어난 직후 그들은 습격을 받았다.

습격자들은 다름 아닌 피네벡 근교 숲에서 그들에게 보석을 주며 마을 습격을 의뢰한 자들이었다. 하지만 그들은 4명이었고, 복면을 쓰고 있던 나머지 1명은 보이지 않았다. 데곤과 파이세의 부하들은 거기서 전멸당했고, 두 사람도 치명상을 입었다. 그들의 전투력은 상식을 뛰어넘는 경지였고, 전쟁터에서도 살아남았던 부하들은 죽고 있다는 것도 깨닫지 못한 채 죽어갔다. 그들은 암살자들이었다.

'라일란의 신전.'

아슬아슬하게 급소를 비껴 찔리는 순간 파이세의 뇌리에 스치는 단어였다. 대륙에서 보기 드문 고대 다신교의 신을 숭배하는 자들이 세웠다는 종파였다. 그들은 대륙의 유일신교를 악마의 계략이라고 생각했고, 그들과 대항하기 위하여 라일란의 신전을 세웠다. 라일란은 대륙 고대 종교에서 전투와 복수의 신 이름이었다.

물론 오랜 세월, 특히 제국을 세운 하페우스 3세의 치세기에 이르러 라일란의 신전 세력은 하페우스가 진두지휘하던 제국 기사단의 인해 전술에 밀려 초토화되었다. 그때 살아남은 소수의 생존자들을 하페우스 3세는 자신이 건국한 하이파 제국 세력에 반목하는 세력을 위한 암살자 부대로 사용했다. 자신들을 멸망시킨 존재의 수족이 된 라일란 신전은 그때부터 어둠으로 숨어들었고 제국 분열기의 암흑 시대를 거치면서 자신들의 존재를 지웠다. 하지만 지금도 각국 왕실에서 은밀하게 그들과 접촉한다는 것은 공공연한 비밀이었다.

파이세는 데곤의 유능하고 명석한 참모였지만 튜멜 일행이라는 보잘것없는 귀족 여행자들과 라일란 신전과의 연결 고리를 찾지 못했다. 한 가지 확실한 사실은 자신들이 그들에게 더 이상 쓸모가 없어졌고, 따라서 입막음을 위해 희생되었다는 사실이었다. 그 후 간신히 살아남은 두 사람은 라트에일 근교의 어떤 금욕 수도원에서 치료를 받은 후 곧장 수도로 왔다.

데곤은 튜멜 일행과 그 암살자들에게 복수를 결심했고 수도는 그런 류의 정보가 모이는 곳이었다. 조악한 수배 전단을 발견한 데곤과 파이세는 일행의 구성을 보고서 그들이 튜멜 일행이라는 것을 알아낸 상태였다.

다행히도 그들은 이번에 막강한 조력자를 등에 업을 수 있었다.

"이 쥐새끼 같은 마법사 녀석! 죽여 버릴 테다!"

배틀엑스는 놀랄 만한 속도로 이언에게 날아들었다. 이언은 미끄러지듯 옆으로 피했고, 데곤은 그런 이언을 쉽게 놓치지 않았다. 하지만 그 순간 데곤은 에피에게 등을 보인 위치에 서게 되었다. 에피의 롱 소드가 새벽 공기를 찢었다.

타앙!

"에?!"

에피는 멋대로 튕겨져 오르는 롱 소드를 두 손으로 간신히 추스르며 빠르게 몸을 뒤쪽으로 흘렸다. 에피가 서 있던 자리로 롱 소드가 수평으로 가로지르고 있었다. 에피는 두 손으로 가만히 검을 고쳐 쥐면서 히죽 웃었다.

"오랜만이야, 눈 찢어진 오빠."

"……."

파이세는 이언과는 달리 전투 중에 농담을 하는 성격이 아니었다. 에피는 목을 노리고 찔러 들어오는 검끝을 피하다가 기겁을 하면서 가슴 쪽을 베어오는 롱 소드를 간신히 피했다.

"이봐, 난 밤새워 머저리들을 고문해서 지쳤어. 이건 불공평하지 않나?"

이언은 배틀엑스의 사정 거리 밖에서 맴돌며 투덜거렸다. 데곤은 웃지 않았다.

"그럼, 죽어라! 미친 마법사!"

"어이, 이건 불공정한 결투야! 자네 상대는 내가 아니라 디르거 경이라구! 난 연약한 마법사에 불과해!"

"웃기지 않는 농담은 집어쳐! 네놈들 때문에 죽었다! 내 부하들이! 네놈들이 얼마나 많은 과부들을 만들었는지 알아?!"

지익!

이언의 부츠가 돌 바닥 위를 미끄러졌다. 이언은 허리를 굽힌 자세로 웃었다.

"과부? 검을 쥐고 살아가는 놈들은 그런 소릴 할 자격이 없어. 자신이 당하면 피해자고, 남에게 행하는 건 정의인가? 인간들은 그렇게 생각하나?"

파앗!

이언이 시동시킨 화염 마법이 태양보다 밝게 타오르며 날아갔다. 섬뜩한 소리를 내며 날아간 화염 마법은 데곤의 어깨를 빗겨 나가 어떤 상점을 불태우기 시작했다. 이언은 밤새도록 뒷골목 박쥐들을 고문하던 롱 소드를 뽑아 들었다. 하얗고 눈부신 검신은 아니었다. 뼈를 자르는 동안 몇 군데 이빨이 빠진 롱 소드는 검붉은 피에 젖어 있었다. 이언은 두 손으로 검을 거머쥐고는 웃었다.

"에피!!"

"왜?! 나 지금 급해!"

"지금 본 걸 아무에게도 말하지 마라. 떠들면 죽여 버린다."

이언은 검을 세워 든 채 데곤을 노려보았다. 데곤은 이언이 가진 롱 소드의 거리를 파악하면서 한편으로는 그가 언제든 날려 보낼 화염 마법을 경계했다.

"그런 어설픈 검술로 뭘 하겠다는 거냐? 마법사 주제에 검을 써봐야……."

이언은 롱 소드 끄트머리를 가볍게 까닥거리며 이를 드러낸 채 활짝 웃었다. 눈가로 흘러내린 검은 머리칼 아래로 이언의 두 눈은 보이지 않았다.

"잘 모르는가 본데, 난 검으로 전쟁을 배운 사람이야. 마법은 취미 생활이지."

"기사였냐, 네놈은?"

"글쎄… 맞을까, 틀릴까? 궁금하지 않나? 이렇게 멋진 아침인데?"

이언은 활짝 웃는 표정으로 땅을 박찼다. 그의 입가로는 오랫동안 잊고 지냈던 즐거움이 맴돌고 있었다.

〈 6 〉

"우와와악!!"

"까아악!!"

사람들의 비명 소리가 불협화음을 이루고 있었다. 발트하임의 수도
는 뒤늦은 새벽잠의 악몽처럼 지독한 공포가 소용돌이쳤다. 반쯤 썩
어버린 시궁쥐들이 거리를 메우고 있었다. 창고에 숨어서 감자나 보
리를 축내다가 몽둥이에 짓이겨져 길거리로 버려진 쥐들이 되살아났
다. 아이들의 장난으로 눈이 뽑힌 채 죽어서 뒷마당에 버려졌던 고양
이와 개들이 움직이기 시작했다.

사람들은 반쯤 썩어버린 쥐들이 떼 지어 기어 다니는 모습을 발견
하고는 기겁을 하면서 아침 식사를 뒤집어엎었다. 여자들이 요람 안
에서 갓난아이를 안아 들었고, 그런 여자의 발목으로 쥐들이 몰려들
었다. 남자들은 질려 버린 얼굴로 되살아난 쥐들을 짓이겨 버렸다. 하

지만 잔뜩 으깨진 쥐들은 여전히 꿈틀거리며 움직였다.

"라라라~ 라라~ 라라라~ 라라라라라~ 라라~"

조금 허스키한 목소리가 조용한 멜로디를 흥얼거리고 있었다. 사방에서 들려오는 비명 소리 속에서 그 노랫소리는 이질적이었다. 카라는 자신의 옷매무새를 가다듬으며 노래를 불렀다. 카라는 레퀴엠의 멜로디를 따라가면서 천천히 부츠를 신고 있었다.

그녀의 허스키한 허밍은 한없이 슬픈 저음까지 내려가 망자의 슬픔을 애도했고, 어느 순간 파도처럼 일렁거리는 고음부로 치솟으며 천상까지 이어지는 천국의 계단을 올라가는 환희를 노래했다.

레미는 마침내 다리가 풀려 바닥에 주저앉아 버렸다. 튜멜은 발작적으로 검 손잡이를 움켜잡고 있었다. 쇼만이 바쁜 발걸음으로 짐을 점검하고 있었다.

"Die era gotte~ Die era gotte, haloen strah……."

카라는 천천히 자리에서 일어서면서 저지 미노트 어로 된 레퀴엠의 미사구를 부르기 시작했다. 레미와 튜멜은 이제 예전에 세속 수녀회 소속이었다는 카라의 말을 믿을 수 있었다. 흔들리지 않는 발성과 확신에 찬 멜로디는 의심할 여지 없는 수녀 성가대의 그것과 다름없었다. 카라는 지독하게 곱슬거려 헝클어지는 검은 머리칼을 긁어 올리며 '망자의 환희'라는 소절을 독창하고 있었다.

지금까지는 그저 꾸물거리며 움직이기 시작하던 동물의 시체들은 그 고음부 독창에 화답하듯 난폭해졌다. 검붉은 진물이 흐르는 고양이의 시체가 부러지지 않은 발을 움직여 사람들을 할퀴기 시작했고, 쥐들이 사람들의 발꿈치를 물어뜯었다.

"아, 악마!! 지금 수도에서 무, 무슨 짓을 하는 거냐?! 당장 그만두지 못해?!"

마침내 튜멜의 인내력은 바닥을 드러냈다. 노랫소리가 멎었다. 카라는 창문을 열던 자세 그대로 고개를 돌렸다.

"뭐?"

"주, 죽은 존재는 흙으로 돌아가야 하는 법! 이, 잊혀져 버려야 하는 법이야!"

'예전에도 그랬던 것처럼… 기억 저편으로 영원히…….'

카라의 얇고 창백한 입술이 좌우로 길게 미소를 그렸다.

"그래야 하는 이유가 뭐지?"

"죽은 존재들을 위해서… 사, 살아남은 존재를 위해서…….."

"웃기지 마. 단지 살아남은 존재들을 위해서일 뿐이야. 미치도록 사랑했던 연인이 무덤에서 되돌아온다면 과연 남아 있던 연인은 기뻐할까? 처절하게 시린 겨울밤 내내 침대를 적시던 얼굴로 미소를 지을까? 천만에. 그러지 않아."

"뭐… 뭐?!"

'다, 다시 되돌아온다면? 만약에… 만약에 그렇다면… 난 웃을 수 있을까?'

카라는 가벼운 몸놀림으로 창틀로 올라섰다. 그리고 어깨 너머로 튜멜에게 윙크를 보냈다.

"장례식에서 돌아오면 사람들은 등 뒤를 돌아보지 않아. 자신이 흙 속에 묻어버린 존재가 다시 등 뒤에 서 있을까 봐 두려워하지. 너도 마찬가지야."

"무, 무, 무슨 소리야……?"

'잊어버리려 했던 것들… 내가 두려워했던 것들…….'

"잘 봐두렴. 네가 상상 속에서 두려워하던 것들이 현실이 되는 순간이니까."

카라는 싱긋 웃더니 창문 아래로 뛰어내려 버렸다.

턱!

튜멜은 더 이상 자신을 이기지 못하고 주저앉았다. 그의 혈관은 흥분과 공포로 뜨거워졌고, 경련이 멈추지 않았다.

"빌어먹을! 빌어먹을! 내가 왜! 내가 왜 이런 일을 겪어야 하지?!"

갑작스럽게 내뱉기 시작한 튜멜의 거친 욕설은 레미와 쇼를 불편하게 만들었다. 언제나 얼굴을 붉히면 예의를 주장하던 이가 튜멜이었다. 튜멜은 손톱으로 바닥을 긁으며 소리 지르고 있었다.

"사자왕 전하의 암살?! 난 전하의 얼굴도 본 적 없어! 난 배신자가 아냐! 난 배신하고 싶지 않았어! 난 책을… 단지 책을 좋아했을 뿐이야! 왜 나를 시골 영주로 놔두지 않는 거야?! 돌아갈 거야! 테일부룩으로 돌아갈 거야!"

"남작님……."

"니미! 정신 차려! 이 미친 자식아! 빨리 항구로 가야 해!"

"저 소리를 들어봐! 저 비명을! 어째서 저들이 공포를 느껴야 하지?! 왜 아이들이 겁에 질려 발작을 해야 하지?! 나 때문에? 케이시 튜멜 남작이 그렇게 대단한 인물인가? 그래, 난 겁장이야. 나도 알고 있어! 난 바보야! 머리도 나빠! 검을 쥐면 무릎부터 후들거려! 하지만 난 적어도 타인을 짓밟고 올라가지 않을 거야! 짓밟고 올라가느니 짓밟히는 게 나아!"

튜멜은 절망적으로 소리 지르기 시작했다. 라트에일에서 검에 맞아 남겨진 이마 위의 흉터가 일그러졌다.

'남작님… 당신도… 어째서 우리는 이렇게 힘들어야 하나요?'

레미는 다시 침대에 주저앉으며 눈물을 흘렸다. 그 속에 혼자 남게 된 쇼는 바닥에 침을 뱉으며 인상을 썼다.

"제기랄! 내 자유와 저들의 고통이 비교될 수 있는가? 오오, 신이시여. 저는 무얼 하고 있는 것입니까?"

펙!

튜멜은 고개를 꺾으며 바닥을 나뒹굴었다. 쇼는 기절한 튜멜을 힐끔거리고는 롱 소드를 다시 자신의 허리에 매달기 시작했다. 검집에 꽂힌 롱 소드로 얻어맞은 튜멜은 희미하게 의식을 잃기 시작했다.

'미안해, 형…….'

"아아, 이제 조용해졌군. 배부른 놈들은 이래서 곤란해. 삶의 고민을 지껄이는 놈치고 배고픈 놈들을 못 봤어. 비싼 밥 처먹고 헛소리는."

쇼는 미리 꾸려둔 가죽 자루를 어깨에 매달았고, 기절한 튜멜을 들쳐 업었다. 쇼는 자세를 고치면서 튜멜이 예의 거창한 갑옷을 걸치지 않았다는 사실에 감사했다.

"자아, 이제 가실까요, 부인?"

쇼는 장난스러운 표정으로 웃었다. 레미는 말을 잊은 채 어색하게 일어났다.

"도대체 무슨 일이……."

데곤은 거리를 까맣게 메운 쥐들의 행렬을 보면서 황당한 표정을 지었다. 불에 타거나 짓이겨진 쥐들과 고양이들이 수도 곳곳을 휘젓고 있었다. 사람들은 기겁을 하면서 이미 죽어서 버려졌던 쥐들을 다시 짓이기기 시작했다. 수도는 광기 속에 흔들거렸다. 자제력을 잃어버린 사람들이 겁에 질려 집에 불을 질렀다.

"여기 있었네? 내 애인을 괴롭힌 게 너였구나?"

어느새 다가온 카라는 지붕 처마에 걸터앉아서 웃고 있었다. 이언은 손잡이만 남아버린 롱 소드를 내던지면서 이죽거렸다.

"미안. 잊어먹었는데, 난 엄청난 후원자를 갖고 있어."

"저 마녀가 네 일행이냐?"

카라는 3층 건물 처마에서 이언이 누워 있는 돌 바닥으로 가볍게 뛰어내렸다. 데곤과 파이세는 두꺼운 부츠에 매달리는 쥐들을 신경질적으로 짓밟고 있었다. 부활해 움직이는 쥐 시체들은 도시 구석구석에 숨어 있던 쥐들을 자극했다. 쥐들은 흑사병이 창궐할 때처럼 난폭하게 미쳐 버린 채 찍찍거리며 거리로 쏟아져 나왔다.

"자기야, 많이 다친 건 아니지?"

"이 미친 마녀야, 메세지 주문을 보낸 지가 언젠데 이제 오는 거냐? 죽고 싶어? 이 냄새 나는 쥐들은 뭐야?"

"여긴 전장이 아니야. 어디 시체가 있어야지. 난 고심해서 방법을 생각해 낸 거야."

"마녀든 뭐든……."

데곤은 체중이 실린 두 발로 쥐 떼를 짓밟으며 카라와 이언에게 쇄도했다.

"카아아악!!"

시간이 정지했다. 데곤은 재빨리 거리를 두고 물러섰다. 목덜미로 기어 들어가는 쥐 떼를 피해서 거리로 쏟아져 나온 사람들도 얼어붙었다. 파이세는 이성이 마비되는 듯한 고통 속에서 신음했다. 모든 상식을 철저하게 무시하는 존재가 서 있었다.

카라의 눈동자는 붉게 변해 있었고, 섬뜩하고 예리한 송곳니가 아침 햇살에 드러났다. 카라는 허리를 펴고 도로 한가운데 서 있었다. 희게 변하기 시작한 햇살이 그녀의 창백한 뺨 위로 부서지고 있었다. 카라는 양팔을 벌리고 뺨에 와 닿는 햇살을 음미하기 시작했다.

"뱀… 파… 이… 어……! 하지만! 해가 떠 있는데?"

데곤은 배틀엑스를 고쳐 잡으며 신음을 흘렸다. 수도 한복판, 그것도 이른 아침에 나타난 뱀파이어의 존재는 사람들을 착란 상태로 몰고 갔다. 파이세는 허리춤으로 엉겨붙는 썩은 쥐를 쥐어 터뜨리며 퇴로를 찾기 시작했다.

'이길 수 없어! 둘이서 뱀파이어는.'

카라는 루비처럼 붉은, 피처럼 붉은 눈으로 미소를 지었다. 그녀는 길게 미소를 지으며 고개를 가만히 움직였다.

낮고 허스키한 레퀴엠이 흘러나오기 시작했다. 카라의 '능력' 때문에 미쳐 버린 수천 수만 마리의 쥐들이 쉿소리를 내면서 검은 파도를 이루는 가운데 카라는 노래를 불렀다. 에피는 쥐 떼를 피해서 끔찍한 얼굴로 이언에게 달라붙었다. 쥐들은 이언과 카라만을 피해 가고 있었다. 이언은 아슬아슬하게 비껴 나간 배틀엑스가 만든 상처를 입고 있었다. 이언은 지치고 땀에 젖은 얼굴로 어깨를 눌러 피를 막았다.

높으신 저 하늘의 영광
빛이고 태초의 음악이신 음성

그분께서 존재하길 원하신 세상이

여기 존재하나이다.

그분께서 살아가길 원하신 인간들이
여기 눈을 감나이다.

높으신 영광과 함께 약속하신 휴식
진노하신 날들을 지나
여기 황혼 속에서 머물고 있나이다.

좌천사 우천사 고귀한 날개 아래
흙으로 돌아가려 합니다.

천상으로 향하는 계단이 멀고 험하다 해도
그분의 눈부신 사랑에 비하면 고통일 수 없습니다.

아픔 속에서 나를 깨이게 하소서.
하늘이 열리던 그날처럼
나를 깨이게 하소서.

영광되고 하나이신 분이여.
영광되고 하나이신 분이여.

고통의 계단 위에서 참회하며
천상으로 향한 계단을 올라가나이다.

진노의 날이여, 멈추소서.

진노의 날이여, 멈추소서.

인내와 고통의 계단을 걷게 하소서…….

카라는 뱀파이어의 모습으로 서서 '망자의 환희' 소절을 부르고 있었다. 격정적으로 그녀의 목소리가 터져 나왔다. 물론 그녀가 부르는 레퀴엠은 모든 미사곡이 그렇듯 저지 미노트 어로 되어 있었다. 카라는 매끄럽게 저지 미노트 어 구절을 소화하고 있었다.

데곤과 파이세는 망자의 환희 소절이 어떤 의미인지 알지 못했다. 하지만 그들은 그것이 진혼 미사곡이라는 것쯤은 알고 있었다.

데곤과 파이세, 그리고 카라의 존재 때문에 광란에 빠진 시민들은 이전까지 한 번도 레퀴엠을 들으며 공포를 느끼지 않았었다. 하지만 지금 그들은 처절한 공포를 느끼고 있었다.

수도는 공포가 흑사병처럼 퍼져 가고 있었다. 곳곳에서 좀 더 큰 불길이 치솟으며 삶의 터전을 불태웠고, 신의 섭리를 거부하며 움직이는 존재들을 불태웠다.

아침 햇살이 이제 뚜렷하게 수도를 비춰주고 있었다.

〈 7 〉

“말도 안 됩니다. 뱀파이어라니……! 요즘이 어떤 세상입니까?”

“그것도 해가 뜬 지 한참이 지난 시각이라면서요? 불가능합니다.”

“옛날이야기에나 등장하는 흡혈귀가 성가를 불렀다니… 허참.”

발트하임의 수도를 뒤흔들었던 쥐 떼들의 소동은 반나절이나 계속되었고, 일시에 멈춰 버렸다. 발트하임의 왕성인 사자성에서 밤늦게까지 대책 회의가 열리는 동안에도 수도 곳곳에서는 모닥불이 타오르고 있었다.

도시는 자정을 넘긴 시각임에도 불구하고 여느 때와는 달리 광장, 앞마당, 넓은 도로를 중심으로 불이 밝혀져 있었다. 사람들은 장작을 쌓고 짐승 기름을 뿌려 불을 지폈고, 사방에 널려 있는 죽은 쥐들을 태우고 있었다. 제국이 분열된 직후 대륙을 휩쓸던 전란의 시기였던 암흑 시대에는 흑사병 같은 전염병은 지극히 일상적이었다. 그중 3년에 걸쳐서 대륙의 5할이 넘는 지방을 흑사병이 휩쓸던 시기도 있었다. 마땅한 치료약이 없었기 때문에 흑사병은 곧바로 죽음을 의미했다. 기사와 귀족들이 영토를 위해서 전쟁을 하는 동안, 평민들은 그 핏빛 광기에 전염되어 흑사병에 걸린 가족들을 불태워 죽였다.

흑사병에 감염되었다는 것이 알려지면 이웃들은 충혈된 눈으로 병든 가족들을 집 안에 가두고 불태워 죽였다. 감염을 막기 위한 조처였기 때문에 아무도 죄책감을 가지지 않았다. 그럼에도 많은 도시들이 인구의 절반 이상을 잃어야 하는 피해를 입어야 한다.

사람들은 난데없이 수도에 나타난 쥐 떼를 보는 순간 흑사병의 악몽이 되살아나는 것을 느끼고 있었다.

"하지만 내가 고용한 용병들이 그 뱀파이어와 싸우다 부상을 입었소. 그건 어떻게 설명할 거요? 그리고 그 마녀가 불러낸 쥐 떼들은?"

"쥐 떼들은 우연일 수도 있잖은가? 흡혈 마녀라니? 그것도 해가 떠 있는데……!"

"이걸 중신 회의라고 하는 건가?! 도대체 이 자리에서 뭘 하는 건가?"

마침내 아델만 국왕은 탁자를 내려치며 화를 터뜨렸다. 실내는 일시에 차갑게 얼어붙었고, 고위 귀족들은 입을 다물었다. 항상 지루하고 무관심한 얼굴로 입을 다물고 있던 그의 분노는 뜻밖의 것이라는 점에서 충격적이었다. 아델만은 매섭게 치켜 올라간 눈매로 자신보다 나이가 많은 귀족들을 쏘아보았다. 바덴 자작은 침을 삼키더니 힘들게 입을 열었다.

"국왕 폐하, 황공하오나, 튜멜 남작이 뱀파이어를 데리고 다니는 것이 확인된 마당에 무언가 대책을 세워야 합니다. 모두들 믿지 못하겠지만, 뱀파이어가 있다는 것은 틀림없는 사실이옵니다. 제가 데곤이라는 솜씨 좋은 용병들을 고용했는데, 그자는 경험이 풍부하기 때문에 결코 실수를……."

"그 입 다물지 못해!"

바덴 자작은 마른침조차 삼키지 못한 채 목을 움츠렸다. 아델만 국왕의 부드러운 얼굴에 차가운 주름이 그어져 있었다.

"영지가… 그것도 수도가 쥐 떼로 쑥대밭이 되었다. 지금 어디론가 도망친 정체 불명의 귀족 나부랭이가 그렇게 중요한가? 수도에서 몇 채의 집들이 불에 타고 몇 명의 백성들이 죽거나 다쳤는지 대답해 봐."

"………."

아무도 아델만의 질문에 대답하지 못했다. 신하들은 계면쩍은 표정으로 수염만 만지작거리며 시선을 피하고 있었다.

"정치란 게 무언지도 모르는 인간들이 자리를 차지하고 있다니! 이 나라의 미래가 어찌 될 셈인지! 자네들, 자네들이 존경과 칭송해 마지 않는 하페우스 3세 제국 황제께서 어떤 업적을 세우셨는지 아는가? 자네들은 '3년 원정' 같은 승전 기록밖에 모른단 말이냐? 그런 자들이 이 나라를 어찌하겠다는 건가?"

신하들은 아델만이 후작의 지위로 사자왕의 사위로 있을 때부터 한 번도 얼굴을 찌푸린 모습을 본 적이 없었다. 그런 아델만 국왕이 화를 내고 있었다.

"최초의 성문법전을 만든 것이 누구인가? 역법을 농경에 맞도록 고친 것이 누군인가? 국경선과 지방 봉토 제도를 세운 것이 누구인가? 대답해 보게! 제국이라는 것은 제국 기사단의 검날이 아닌, 제도 위에 성립된 것이다. 제국은, 아니, 국가라는 것은 백성이라는 기초 위에 건축된 탑이다!"

신하들은 의아한 표정으로 아델만 국왕의 눈치를 살피고 있었다.

하페우스 3세는 자신을 검은 평야로 내쫓은 형제들을 자신의 검으로 잠재우고 제국을 세웠다. 그는 제국의 기틀이 바로 서기도 전에 3년에 걸친 대원정을 일으켜 지금의 크림발츠와 아메린이 있는 남부 제엘 지방을 평정, 제국의 영토로 편입시켰다. 고대부터 농경 문화가 발달했던 제엘 지방의 넓은 농경지를 손에 넣음으로써 하페우스 3세는 제국 전체의 식량 문제를 해결했고, 중앙산맥 너머의 지방 영주들 세력을 잠재워 불씨를 근원부터 밟아버렸다.

하지만 그것이 전부는 아니었다. 현재 대륙 국가들의 법전의 기초가 되는 '하페우스 법전'을 정리하고, 그리고 지방마다 천차만별이던 역법을 고쳐 '하페우스 3세력'을 만들었다. 때문에 현재 대륙에서는 모두 하페우스 3세력을 따르고 있었다. 하페우스 3세력 1년은 하페우스 3세의 출생 년도였다.

"이 자리에 있는 사람들 중에서 하페우스 제국 황제의 '군주론'을 읽은 자가 있는가? 수도 시민들이 흑사병이 돌아 모두 죽어버리고도 자네들이 이 자리를 차지하고 앉아 있을 수 있을 거라 생각하나? 정신 차려! 당장 병사들을 풀어서 피해 상황 조사하고, 사람이나 쥐를 불문하고 이번에 죽은 시체들은 모두 태워 버려! 어리석은 인간들, 자신들이 지금 어디 위에 앉아 있는 것인지도 모른단 말인가?!"

"황공하오나 국왕 폐하, 좀 더 멀리 보시는 것이 어떠하신지요."

지금까지 입을 다물고 있던 페나 왕비는 미소를 지으며 옆 자리에 앉은 남편을 바라보았다. 아델만 국왕은 목덜미와 어깨를 모두 드러

낸 드레스 차림의 페나 왕비를 보면서 그녀가 더 이상 아름답지 않다
고 생각했다. 그것은 그녀의 나이 때문이 아니었다. 오히려 페나 왕비
는 처녀 시절보다 더욱 아름다워졌고, 원숙하고 절제된 기품이 감돌
고 있었다. 하지만 아델만은 그녀의 머리 속에 어떤 생각이 머물고 있
는지 알고 있었다.

'인간의 아름다움이란 그 자신의 마음에서 비롯되는 법이지. 추악
한 가슴을 가진 미인의 얼굴은 구더기가 기어 다니기 마련이야.'

"말해 보시오, 왕비."

"튜멜 남작은 게일의 첩자이자 라이어른의 기둥이신 사자왕 전하
를 암살한 극악무도한 무리입니다. 그들은 계속해서 우리 발트하임
땅을, 아니, 라이어른 전체를 더럽히며 활개 칠 것입니다. 더군다나
그자는 뱀파이어를 부린다지 않습니까? 어서 빨리 이 사실을 아피아
노의 중앙 대교국에 알려야 합니다. 뱀파이어는 신의 광휘를 거부한
악마의 사생아들입니다. 그자들이 신의 이름을 더럽히는 것을 묵과할
것입니까? 그렇다면 수도에 세워진 저 십자가들은 우리들의 허영심이
란 말입니까? 만약에 우리가 영지 안에서, 그것도 수도 안에서 뱀파이
어가 활개 치는 것을 놔둔다면 중앙 대교국에서도 가만히 있지는 않
을 것입니다. 자칫하면 우리는 중앙 대교국을 적으로 돌리는 수가 있
을 수 있습니다."

"물론 튜멜 남작의 일행이 대역 죄인이라는 것은 알고 있소. 하지
만 그것보다는 수도의 문제를 해결하는 것이 급선무가 아니겠소?"

"천만에요. 지금 라이어른 전체의 정세가 지극히 불안해요. 만의 하
나, 뱀파이어의 존재를 묵인한 것이 알려지면 중앙 대교국의 '불신
임' 판결을 받을 것이고, 우리 발트하임은 마녀를 인정하는 국가로 낙

인찍힐 거예요.”

페나 왕비는 침착하고 단정한 자세로 앉아서 단어를 끊어서 발음하는 특유의 화법으로 대답하고 있었다.

“당장 상트 레쯔엘 대성당으로 사람을 보내도록 해요. 대주교님께 뱀파이어가 출몰했던 것을 알려요. 대성당에서 ‘마녀 재판’ 판결을 내린다면 성당 기사단을 활용할 수 있을 거예요.”

“서, 성당 기사단을……! 하지만…….”

성당 기사단은 대륙 각국의 대성당으로 파견된 군대였다. 성당 기사단의 기원은 하이파 제국이 분열되면서 왕권과 교권의 전쟁이 벌어지던 기간에 교권의 보호를 목적으로 수도사들이 검을 잡은 것에서부터 비롯되었다. 그들은 모두 대교국에서 신부 서품을 받은 정식 신부였고, 손에 성서 레비로스 대신에 롱 소드를 잡았다. 불안정한 정세 속에서 대륙 각지에 퍼져 있던 수도원과 교회, 성당 등을 보호하기 위해 창설된 성당 기사단은 유독 신심이 깊은 자들만이 선발되었고, 자긍심은 그 누구보다도 높았다.

하지만 실질적으로는 수도원들이 갖고 있는 방대한 영지 보존과 수도원의 독점인 와인 및 위스키 제조권을 보호하기 위함이었다. 수도원들이 소유한 영지들은 언제나 최고의 수확량을 가져오는 일급 경작지였고, 술을 제조하는 양조권은 그 이상의 막대한 부를 가져왔다. 성당 기사단의 롱 소드로 보호되는 동안 수도원들은 엄청난 부를 축적했고, 각지에서 보내오는 부에 의해서 중앙 대교국은 일국의 국왕조차 맘대로 하지 못할 권력을 갖게 되었다.

물론 이것도 크림발츠와 아메린, 폴리안이라는 3개 국에서는 예외였다. 이들 3개 국은 자국의 막강한 군대를 이용하여 자국 내 성당 기사단 병력을 강제 해산시켰고, 대주교들은 교권의 군대 보유 금지 조약에 서명해야 했다. 아메린과 크림발츠의 남부 지방 수도원들은 대륙 최고급 와인들을 만들어냈지만, 이들 수도원에는 국왕 친위대 장교들이 상주하고 있었다. 물론 대외적으로는 종교적인 금욕 기도가 목적이었다. 하지만 라이어른은 종교 전쟁 때 교권의 편에 섰던 국가였고, 그들과는 사정이 달랐다.

라이어른에서 성당 기사단이라는 이름이 갖는 권력은 무시할 수 없었다.

"하, 하지만… 성당 기사단이 이번 일에 나선다면 마녀를 잡는다고 해도 저희가 얻는 것이 없어집니다."

"맞습니다. 성당 기사단의 콧대만 높여줄 뿐입니다. 아예 왕실의 권위를 지나가는 개가 짖는 것으로 생각할 겁니다."

"게다가 성당 기사단이 움직이는 비용은 어떻습니까? 금욕 수도회 소속이라서 그런지 남들의 두 배는 넘는 고기를 먹어치울 텐데. 또 각 지방에서 멋대로 병사들을 징병할 겁니다. 기존의 젊은 평민들이 폴리안 전선으로 징병된 마당에 성당 기사단마저 징병을 하게 된다면 농경지를 돌볼 인력이 없어집니다. 그렇게 된다면 올 가을 수확이 문제가 될 것입니다. 긴 겨울을 과연 날 수 있을런지……."

"마녀 사냥 이후는 어떻습니까? 필시 그들은 신의 광휘를 증명한 대가를 요구할 겁니다. 이번에는 어디의 영지를 대성당에 헌납하겠습니까? 현재 수도 근방의 영지들 6할이 이미 대성당의 영지입니다. 또한 왕실 직할 영지는 겨우 3할에 불과합니다."

"그럼 누구에게 마녀 사냥을 부탁하죠? 마녀들은 검으로 찔러도 죽지 않는다고 합니다. 귀공들이 손수 그 흡혈 마녀를 잡을 겁니까?"

페나는 빙긋 웃으면서 신하들을 둘러보았다. 그 말에 늙은 신하들은 대번 하얗게 질린 채 고개를 숙였다.

'사자왕 전하께서는 어떻게 이런 인간들을 데리고 국사를 돌보셨단 말인가?'

아델만 국왕은 다시 한 번 진심으로 사자왕 베오하이트를 존경하면서 속으로 중얼거렸다. 그는 지금 계속되는 대화에 넌덜머리를 내게 되었고, 마침내 자리를 박차고 일어서 버렸다.

"내가 손수 대주교님께 친서를 쓰겠어요."

페나는 방을 나서는 아델만의 뒷모습을 보면서 차분하게 말했다.

〈 8 〉

"예에~ 맞았다! 열다섯!"

에피는 강변 저편에서 튕겨져 나가 버린 기마수를 보면서 손가락을 튕겼다. 강변의 잡목 숲에 의지해 추격을 하던 기마수들은 다시 말들을 세우며 거리를 넓혔다. 에피는 어깨를 으쓱거리며 뱃전에서 돌아왔다. 덱체어를 갖다 두고 앉아 있던 쇼는 단검으로 자신의 콰렐에 무언가를 새기고 있었다. 쇼는 만족스럽게 콰렐을 살펴보더니 곁에 놔두고 있던 어포를 입에 물고 질겅거렸다. 야르 강에서 흔히 잡히는 잡어를 길게 포 떠서 말린 어포는 뱃사람들에게 식사이자 간식거리였다. 쇼는 소금에 절인 어포를 질겅질겅 씹으면서 강변 쪽을 바라보았다.

"오빠아~ 뭐 하는 거야?"

"그냥 심심해서."

에피는 호기심 어린 얼굴로 쇼의 옆구리에 달라붙었다. 쇼는 인상을 쓰면서 덱체어에서 조금 비껴 앉았다. 에피는 그 틈을 이용해 쇼의 콰렐을 채어갔다.

"푸하하!"

콰렐을 살펴보던 에피는 쇼에게 엉덩이를 붙이며 걸터앉았던 덱체어에서 떨어졌다. 에피는 딱딱한 갑판에 엉덩이를 호되게 부딪히고도 바닥을 긁으며 웃었다. 쇼는 다시 혼자 차지하게 된 덱체어에 앉아서 못마땅한 눈으로 에피를 바라보았다.

'이거 맞는 놈, 바보.'

철제 콰렐은 손가락 굵기였고, 그 몸체에 간단한 문장이 단검 끝으로 긁어서 새겨져 있었다. 쇼는 에피의 손에서 콰렐을 뽑아서 석궁의 시위를 당겨 장전했다. 단단한 호두나무로 만들어 섬세한 세공이 음각으로 새겨지고 금으로 채워진 석궁은 고급품이었다. 원래 케이시 튜멜의 석궁이었지만, 이제는 쇼의 물건이 되어버렸다. 쇼는 눈을 가늘게 뜨고 강변을 주시했다.

거리를 가늠하면서 잠자코 있던 쇼는 갑자기 뱃전으로 튀어나가 난간에 한쪽 다리를 걸치고는 무릎에 석궁을 놓고 곧바로 발사했다. 에피의 활에 비하여 발사력이 좋은 석궁이었기 때문에 비슷한 거리임에도 쇼는 정조준 직사를 날릴 수 있었다. 당연히 곡사에 비해서 명중률과 위력은 비교할 수 없었다.

꽝!

수평으로 수면 위를 날아간 콰렐은 선두에 섰던 기마수가 미처 방패를 들기도 전에 그의 어깨를 파고들었다. 수도 경비대원의 플레이트 메일 흉갑은 콰렐을 막는 데 그다지 도움이 되지 못했다. 콰렐의 위력에 밀린 기마수는 말 위에서 팅겨져 나가 바닥으로 내동댕이쳐졌고, 뒤를 따르던 기마수들은 황급히 기수를 돌리거나 말을 세웠다.

"바보 녀석. 이걸로 열여섯 명째."

"헤에, 저 바보들은 계속 쫓아오네. 지치지도 않는 건가?"

에피는 쇼가 앉았던 덱체어에 앉은 채 쇼의 어포를 먹고 있었다. 쇼는 인상을 쓰면서 그녀의 목덜미를 잡고서 덱체어에서 쫓아냈다.

"씨이, 아프단 말야."

"시끄러! 내 자리야!"

"오빠아~"

에피는 히죽 웃으면서 다시 쇼가 앉은 덱체어 위로 올라갔다.

"신난 건 저 바보들뿐이군."

이언은 선실로 통하는 사다리를 내려가면서 혀를 찼다. 선실은 대부분의 하천 화물선이 그렇듯 낮고 어두웠다. 채광은 갑판에 있는 격자형 그물 창 하나뿐이었다. 머리 위를 지나는 버팀목에 두 개의 등불이 걸려 흔들거렸다. 이언은 허리를 굽힌 채 안쪽으로 들어갔다.

"시끄러워! 방해가 되잖아! 그만 좀 해!"

작은 촛불을 켜고 책을 읽고 있던 카라는 마침내 신경질을 냈다. 튜멜은 다시금 발작적으로 검 손잡이를 움켜잡았다. 레미는 그들 둘 사이에 앉아서 입을 다물고 있었다. 이언은 카라의 곁에 앉았다. 카라는 이언의 한쪽 팔을 들더니 그의 겨드랑이 사이로 기어 들어갔다. 이언의 팔을 자신의 목에 두르고 나서야 카라는 만족스러운 표정을 지었다.

"뭔데 이렇게 시끄러워?"

"네, 네놈들… 대체 무슨 생각을 하는 거냐?"

"뭐? 알아듣게 말해."

"수도에서의 만행을 어떻게 설명할 거냐?"

선실 바닥에 놓여져 있던 찻잔을 집어 들던·이언은 힐끔 어둠 저편에 앉은 튜멜을 응시했다. 튜멜은 굳은 얼굴로 이언과 카라를 보고 있었다.

"그래서? 결투라도 하자는 거야? 네가 나를 이길 수 있을 것 같은가?"

"이, 이기지는 못하겠지. 하지만 언제나 이기는 싸움만을 하는 건 아냐."

"얘들 장난하냐? 이기지 못하는 싸움? 그래 한번 해볼까?"

파아앗!

이언은 반쯤 일어서면서 오른손을 들었다. 선실은 삽시간에 밝아졌다. 붉게 일렁거리는 불길이 이언의 오른손을 휘감으며 바람 소리를 냈다. 카라는 재빨리 이언에게서 떨어져 앉으며 찡그렸다.

'저 녀석…….'

튜멜은 검 손잡이를 잡은 채 마른침을 삼켰다. 말라 버린 목구멍은 침을 삼키는 것도 고통스러웠다. 튜멜은 검을 쥐려고 했지만 그의 손은 그 명령을 거부했다. 이언은 차가운 눈으로 입을 다물고 있었다.

"잘 들어, 이 얼빠진 자식아. 네놈은 얼마나 깨끗하지? 너는 살아오면서 얼마나 많은 더러움 속에서 헤엄쳐 왔지? 대답해 봐."

"나, 나, 난 죄를 지은 적 없어!"

"죄? 죄의 의미가 뭐지? 사람을 죽이는 것? 재물을 빼앗는 것?"

"또 있어. 세속 수녀를 건드리는 것. 누구처럼 말이야."

"시끄러! 흡혈 마녀!"

이언은 카라를 노려보면서 말했다. 카라는 태연하게 싱긋 웃으며 이언의 목을 끌어안았다.

"사람들 앞에서 추잡하게 뭐 하는 짓이야?!"

튜멜은 흥분한 얼굴로 소리쳤다. 하지만 무심결에 내뱉은 그 말은 카라를 기어코 화나게 만들었다. 카라의 송곳니가 어둠 속에서 번득였다.

"크헉!"

카라는 어느새 튜멜의 목줄을 쥐고 있었고, 송곳니를 드러내면서 으르렁거렸다. 튜멜은 그녀의 힘에 눌려 선실 바닥을 나뒹굴었고, 카라는 그의 허리에 걸터앉았다. 희고 가는 카라의 손가락은 튜멜의 목을 부러뜨릴 듯 조이고 있었다. 카라의 눈동자는 어둠 속에서 붉게 빛나고 있었고, 그녀의 송곳니는 당장이라도 튜멜의 목덜미를 물어뜯을 기세였다. 레미는 입을 막은 채 비명을 참고 있었다.

"추잡? 너는 얼마나 깨끗하지? 날 뱀파이어로 만든 것은 인.간.이.야. 세속 수녀였던 나를 덮치려 했던 것도 인.간.이.야. 내가 '피의 마녀'로 대륙을 떠돌 때 인간들이 나에게 어떤 짓을 했는지 알아? 나를 생포한 놈들은 한결같이 바지부터 벗었어. 여자 흡혈귀와 몸을 섞으면 불로불사가 된다는 웃기는 농담 때문에!"

"크헉! 컥……!"

레미는 카라가 진짜로 화를 내는 모습을 처음 목격했고, 소변을 지릴 것 같은 공포를 느꼈다. 어금니가 딱딱거리는 소리를 내면서 떨렸고 호흡이 턱턱 막혔다. 튜멜은 대답하지 못한 채 호흡이 막혀 붉어진 얼굴로 컥컥거리고 있었다. 하지만 튜멜은 지지 않는 눈으로 카라를 쏘아보고 있었다.

'자신의 생각이 틀리지 않다는 건가? 근성이 있는 건지 미련한 건

지…….'

이언은 청동 찻잔을 기울여 차를 마시며 생각했다. 튜멜은 숨이 막혀 호흡이 거칠었고, 그의 몸은 고통이 아닌 공포로 덜덜 떨고 있었다. 그의 두 손은 카라의 손을 떼어내기 위해 버둥거렸다.

"캬리프(Kjharuiv)가 나를 구해주기까지 내가 몇 년의 세월을 지옥 속에서 보냈는지 알아? 네놈은 상상도 못할 시간을 지옥 속에서 허우적거렸어. 어떤 지옥인지 알아? 네가 뱀파이어가 되기 전에는 상상도 못할 지옥이야. 사람의 피를 마시는 느낌을 알아? 뜨거운 피가 목구멍으로 넘어가는 느낌을 알아? 본능에 이끌려, 내 의지와 상관없이 내가 사랑하고 싶은 사람의 목줄기를 물어뜯는 비참함을 네가 알아? 남에 대해서 주절거리지 마. 넌 너지 남이 아니야. 네가 얼마나 대단하길래 남을 비난하고 화를 내는 거지?"

"크큭… 아… 니야… 그… 큭… 그건… 아… 니…….."

튜멜은 힘겹게 헐떡거리며 단어들을 뱉어냈다. 하지만 카라는 튜멜과 서로의 코가 엇갈릴 정도로 얼굴을 바짝 들이대고 소리 지르고 있었다.

"저 사람은 자기 자신도 지옥 속에서 허우적거리는 주제에 내 손을 잡아주었어! 본능에 이끌려 쉭쉭거리던 나에게 손을 내밀었어! 내가 그 손을 물어뜯었을 때 저 사람이 뭐라고 했는지 알아?!"

"이봐, 난 애완 동물을 키우고 싶은 게 아냐. 물어뜯지 말아… 라고 말했었지."

이언은 선실 벽에 등을 기댄 채 끼어들었다. 카라는 고개를 돌렸다. 카라의 눈동자는 정상으로 되돌아왔고, 보통 때와 다름없는 차가운 느낌의 미인으로 돌아가 있었다.

"그만 해. 원래 그런 녀석을 상대로 뭘 하자는 거야?"

"쿠에엑! 콜록! 커허억!"

튜멜은 선실 바닥에 위액과 끈적거리는 침을 토하면서 기침했다. 카라는 좀 멋쩍어진 얼굴로 입맛을 다시며 머리칼을 긁어 올렸다.

"미안하구나. 내가 좀 흥분했네."

"조금만 더 했으면 저 바보 남작의 목을 부러뜨렸을 거야."

"자기야~ 화난 거 아니지? 그냥 조금 흥분했을 뿐이야."

카라는 이언의 목을 끌어안으며 그의 목덜미에 키스했다. 이언은 피곤한 얼굴로 그녀의 머리칼을 쓰다듬다가 하품을 했다.

"나… 난… 깨끗하지 않아… 콜록! …내가 깨끗하다고 말한 적 없어……. 왜냐고? 난 더러운 인간이니까. 욕정의 더러운 쾌락 끄트머리에 서 있는 게 나니까. 그걸 알기 때문에… 그렇기 때문에 속죄하고 싶은 거야… 내 더러운 육신을……. 아무도 나를 손가락질하지 못할 존재가 되고 싶은 거야. 내 손을, 내 몸을 더럽힌 죄들 중에서… 내가 저지른 죄는 하나도 없어……."

카라는 이언의 목덜미에서 입술을 뗐다. 그리고 차갑고 투명한 눈으로 튜멜을 보고 있었다. 이언은 하품을 하고는 권태로운 얼굴로 차를 마셨다. 마침내 보다 못한 레미가 튜멜의 웅크린 등을 조용히 쓸어주었다. 튜멜은 바닥에 웅크린 채 울고 있었다.

"어째서 다들 나에게 죄를 떠넘기지? 왜 나를 미워하지? 사자왕 전하의 암살? 신하로서 어떻게 주군에게 위해를 가한단 말이야! 지금까지 그래 왔어. 모든 불행의 근원에는 내가 서 있지. 결과를 되돌리기 위한 내 노력은 아무도 알아주지 않아. 내가 예의를 지켜도 아무도 나에게 예절을 보이지 않아. 내가 예의를 지키지 않으면 나를 천한 인간

이라고 욕해. 내가 사라지길 원하고서… 내가 사라지자 나를 욕
해……. 난 뭐 하러 이렇게 살아가는 거지……?"

튜멜은 거의 들리지 않는 목소리로 흐느꼈다. 카라는 힐끔 어깨 너
머로 튜멜을 보다가 고개를 돌려 이언의 가슴에 얼굴을 묻었다. 이언
은 멍한 시선으로 선실의 어둠 저편을 보고 있었다.

"바보 남작, 너 슬라임이었냐?"

이언의 목소리는 조용했고, 언제나처럼 곱지 못한 억양이었다.

"다른 사람들이 쏟아버린 핏자국을 왜 네가 지우고 있냐?"

"뭐?"

"한숨 잘 거니까 깨우는 인간은 죽여 버린다."

이언은 카라의 무릎을 베고 누우면서 말을 끊었다. 카라는 그의 뺨
에 조용히 입맞춤을 했다.

〈 9 〉

라이어른의 오랜 속담 중에서 '뱃전에서 음식 투정'이라는 말이 있다. 항해라는 특성상 배에 싣고 다니는 음식은 그 종류가 한정되어 있었다. 쉽게 썩지 않고 장기간 보존이 가능하도록 수분이 적은 마른 음식일 것, 부피나 무게의 부담이 적을 것. 이 조건에 맞는 식량은 그다지 많지 않았다. 장기간 항해하는 대형 무역선의 경우에는 선체가 크기 때문에 선내에·돼지우리, 닭 우리, 그리고 간단한 채소까지 재배할 수 있었다. 물론 대형 선박이기 때문에 선원 숫자가 많았고, 그런 자구책들도 근본적인 해결책이 되지는 못했다.

하지만 선체가 월등히 작은 하천 화물선의 경우, 그런 사치를 부릴 여유가 되지 못했다. 물론 하천 곳곳에 항구 도시들이 산재해 있었지만 하천 화물선이 중도에 그런 도시에 머무는 경우는 드물었다. 특히 하류로 내려가는 선박의 경우, 바람과 강물의 유속에 의지해 속도가 붙은 배를 감속해서 항구에 정착하는 수고를 강요하는 것은 무리였다. 때문에 대부분의 하천 화물선은 출발지를 떠나면 기착지까지 어디에도 머물지 않았다. 결국 육지가 가깝다고는 하나 하천 화물선들도 원양 항해용 대형 무역선과 사정은 다르지 않았다.

보통 선원들의 일주일 식단은 정해져 있었다. 매 끼니는 딱딱한 보리 빵이나 비스킷, 치즈 한 조각이 기본이었고, 맥주 반 파인트 정도가 제공되었다. 월요일과 수요일에는 아침저녁으로 괴혈병 예방을 위해 마른 완두콩을 먹을 수 있었다. 또한 화요일과 목요일 저녁에는 소금에 절여 훈제한 돼지고기나 소시지가 나왔다. 금요일 저녁에는 유일하게 수분이 있는 음식인 스튜나 수프류가 제공되었고, 토요일에는 항해 중에 부지런히 잡아서 소금과 식초에 절여두었던 생선이 제공되었다. 평균적으로 일주일 중 4일 동안 육류나 생선류가 제공되는 식단이었다.

선원들은 종류를 불문하고 온갖 잡어들을 모아서 무조건 소금과 식초에 절인 생선을 두 장의 비스킷 사이에 끼워 먹으며 맥주를 마셨다. 또한 토요일 저녁에는 반 병의 위스키나 럼이 제공되었다. 일요일은 성무에 참석하지 못하지만, 종교적 경건과 절제의 계율에 복종하는 의미로 오트밀 죽을 먹었다.

이런 식단은 공통적으로 신선함과 거리가 먼 음식들이라는 점을 제외하면 선원들은 다른 어느 계층보다 식생활 여건이 좋은 편이었다. 물론 이 계층에는 귀족들과 교권의 고위 성직자들은 제외되었다. 하지만 마른 완두콩이나 강남콩만으로는 충분한 야채 섭취가 되지 못했기 때문에 선원들은 언제나 고질적으로 괴혈병에 시달리고 있었다.

인심 좋은 선장의 경우에는 조나 수수, 보리 같은 곡물들을 가볍게 쪄서 햇볕에 말린 곡물들을 선원들에게 먹였고, 이들의 건강 상태는 그나마 나은 편이었다. 하지만 그렇게 사람 좋은 선장은 '유령선'을 만나는 것보다 조금 쉬웠고, '하늘을 날아다니는 배'를 만나는 것보다는 조금 어려웠다.

대부분의 승객들은 원칙적으로 선원들과 동일한 식사를 하게 되어 있다. 하지만 지체 높은 귀족들의 경우에는 통상 귀족 유람선을 이용했고, 이런 배들의 특징은 식량 저장고가 화물 칸의 절반 이상을 차지했다. 덕분에 귀족들은 별다른 식단 변화 없이 식사를 할 수 있었으나, 목재 선박에서는 화덕 사용이 극히 제한되기 때문에 손이 많이 가는 음식은 요리하지 못했다. 그나마 강철로 만든 선박용 화덕을 설치하지 못하는 배들은 항해 내내 아무것도 요리해 먹지 못했다.

"비스킷에 관한 재미있는 이야기를 해줄까?"

이언은 능숙하게 비스킷을 반으로 자르고 있었다. 스테이크 정도의 두께에 손바닥만한 크기의 비스킷은 검고 딱딱한 보리 빵보다는 먹기가 수월했다. 원래 밝은 갈색으로 노릇하게 구워졌을 비스킷은 칙칙한 흑갈색으로 변색되어 있었고, 군데군데 구멍이 뚫려져 있었다. 레미와 튜멜을 제외한 나머지 일행들은 눅눅해진 비스킷의 빵 가루를 흘리지 않으며 익숙하게 식사를 하고 있었다.

'좀 이상한 냄새가 나는 것 같아.'

레미는 눅눅한 곰팡이 냄새가 나는 비스킷을 잘게 찢어서 입에 넣고 있었다.

"이런 비스킷은 보통 자루에 담아서 보관하거든. 그런데 항상 자루 입구에는 생선을 담아둔 접시를 올려두지."

"생선을? 그래서 뭔가 비린 냄새가 나는 건가?"

튜멜이 이언의 말을 받았을 때, 에피와 카라가 거의 동시에 쿡! 하는 웃음을 터뜨렸다. 튜멜은 일그러진 눈으로 두 여자를 쏘아보았다. 레미와 쇼도 튜멜처럼 이언의 말에 관심을 보였다. 이언은 누구에게도 시선을 두지 않은 채 태연하게 자신의 식사를 하고 있었다.

"그 생선은 구더기를 모으기 위한 거야. 비스킷에 구멍들이 있지? 그건 구더기들이 파먹은 자리야. 비스킷을 파먹던 구더기들은 생선 비린내에 이끌려 생선 접시 위로 모여들지. 그렇게 생선과 구더기가 범벅이 된 걸 바다나 강에 버리는 거지."

"읍!"

"푸엑!"

레미와 튜멜은 거의 동시에 헛구역질을 시작했다. 쇼는 침침한 등불에 반쯤 먹어치운 비스킷을 비춰 보더니 시큰둥하게 웃었다.

"어쩐지… 뭔가 익숙한 맛이라고 했어. 구더기 냄새였군."

에피는 장난스럽게 비스킷을 야금야금 베어 먹으며 헛구역질과 기침을 하고 있는 남녀를 보며 웃었다. 누가 봐도 에피의 행동은 고의적으로 보였다.

"그게 뭐 어때서? 가끔씩 용병들은 영양 보충을 위해서 일부러 구더기들을 모아서 수프를 끓여 먹는걸? 나 5살 때부터 그런 거 먹어왔어."

"그만 해! 식사 중에 뭐 하는 거야?"

튜멜은 간신히 욕지기를 참아가면서 소리 질렀다. 이언과 카라는 서로를 끌어안고 배를 잡고 웃기 시작했다. 변화없이 식사에 열중하는 사람은 파일런과 레이드뿐이었다. 레이드가 조용한 이유는 빨리 식사를 하고 잠시 멈췄던 도박판에 다시 참가하기 위함이었다.

튜멜은 목구멍 부근에서 울렁거리는 구역질을 도저히 참지 못했다. 아니, 덤으로 이제는 무겁고 탁한 곰팡이 냄새가 나는 선실 공기조차 역겨워졌다.

'도저히 못 참겠어.'

이언은 고개를 숙인 채 서둘러 선실을 빠져나가는 튜멜의 뒷모습을 보면서 웃었다.

"그런 소리를 들으니 손이 가질 않는 건가?"

"네? 그게 아니라… 네, 솔직히 말하면… 맞아요."

레미는 곁에 앉은 파일런을 돌아보지 않은 채 손에 들고 있는 비스킷을 내려다보고 있었다. 당장이라도 구멍 속에서 하얀 구더기가 꾸물거리며 기어 나올 것만 같았다. 레미는 구더기가 자신의 팔을 타고 기어 올라오는 느낌을 상상하면서 진저리를 치고 말았다. 파일런은 담담하게 비스킷과 멀건 수프를 비우고 있었다. 마지막 남은 말린 야채를 넣은 수프는 황적색의 멀건 국물에 야채 조각들이 둥둥 떠다니고 있었다.

레미는 고개를 돌려 파일런의 옆모습을 힐끔거렸다. 주름진 얼굴에 눈자위가 움푹 꺼진 파일런의 얼굴에는 짙은 그늘이 드리워져 있었다.

"인간이란 정말 간사한 존재지, 지금처럼. 구더기 이야기를 하기 전에는 고약하지만 그럭저럭 먹을 수 있었던 음식이 말 한마디로 구역질나는 걸로 변했어. 견딜 만하던 현실이 사소한 것을 이유로 끔찍한 재난으로 취급받지. 그러면서 인간들은 생각하지, 자신에게는 견딜 수 없는 불행이 찾아왔다고. 우리들의 삶이란 이토록 허망하고 위태로운 기초 위에 세워져 있는 집이라네. 오래된 경구 속에 이런 말이 있다네. '모래땅은 마음을 찾아온다'라는 말이지."

  '모래땅은 마음을 찾아오는 거랍니다. 저희들의 오랜 격언이죠.'

  그 길지만 짧았던 밤에 삶에 지친 이교도 여자는 그의 검날 아래 목
덜미를 내밀고 조용하게 말했다. 그는 자신의 하얀 검날을 묵묵히 기
다리고 있는 검게 그을린 여자의 목덜미를 내려다보았다. 삶에 지쳐
나이보다 늙어 보이는 여자의 조용한 목소리와 자신의 검날 아래서
죽음을 기다리는 갈색 목덜미는 그에게 생애 처음으로 자제하기 힘든
성욕을 불러일으켰다. 그는 그런 사실에 당황하고 있었다.
  '어떤 의미지?' 하고 그는 예전에 질문했었다.
  "그 격언이 뜻하는 바가 무엇이죠?"
  하고 레미가 물었다.
  '그것은……'
  "그건 집을 무너뜨리는 허약한 기초는 그 자신에게서 나온다는 뜻
이라네. 스스로가 나약할 때, 그 자신의 삶을 구성하는 기초는 모래땅
으로 변하고, 시간으로 쌓아온 그의 인생은 모래땅 위에서 무너져 버
리지. 모래땅은 나약한 마음속으로 흘러 들어오는 법이라네. 저 친구
의 경우를 볼까? 이언의 말을 듣기 전에 그의 인식은 그다지 나쁘지
않은 땅 위에 서 있었어. 하지만 불과 서너 마디의 말 때문에 그의 마
음속으로 모래가 흘러들었고, 그는 모래 사막에서 허우적거리고 있지.
흠, 늙으니까 쓸데없는 소리를 지껄이고 있군. 흘려듣게나."
  파일런은 더 이상 입을 열지 않았다. 레미는 두 손에 들고 있던 자
신의 비스킷을 내려다보았다.

'난 지금껏 이걸 얼마나 먹어왔지? 라트에일에서, 수도로 가는 뱃길에서, 또 지금. 그런데 어째서 나는 그렇게 쉽게 구역질을 느낀 걸까? 다른 사람의 말 한마디로 그렇게 쉽게… 모래땅은 마음을 찾아온다…모래땅은 마음을 찾아온다. 내 마음속에서는 지금껏 얼마나 많은 모래들이 흘러 들어왔을까? 그러면서 난 얼마나 현실을 불평해 왔을까? 나 스스로 불러들인 모래땅을 불평하면서 난 얼마나 많은 집들을 부서왔을까? 그 집들의 태반은 나 스스로가 세운 것도 아니었지. 타인이 내 삶 속에 세워준 집들을 내가 모래땅을 불러오고, 내가 부서왔지. 지금 이 여행처럼……'

레미는 입술을 꾹 다물고 가만히 있었다.

"쇼 오빠, 지금 파일런 오빠가 레미 언니한테 말해 준 거 무슨 의미야?"

에피는 파일런과 레미의 눈치를 보면서 쇼에게 귓속말을 소곤거렸다. 쇼는 멀뚱한 눈으로 에피를 바라보았다.

"정말 너처럼 멍청한 계집애는 처음 본다. 역사에 길이 남을 거야."

"거듭 말하지만, 나 같은 어린 시절 보내봐, 재주있나. 의미가 뭔데?"

"스스로 생각해 봐. 그런 건 타인이 설명해 주는 게 아냐."

에피는 눈을 가늘게 뜨면서 흐응 하는 콧소리를 냈다. 쇼는 헛기침을 하면서 맥주를 벌컥거렸다.

"헤에, 오빠도 무슨 소리인지 모르는구나?"

"너, 죽을래? 밤 낚시 미끼로 써버리는 수가 있다. 조용해."

"사실은 오빠도 못 알아들은 거지? 오빠도 마찬가지잖아. 하이 스카우터가 산 타고 칼질하는 거 말고 뭘 잘하겠어. 그치?"

"너, 오늘 밤에 내 손에 죽어볼래? 뭘로 해줄까? 독살? 교살? 척살?

나를 너와 비슷한 지능으로 평가하지 마. 알았으면 밥이나 먹어.”

에피는 반대쪽에 앉아 있던 카라의 목에 매달리기 시작했다. 카라는 에피의 머리를 쓰다듬어 주면서 미소를 지었다.

“언니는 알지? 카라 언니도 레미 언니처럼 이상한 글씨로 된 책을 읽잖아.”

“그럼, 알지.”

“무슨 뜻이야?”

“너와는 전혀 상관없는 말이야. 니 마음속에는 모래가 흘러들 틈이 없단다.”

“그거 칭찬이야?”

“응.”

“헤헤, 다행이다. 어? 근데 난 사막에 한 번도 가본 적 없어. 그리고 어떻게 마음속으로 모래가 흘러들어? 마음은 보이지 않는 건데.”

에피는 머리를 긁으며 헤죽거렸고, 카라는 조용하게 입가에 미소를 머금었다.

“어? 언니… 괜찮아?”

카라의 목에 매달리며 장난을 치던 에피는 걱정스러운 얼굴로 레미를 보았다. 레미는 고개를 숙인 채 지극히 차분한 얼굴로 식사를 계속하기 시작했다. 여행을 하는 동안 핼쑥해진 그녀의 얼굴은 겨울 호수처럼 평온했다. 레미는 다시 단정한 자세로 앉아서 비스킷을 수프에 적셔서 먹고 있었다. 그녀의 표정 어디에도 역겨움이나 괴로움은 보이지 않았다. 그저 처음처럼 느리지만 한결같은 속도로 혼자서 묵묵히 빵을 씹고 있었다.

〈 10 〉

　“저런… 숙녀 분께서 요즘처럼 사나운 분위기 속에서 여행을 하신
다니.”

　레미는 상대의 입에서 ‘숙녀’라는 단어가 나오자 어색하게 미소를
지었다. 빌라인(Biellain) 준남작(Baronet)은 20대 중반쯤으로 보이는
사내로 수도사처럼 짧은 머리의 미남이었다.

　준남작도 세습 계급이기는 하지만 엄밀히 말하면 귀족 계급은 아니
었다. 부유한 평민이나 전공을 세운 평민 출신 전사들에게 내려지는
준작위였다. 지방의 관직을 얻은 평민들도 준남작으로 대우를 받을
수 있었다. 빌라인 준남작은 지붕이 없는 무개마차의 좌석에 앉아서
유쾌하게 웃었다.

　“이거 대단한 우연입니다. 제가 길을 걷는 숙녀 분에게 도움을 드
릴 기회를 얻다니 말입니다. 잘 모르시겠지만, 숙녀 분을 돕는 것은

기사도의 본질이자 귀족의 신성한 의무랍니다."

"아아, 그런가요? 힘들겠군요, 귀족 분들은."

레미는 깍듯이 예의를 갖추어 적당히 대답했다. 추격대들에게 충분히 하천 화물선을 목격시킨 튜멜 일행은 추격대를 떨쳐 내는 시점에서 적당한 강기슭을 선정해 상륙했다. 물론 그들이 고용한 하천 화물선은 계속해서 일정한 속도로 하류로 흘러가도록 계약이 되어 있었다.

튜멜 일행은 도보로 북쪽을 향하기 시작했다. 도중에 적당한 지방 소도시에 들러서 말을 구할 예정이었다. 마차는 이미 예전에 처리했기 때문에 튜멜 일행의 짐들은 간소화되어 있었다. 모두들 가방을 하나씩 메고 있었고, 체력이 부족한 레미의 짐은 일행 중 가장 힘이 좋은 레이드가 대신 짊어졌다.

도보 여행 이틀째 되는 날, 일행은 마침 유람 중이던 빌라인 준남작이라는 사내를 만났다.

빌라인 준남작은 푸른빛이 감도는 화려한 실크 코트에 목에는 눈처럼 하얀 하이칼라를 받쳐 입었고, 북부 귀족들 특유의 하얀 스타킹을 신은 사내였다. 빌라인은 마부 한 명과 하인 한 명, 호위 기사 한 명을 데리고 유람 중에 있었다.

"정말 흉흉한 시대지 뭡니까? 천박한 폴리안들과의 전쟁에, 사자왕 전하께서 얼마 전에 암살당하셨습니다. 참으로 비극적인 사건이 아닐 수 없습니다. 게다가 무슨 일인지는 모르지만 성당 기사단이 소집되었습니다. 어디서 종교 재판이 벌어질 모양입니다. 물론 숙녀 분께서는 이런 일들을 잘 모르시겠지요? 아아, 모르시는 게 당연합니다. 저 정도 지위에 있는 귀족들 사이에서나 떠도는 풍문이니까요. 보통 사람들은 쉽게 접하지 못하는 고위층의 소문이지요."

‘뭐지, 이 남자는?’

“네, 전 보잘것없는 아녀자라서 잘 모르겠습니다.”

레미가 줄곧 고집하는 회색 원피스는 귀족들이 입는 복장과 거리가 멀었고, 튜멜도 남작 문양이 새겨진 코트를 버린 지 오래였다. 때문에 튜멜 일행 중에 귀족으로 보이는 사람은 아무도 없었다. 오히려 파일런의 낡은 하드 레더, 레이드와 에피의 전형적인 용병 복장들은 그들의 사회적 지위를 얼마간 낮춰주었다. 덤으로 모두의 옷들은 지독하게 더럽고 냄새가 났다.

“아름다우신 숙녀 분께 이름을 묻는 기회를 주실 수 있으신지요?”

레미는 자칫하면 곧바로 자신의 이름을 말해 주는 실수를 할 뻔했다. 평민으로 가장한 그녀였기 때문에 귀족들의 말투를 쉽게 알아들어선 곤란했다. 그녀는 가볍게 헛기침을 하고는 고개를 갸우뚱하면서 빌라인 준남작을 바라보았다. 잘 못 알아듣겠다는 그녀의 연기는 준남작에게 정확하게 먹혀 들어갔다.

“죄송하지만 무슨 뜻인지요?”

“아아, 그만 귀족들의 말투가 나왔군요. 용서하십시오. 아가씨의 이름은 뭐죠?”

“레미예요. 성은… 없어요.”

“저는 빌라인 인스톡타인(Biellain Inthdocktain)이라는 이름을 갖고 있습니다. 인스톡타인은 1세기 전 저희 가문의 시조께서 국왕 폐하께 친히 하사받으신 성입니다. 전 인스톡타인의 후계자입니다.”

‘준남작 지위를 국왕이 하사하던가? 백작령 이상의 영지에서 영주 재량으로 내리는 준작위가 아니었나?’

레미는 생각과는 달리 감탄하는 얼굴로 고개를 끄덕거렸다. 그녀로

서는 이런 부류의 사람들을 대하는 것이 더 쉬웠고 편했다. 레미는 에피의 직선적인 솔직함이나 카라의 어딘지 모를 예리함을 상대하는 것보다 더 편하게 느껴지고 있었다.

"어이, 튜멜."

"왜?"

튜멜은 못마땅한 표정을 지었다. 이언은 등에 메고 있던 자루형 가방을 추스르면서 그에게 다가왔다.

"용기를 가져. 저런 머저리도 아무런 고민 없이 세상을 살아가고 있어."

"의도하는 바가 뭐냐?"

"저런 슬라임과 붙어다니면 여행이 한결 쉬워진다는 거. 경험에서 나오는 말이야."

이언은 땀에 젖은 이마를 소매로 닦아내며 말했다. 튜멜은 빌라인 준남작을 보면서 어금니를 힘주어 깨물었다. 튜멜은 고작 준남작의 지위에 있는 자가 귀족을 사칭하면서 거드름을 피우는 태도가 전혀 마음에 들지 않았다.

'귀족의 몸가짐이 무언지도 모르는 자가 귀족을 사칭하다니. 세상이 대체 어떻게 돌아가고 있는 거야?'

튜멜은 그저 빌라인 준남작의 뒤통수를 노려보면서 발걸음을 재게 놀리고 있었다. 마음 같아서는 당장 저 마차에서 끌어내려 호되게 호통을 치고 싶은 욕구가 튜멜을 괴롭히고 있었다. 귀족도 아닌 자가 귀족 행세를 하는 것은 귀족으로서의 자존심을 자극하는 일이었다. 하지만 신분을 숨겨야 하는 처지였기 때문에 그저 묵묵히 마차가 피워 올리는 흙먼지를 마셔가며 걷고 있었다.

빌라인 준남작은 자신과 레미, 마부를 제외하면 모두가 걷고 있다는 사실을 무시한 채 마차의 속도를 높일 것을 종용하고 있었다. 다행히 그의 마부는 경험이 많은 사내였고, 대충 시늉으로 채찍을 휘익 휘둘러 속도를 높이는 흉내를 냈다. 빌라인 준남작은 만족스러운 얼굴로 되돌아갔다. 준남작을 따르는 하인과 호위 기사는 지치고 권태로운 얼굴로 묵묵히 마차를 따라 걷고 있었다.

"어디까지 가십니까?"

"그런 것은 제 여행을 돌봐주시는 일행 분들에게 질문하셔야죠. 아녀자가 무엇을 알겠습니까, 귀족 어르신."

레미는 미소를 지으며 능숙하게 질문의 화살을 동료들에게 떠넘겼다. 빌라인 준남작은 고개를 돌려 튜멜 일행을 가볍게 훑어보았다.

"자네들, 이 숙녀 분을 모시고 어디까지 가는 건가?"

빌라인 남작은 흙먼지 길을 걷고 있는 튜멜 일행 중에서 리더는 파일런이라고 판단했다. 파일런 디르거는 천천히 고개를 들었다. 흰 눈썹 아래로 움푹 꺼진 눈동자가 무표정하게 빌라인을 보고 있었다. 하지만 텁수룩해진 하얀 수염 사이에 굳게 닫혀진 그의 얇은 입술은 쉽사리 열리지 않았다. 레이드는 턱을 긁으며 파일런과 빌라인을 번갈아 쳐다보았다. 빌라인은 눈살을 찌푸리면서 손가락으로 파일런을 지명했다.

"이봐, 늙은 용병, 목이 잘리고 싶은 건가? 귀족이 질문을 하면 대답을 해야지. 요즘은 귀족 무서운 것을 모른다니까. 나원."

"한제 도시 연맹의 베렌을 목적지로 삼고 있습니다. 귀.족.어.르.신."

파일런은 무겁게 입을 열었다. 하지만 파일런 디르거의 낮고 묵직한 말투는 빌라인의 마음에 들지 않았다. 하지만 빌라인은 일단은 그 냥 넘어가기로 마음먹었다.

레미는 두 손을 가지런히 무릎 위에 올려둔 채 달라진 주변 풍경을 보고 있었다.

"베렌이라… 그럼 나도 목적지를 그쪽으로 잡으면 되겠군."

빌라인은 다시 자세를 바로잡아 레미를 보면서 미소를 지었다.

"문제가 좀 심각하군요."

이언은 당장이라도 쓰러질 듯이 지치고 피곤한 얼굴로 파일런에게 다가왔다. 파일런 디르거는 예의 낡은 로브를 뒤집어쓰고서 묵묵히 길을 걷고 있었다.

"저 바보가 분명히 말했죠?"

"예상했던 일이지만 곤란하군, 성당 기사단이라니. 자네 애정 생활 에 대해서 뭐라고 하는 건 아니지만, 좀 주의하게나. 모두가 뱀파이어 를 애인으로 만들지는 못하네."

"그 도적단 두목 녀석을 만날 줄은 몰랐습니다. 잔재주 마법으로 상대할 인간은 아니더군요. 그렇다고 싸구려 롱 소드로 싸울 상대는 더 더욱 아니고요."

"수도에서 뱀파이어의 힘을 사용한 건 심각해. 덕택에 우리들을 추 적할 명분이 하나 더 생겨 버렸지."

"한 가지 확실히 말하자면, 저는 저 마녀를 발트하임 수도 광장에 서 화형당하게 놔두진 않을 겁니다. 모든 인간들을 적으로 돌리게 되 더라도."

이언은 레미만큼이나 지쳐 버린 얼굴을 하고 있었다. 그는 땀에 젖 은 머리칼을 걷어 올렸다.

"어쨌거나 저런 얼치기 바보에게까지 성당 기사단 소집 소문이 퍼졌다면 전국으로 소문이 퍼져 나가고 있다고 봐야 하겠죠. 저 바보 자식도 수도에서 가까운 어딘가의 마을 술집에서 주워들은 소문일 겁니다."

"대충 우리의 여행 속도와 비슷하다고 생각하면 계산이 그다지 틀리지 않을 거야. 성당 기사단의 소집이 얼마나 걸릴 것 같나?"

"보통 정규 기사단보다는 훨씬 빠를 겁니다. 라이어른 6개 국에 있는 모든 대성당에서 동시에 성당 기사단이 소집되겠죠. 게다가 중앙 대교국에서 전 대륙으로 연결된 교회 연락망의 위력은 오래전에 이미 증명된 사실이죠."

"맞네. 왕실에서도 지방과의 긴급 연락에는 교회 연락망을 이용하는 실정이지. 우리가 발트하임에서 브레나로 국경을 넘어가 한제 도시 연맹으로 들어가는 게 시간 싸움이 될 것 같은데… 별로 유쾌하진 못하군."

파일런은 뺨을 타고 흐르는 땀에 엉겨붙는 흙먼지를 닦아내면서 말했다. 대륙, 특히 중앙산맥 이북의 북부 지방은 교회 국가라는 별명이 무색하지 않을 정도로 교회나 수도원의 숫자가 많았다. 대주교가 있는 대성당을 비롯하여 성당과 교회들, 그리고 알레우스 교와 지드 교의 하위 분파 소속 수도원들은 대륙을 촘촘히 연결하고 있었다. 하페우스 3세가 제국을 세우며 왕권과 귀족에 의한 지방 영주제를 확립하기 이전부터 아피아노의 중앙 대교국은 그러한 유기적 교회 조직을 구축하고 있었다.

"라이어른 전체가 우리의 적이 되는 상황이야. 각국에서는 사자왕 암살범으로 우리를 추적할 거고, 교권에서는 뱀파이어 처단을 빌미로 성당 기사단을 움직일 거야."

"지난 십여 년 동안 성당 기사단이 소집될 구실이 없어서 약화된 세력을 만회할 기회라고 여길 겁니다. 이거, 중앙 대교국에서도 총력 전으로 나오겠는데요?"

"이 정도 인원으로는 성당 기사단과 싸우지 못해. 자네 생각은 어떤가?"

"저는 도망쳐 버릴 겁니다. 칼잡이 신부님 따위와 싸울 정도로 미치진 않았습니다."

이언은 고개를 돌려 뒤를 따르고 있는 일행들을 보면서 말했다. 파일런과 이언의 등 뒤로는 성당 기사단 소집 사실도 모르는, 또한 그것에 전혀 개의치 않는 사람들이 있었다. 카라와 에퍼는 쉴 틈 없이 수다를 떨면서 걷고 있었고, 그 뒤로는 수도에서 카라의 위력을 실감한 두 사람인 레이드와 쇼가 불안한 눈으로 카라의 뒤를 따르고 있었다. 이들 네 사람은 대륙의 정세 따위에는 조금도 관심이 없었다.

〈 11 〉

"제대로 준비된 거겠지?"

빌라인 준남작은 귓속말로 물었다. 빌라인의 호위 기사는 무뚝뚝한 표정으로 고개를 아주 조금 움직였다. 모닥불 주변에는 레미라는 여자와 그녀를 수행하는 하인들이 둘러앉아 있었다. 어둠 속에서 레미의 뺨은 붉게 물들고 있었고, 짙은 음영을 드리우고 있었다. 빌라인은 짐짓 무심한 표정을 가장하고 있었다.

'이런 허허벌판에서 뜻밖의 횡재를 했어. 뭐, 뛰어난 미인은 아니지만 어딘지 사람을 끌어당기는 무언가가 있어. 저런 분위기를 가진 여자는 흔치 않아.'

빌라인 준남작은 만족스러운 표정으로 모닥불 곁으로 다가갔다. 일행이 늘어난 만큼 하루 여정이 짧아졌고, 빌라인 준남작은 목적지로 잡았던 도시에 도착하지 못하고 야숙을 해야 했다. 태어나서 처음 해

보는 야숙이었지만 빌라인 준남작의 기분은 그다지 나쁘지 않았다. 아니, 그로서는 주변에 귀찮은 눈들이 없다는 사실이 오히려 즐거웠다.

빌라인의 하인이 서둘러 차를 준비해 튜멜 일행들을 대접했다. 레미를 제외한 나머지 일행들은 일단 빌라인에게는 레미를 수행하는 하인이라고 소개했었다. 그렇기 때문에 의외의 대접에 어리둥절한 표정을 지었다. 라이어른에서 귀족이 평민들에게 차를 대접하는 것은 그다지 보편적인 일이 아니었다. 물론, 빌라인은 엄밀히 말해서 귀족은 아니었다.

"이야~ 맛있다! 이거 비싼 찻잎이죠? 역시 비싼 찻잎은 맛도 좋아."

에피는 특유의 고음으로 밤 공기가 어수선할 정도로 떠들고 있었다. 쇼와 레이드는 그런 에피의 입을 다물게 하려고 식은땀을 흘리고 있었다. 하지만 골렘과도 친해지고, 어떤 상황 속에서도 주눅 들지 않는 에피의 성격을 억제하는 것은 무리였다. 하지만 빌라인은 키가 작고 남자처럼 머리를 자른 용병 차림의 여자에겐 전혀 관심이 없었다.

'저 미친 마법사는 어쩌자고 이런 사람과 동행을 고집하는 걸까?'

레미는 이따금 지극히 평범한 숙녀다운 표정을 지으며 빌라인의 시선을 귓가로 받아내고 있었다. 그녀는 뺨으로 와 닿는 빌라인의 끈적거리는 시선을 느끼며 불쾌감을 억누르고 있었다.

"아……."

빌라인의 집요한 눈길을 거북스럽게 받으며 차를 마시던 레미는 갑자기 찻잔을 떨어뜨렸다. 레미는 이해가 가지 않는 얼굴로 튜멜과 이언을 바라보았다. 그리고 다시 빌라인 준남작을 바라보았다. 레미는 지금 상황을 이해하지 못하겠다는 듯한 표정을 짓고 있었다.

"어디 편찮으신가요?"

빌라인은 미소를 지었다.

"제, 제기랄! 뭘 넣은 거냐?"

쇼도 레미처럼 찻잔을 떨어뜨리며 빌라인 준남작에게 이빨을 드러냈다. 거의 동시에 튜멜 일행들은 차가운 풀밭 위를 뒹굴기 시작했다. 튜멜이 가장 먼저 바닥에 얼굴을 묻은 채 의식을 잃었고, 나머지 사람들은 검을 뽑으려는 자세로 쓰러졌다. 유일하게 쇼가 끝까지 버티며 롱 소드를 뽑아 들었지만, 이내 무릎을 꿇었다.

"편안하게 가게나. 노랑날개꽃 뿌리의 독약이지. 살아남을 확률은 거의 없을 테니까 안심하게. 하하하."

"이, 이런… 바보 같은… 제기랄…….."

마침내 쇼도 롱 소드를 떨구고 넘어졌다. 빌라인은 만족스러운 표정으로 크게 웃었다. 빌라인의 하인들은 이골이 난 표정으로 그의 눈치만 살피고 있었다. 숲이라고 부르기에는 너무나 초라한 숲 속은 어둡고 조용했다.

현재의 발트하임에는 폴리안과 전면전이 시작되었다는 소문이 진위가 가려지지 않은 채 떠돌고 있었다. 그런 소문은 각 도시에서 철수해 버린 기사단들 때문에 더욱 설득력을 얻고 있었다. 게다가 이미 사자왕 베오하이트의 암살 소식과 그 원흉이 게일이라는 사실까지 기정사실화된 상태였다. 때문에 라이어른 각국을 오가는 교역상들의 숫자는 급격히 줄어들었다. 사소한 이윤을 위해서 목숨을 거는 교역상들은 없었고, 발트하임과 게일을 제외한 라이어른 맹약국들은 자국에서 빠져나가는 교역품들을 통제하여 모든 것들을 비축하기 시작했다. 특히 금과 식량, 철광석은 비축 목록 최우선 순위였다.

교역상들의 숫자가 감소하면서 타격을 보는 것은 각 지방의 중계 도시였다. 각 지방을 연결하는 간선 도로인 동부와 서부, 남부와 북부 대로들과 라이어른 3대 하천인 이아르 강, 야르 강, 레센 강 등의 하천이 교차하는 곳에 위치한 대도시들은 경작이나 목축보다는 상거래에 의존했다. 그래서 각 교역 도시들은 일주일 단위로 물자 부족 현상이 심화되고 있었다.

더욱 피해를 보는 것은 그런 중계 도시 덕택에 살아가는 중소 도시들과 촌락들이었다. 광산에서는 불을 밝힐 짐승 기름을 구하지 못해서 채굴 작업이 중단되고, 채굴 작업이 중단되면서 철광석이나 석탄이 부족해져 다른 지방에서 어려움을 겪었다. 그나마 하천을 이용한 하천 무역은 어느 정도 현상 유지를 하고 있었다. 뱃사람들이 무서워하는 것은 전쟁이 아니라 괴혈병이나 붉은 거리에서 얻어오는 성병 따위였다.

각 지방 치안을 담당하는 기사단이 사라져 버린 라이어른 각국들은 대륙 최악의 전란기였던 암흑 시대 수준으로 위험한 상태가 계속되고 있다는 의견까지 있을 정도였다. 게다가 언제 발트하임과 게일, 혹은 라이어른 전국이 내전 상태에 돌입할지도 몰랐다.

몇 해 전에 벌어졌던 '아메린의 내전'으로 왕권이 바뀐 아메린의 경우를 보면 내전이 얼마나 치명적인 위험 요소인지 증명되었다. 대륙 최강의 역량과 규모의 기사단을 보유한 아메린이었지만 겨우 반 년 동안의 내전만으로 국가의 존립 자체가 흔들릴 지경이었다. 내전이라고는 하지만 실제 내전에 참전한 병력은 양측 다 합쳐서 3개 연대였다.

3개 연대가 충돌한 내전 때문에 아메린은 심각한 전후 처리에 고심하고 있었다. 그런 아메린은 현재 오랜 앙숙인 크림발츠만을 견제할 뿐 대륙 전체의 정세에는 철저하게 한 발자국 벗어나 있었다.

하지만 라이어른의 내정은 아메린처럼 조직적이고 건실하지 못했다. 보다 심각한 상황은 폴리안과 국경 분쟁이 시작된 상태였다는 점이었다. 라이어른처럼 6개 국으로 분열되어 정치적으로 불안정한 국가에서 내전은 치명적인 문제점이었다.

그럼에도 불구하고 대다수의 평민들은 좀처럼 자신들의 터전에서 벗어나려고 하지 않았다. 어딘지도 모를 평원 한복판에서 전쟁을 맞이하는 것보다는 자신의 움막에서 맞이하는 전쟁이 나을 거라는 믿음 때문이었다.

일주일 단위로 경제 사정은 악화되고 있었고, 떠도는 소문의 질은 점점 더 나빠지고 있었다. 가난한 지방에선 굶주림에 지쳐 어린아이들을 수프로 끓여서 끼니를 때웠다는 미확인 소문까지 나돌 지경이었다. 더불어 수도에 나타났다는 뱀파이어와 쥐 떼들의 소문은 그 전파 속도가 의심스러울 정도의 빠른 속도로 퍼져 나갔다. 사람들이 그 소문을 듣는 순간 최초로 떠올리는 단어는 '흑사병'이었다.

암흑 시대의 전란기 동안에 전쟁으로 죽어간 사람들보다는 흑사병으로 죽은 사람들이 더 많았다. 수도로 들어가던 교역상들의 발길이 일제히 끊어져 현재 발트하임의 수도는 고립 상태가 되었고, 수도 근처의 소규모 촌락들에서는 동시 다발적으로 수도에서 출발한 여행자들을 농기구로 죽이는 사태까지 벌어지고 있었다.

그런 악화된 상황 속에서 성당 기사단의 소집은 역효과가 더 많았다. 교권이 갖고 있는 유일한 군대가 움직이기 시작하게 되었다는 상황을 의미했다. 각 지방의 대성당을 중심으로 성당 기사단들이 비상소집되었고, 대성당 산하의 성당들과 교회들까지 성당 기사단 병사가파견되었다.

하지만 그런 불안정한 정세는 평민 계층에 한정된 일들이었다. 귀족 계층들 중에는 여전히 한가하게 유람을 다니거나 사냥 여행을 다니는 귀족들이 많았다. 그리고 빌라인 같은 준귀족들도 그들의 유행에 편승하면서 귀족 계층에 편입되려고 애쓰고 있는 실정이었다. 그나마 자비를 들여서 군대를 소집해 자신의 영지 치안 확보에 기를 쓰며 재산을 소모하는 양심적인 귀족들이 소수지만 전혀 없는 것은 아니었다는 사실이 다행이었다.

한가하게 대륙을 떠돌던 빌라인은 수도에서 출몰한 쥐 떼와 뱀파이어, 그리고 성당 기사단의 풍문을 듣자마자 여정을 북쪽으로 잡았다. 대륙 전체가 전란에 휩싸이지 않는 한, 북쪽의 라이어른 국가들이 전쟁에 휘말릴 위험은 희박했기 때문이었다.

"이 여자는 죽지 않았겠지?"

"네, 여자의 찻잔에는 단지 수면화에서 뽑아낸 수면제를 사용했습니다."

"그래야지. 어디 기왕이면 처녀였으면 좋겠군. 하하하."

빌라인 준남작은 레미에게 다가서면서 웃고 있었다. 그의 하인들은 달 밝은 밤하늘을 감상하는 흉내를 내면서 하늘을 올려다보고 있었다.

여행을 하는 동안 빌라인이 계급을 앞세워 평민 여자들을 폭행한 것은 어제오늘 일이 아니었다. 스스로의 입으로 자신은 대륙 전란기의 희생자 세르비안 남작의 낭만을 이어받았다고 자청하는 빌라인은 폴리안과의 전면전 소문을 암흑 시대와 대입시키고 있었다.

"세상이 혼탁하기에 난 여자를 품는 거지. 하하하."

"썩어 빠진 놈! 썩어 빠진 녀석!! …귀족도 아닌 주제에! 귀족으로서 최소한의 덕목이 무언지도 모르는 녀석이! 넌 명예와 수치가 뭔지도 모르는가? 귀족 흉내를 내기 전에 뭐가 귀족인지, 아니, 참다운 인간으로 사는 것이 무언지 생각해 봤나!"

"너, 넌… 어떻게……."

"케이시 파온 튜멜이 내 이름이다. 발트하임의 영지 테일부룩의 남작령을 다스리는 튜멜 남작이다. 무릎을 꿇어라, 이 더러운 자식!"

케이시 튜멜은 벌떡 일어서서 롱 소드를 움켜잡은 채 호통을 치고 있었다. 여행이 계속되는 동안 튜멜은 욕설을 내뱉는 횟수가 잦아지고 있었다. 튜멜은 벌떡 일어서면서 검을 잡았지만 함부로 뽑지는 않았다. 잔뜩 찡그린 그의 얼굴에 남겨진 칼자국이 모닥불빛 속에서 섬뜩한 음영을 그리고 있었다. 순하고 부드러운 인상을 가진 튜멜이었지만 이마와 눈을 가로지르는 칼자국 하나로 인상이 변해 있었다.

"예절이 뭔지도 모르는 인간이 어찌 귀족임을 자처하는가! 그런 비열한 성품을 가진 네 녀석이 무슨 생각으로 귀족이고 싶어하는 거냐! 어서 무릎을 꿇고 사죄해라."

"어, 어떻게 살아 있는 거지? 네놈들, 일 처리를 어떻게 한 거냐?!"

빌라인은 남작임을 자처하는 사내를 보면서 화가 치밀고 있었다. 그는 감정을 추스르지 못하고 하인을 질책하기 시작했다. 빌라인의 호위 기사는 빌라인의 호통에 어깨를 움츠리면서 검을 뽑아 들고는 스산하게 웃었다.

"깨어났다면… 다시 죽이면 되는 겁니다, 주인 어르신."

호위 기사는 롱 소드를 뽑아 튜멜을 겨냥했다. 튜멜은 어금니를 다문 채로 롱 소드를 힘주어 잡았다.

'할 수 있을까, 내가? 타인의 도움 없이 혼자만의 힘으로?'

튜멜은 어둠 속에서 검끝이 자신을 겨냥하자 무릎이 떨리기 시작하는 자신에게 넌더리를 내고 있었다.

사람이 노래를 부를 때 사람은 행복해진다. 하지만 또 사람이 노래를 부를 때 사람은 불행해진다. 인간이란 본능적으로 자신의 마음을 비추는 노래를 찾는 법이다.

침대 속에서 난도질을 당하고 죽어가면서 새벽을 맞이했던 세르비안 남작의 경구가 튜멜의 머리 속을 맴돌았다. 어째서 이런 상황 속에서 그런 경구를 기억했는지 튜멜 자신도 알지 못했다. 하지만 튜멜은 문득 어렵기만 하던 그의 미완성 저서가 이해될지도 모른다는 예감을 느끼고 있었다.

'지옥은 스스로가 만들어낸다. 스스로 지옥을 만들고, 스스로 그곳에 자신을 가둔다. 그리고는 현실은 힘든 거라는 미친 소리를 지껄이지.'

'그, 그런 의미였을까?'

처음으로 동료들의 도움없이 혼자서 검을 마주하게 된 튜멜은 그렇게 자문했다. 언젠가 처음 여행을 떠나서 들렀던 시골 도시에서 하 이언이 그에게 해준 말이었다. 도적들에게 포위당한 상황 속에서 혼자서 도적들을 막아내던 이언은 지친 목소리로 그렇게 말했었다.

'나… 혹시 핑계를 대고 있었던 건가? 두려워서… 수치심 때문에…

지금까지 한 번이라도 진지하게 검술 훈련을 한 적이 있던가? 진심으로 저지 미노트 어와 역사를 공부했던 적이 있던가? 스스로 진심으로 예의가 중요하다고 생각한 적이 있던가? 단지 손가락질 받기 싫어서 예의와 격식을 따졌던 건 아닌가?'

"뭐 해? 어서 죽여 버려!"

빌라인 준남작의 호통에 튜멜은 현실로 되돌아왔다. 그리고 맹렬한 적개심을 느끼며 어깨를 떨었다.

'저런 인간도… 저런 인간도 살아가는데… 내가 왜 죄책감 속에서 괴로워해야 하지?'

튜멜은 본능적으로 검을 비껴 들었다. 뒷전으로 밀려나 있었다고는 해도 여행을 하는 동안에 튜멜은 갖가지 전투를 목격해 왔다. 그리고 얼굴에 칼자국까지 남기게 되었다. 이언은 고의적이라는 의심을 받기에 충분할 만큼 불필요하게 피를 불러 들여왔다. 튜멜은 이제 더 이상 피를 보고서 구토하지 않았다.

카락!

어둠 속에서 검날이 교차하면서 불꽃을 튀겼다. 튜멜은 휘청거리는 무릎을 간신히 가누면서 넘어지지 않았다. 하지만 그의 검끝은 땅을 보고 있었고, 충격을 받은 어깨는 떨리고 있었다.

"바보 남작."

이언은 하품을 하면서 무릎을 털었다. 쇼는 롱 소드를 손바닥 안에서 빙글 돌리면서 일어섰고, 에피는 쓰러지는 와중에 곱게 내려놓았던 찻잔을 다시 집어 들었다.

"뭐, 뭐야? 어떻게……."

"병신들."

쇼는 모닥불빛에 검날을 비춰보면서 짧게 내뱉었다.

"노랑날개꽃은 독약이 아니라 진통제로 쓰이는 마약이야. 그리고 뿌리가 아니라 개화가 끝난 직후의 어린 잎사귀만이 약효가 있어. 뿌리는 그냥 풀뿌리하고 다를 바가 없지. 사기를 칠려면 공부 좀 해라."

"아아, 이 아이가 칼에 맞았을 때 진통제로 쓰던 거?"

"에? 나한테 그런 걸 먹였던 거야?"

카라는 창백한 미소를 지으며 에피를 쓰다듬었다.

"네, 네놈들, 지금 감히 귀족에게……."

"병신들이 놀고 있네. 난 베일의 하이 스카우터야. 라이어른의 놈팽이가 귀족이든 왕족이든 상관없어. 죽어서 땅속에 묻어버리면 왕족이든 뭐든 알 게 뭐야?"

"농담은 그만 하고 대충 끝내지."

파일런이 말을 끊으며 한 걸음 나섰고, 자신의 클레이모어를 가볍게 뽑아 들면서 휘둘렀다. 마치 관절을 풀기 위한 가벼운 손짓 같았다.

툭!

튜멜을 거의 제압했던 빌라인의 호위 기사는 바닥을 뒹굴었고, 클레이모어에 잘려진 그의 머리는 핏덩이 속에서 젖어들었다. 파일런은 풋내기처럼 기합성을 지르지 않았고, 혼신의 일격을 가하지도 않았다. 평생을 전장에서 지내온 늙은 사내는 가장 효율적으로 검을 쓰는 방법을 알고 있었다. 그가 너무나 태연하고 자연스럽게 검을 휘둘렀기 때문에 누구도 호위 기사가 목이 잘려진 시체가 된 사실을 납득하지 못했다.

"네놈이 처음부터 이런 수작을 부릴 줄 알았어. 우리 쪽에 독약 전문가가 있는 줄은 몰랐지? 저 녀석은 독사에게 물려도 끄떡없는 녀석이야."

여행 내내 가장 피로도가 심한 이언은 땀을 훔치며 차갑게 말했다. 쇼는 검을 가지고 장난을 치다가 멀뚱한 표정을 지었다.

"남들보다 조금 오래 버틸 뿐이야. 내가 슬라임이냐? 독사에게 물리면 나도 죽어. 하여간 차를 마시다가 노랑날개꽃 뿌리 맛이 나길래 좀 어이가 없었지. 애써서 만든 해독제를 미리 먹어둔 보람이 없잖아?"

"맞아. 나 아직도 혓바닥이 얼얼해. 그거 진짜 맛없더라."

쇼는 어깨 너머로 에피를 잡아먹을 듯이 으르렁거렸다.

"대책없는 계집애, 해독제가 산딸기 파이인 줄 알아?"

"히잉, 자기는 항상 나만 미워해."

"모두들 시끄러!!"

튜멜은 검을 든 채로 서서 소리를 질렀다. 이마의 흉터를 중심으로 그의 얼굴은 차갑게 일그러졌다.

"귀족이란 그늘을 기웃거리는 이 작자는 그렇다고 쳐. 도대체 네놈들이 이 작자와 다른 게 뭐지? 자신보다 약한 상대는 거침없이 죽이고, 자신보다 강한 상대를 만나면 죽어라 도망치고. 너희들은 명예라는 걸 모르는 건가?"

"몰라, 당연히."

"뭐, 뭐라고 했냐? 미친 떠돌이!"

이언은 한숨을 쉬더니 카라와 장난을 치고 있던 에피의 허리춤에서 롱 소드를 뽑아 들었다. 그리고는 날씬한 검신을 꼼꼼하게 살펴보았다.

"다른 놈들은 어떤지 모르지만 적어도 나는 명예란 음담패설을 즐기지 않아. 동방의 오랜 속담이 있지. '사자는 코끼리와 결코 싸우지 않는다'. 내 좌우명이기도 해."

"끄아악!"

이언이 내뻗은 롱 소드에 심장을 관통당한 마부는 목구멍에서 피를 뱉어내면서 비명을 질렀다. 이언은 한겨울 눈보라 같은 눈길로 튜멜을 보았다.

"그렇게 스스로에게 자신이 없나? 명예라는 거울에 자신을 비춰 보지 않으면 콧구멍이 어디 있는지도 모르나? 인간이 스스로의 행동에 자신감을 갖지 못할 때 보편성을 찾게 되지. 누구에게나 옳은 것이다… 라고. 이를테면 명예나 체면, 자존심, 혹은 도덕이나 때로는 예절 같은 것들. 아! 그래, 정의도 있었지."

이언은 검을 타고 흐르는 피를 털어냈다.

"그게 동방의 속담과 무슨 상관이냐?"

"있지. 현실을 직시하라는 거야. 사자는 백수의 왕이라는 명예 때문에 코끼리의 발 밑으로 기어 들어가지 않아. 정의를 위하여, 명예를 지키기 위하여… 를 외치며 코끼리에게 밟혀 죽는 존재는 인간뿐이야. 특히 너, 케이시 튜멜 남작."

"뭐?"

"스스로 피를 묻히기 두려워하고 무서워하는 주제에 함부로 노처녀를 지키겠다고 주절거리지 마. 노처녀를 노리는 상대가 나보다 약하다. 주저 말고 싸워. 그리고 상대가 나보다 강하다. 간단해. 노처녀를 들쳐 업고 도망치는 거야. 귀족의 명예를 떠들면서 우리 중에서 가장 사람을 차별하는 건 너야. 제발 정신 좀 차려라. 내가 네 가정교사냐?"

"그렇다고 함부로 사람을 죽여서 어쩌겠다는 거야!"

레미는 구겨진 스커트 자락을 펴면서 일어섰다. 레미는 바닥을 뒹구는 시체들을 보지 않으려고 애쓰면서 차분하게 정돈된 얼굴을 하고 있었다.

"어? 수면제 먹지 않았냐?"

"가끔 잊어버리나 본데, 나도 너만큼의 조심성은 있어. 찻잔에 입술만 대고 있었을 뿐이야. 그리고……."

레미는 무덤덤하지만 눈길을 마주치기 힘든 시선으로 빌라인을 응시했다. 빌라인 준남작은 이제 말문이 막힌 채 멍청하게 서 있었다.

"당신의 어머니도 여자였을 테죠? 여자는 남자들의 부속물이 아니에요. 크림발츠에서는 여왕이 넓은 영토와 식민지들을 통치하죠. 여자란 존재는 당신의 장난감이 아니에요. 축제일의 오리 구이 요리 취급하지 말아요."

"나, 난 준남작이야! 네놈들이 감히 귀, 귀족을 능멸하려는 건가!"

퍽!

빌라인 준남작은 부러진 이빨을 뱉어내면서 나뒹굴었고, 피를 토하며 기침을 했다. 튜멜은 핏대가 솟은 얼굴로 이를 갈면서 검집을 들고 있었다.

"귀족? 그렇게 귀족이 되고 싶나? 난 그 알량한 귀족이란 것 때문에 내 어린 시절을 희생했고, 내 어머니를 제물로 바쳤어. 내 형제들은 내가 6살 때 나를 말구유 통에 던져 넣고 즐겁게 웃었어. 난 어렸을 때 그게 귀족이 되는 과정이라고 생각했어! 태어나면서 귀족이 아닌 자는 그런 수모 속에서 인내를 배워야 한다고 생각했어! 내 어머니는 죽기 전까지 말하셨지. 어떤 아픔 속에서도 인내하면서 귀족으로 남으라고! 자유를 희생한 아픔이 뭔지 배우라고! 권리를 대출받고 의무라는 이자를 갚는 기분을 잊지 말라고! 넌 그런 게 어떤 건지 알아? 귀족이 되고 싶으면 귀족이란 뭔가부터 고민해! 넌 귀족이랍시고 사람들을 학대하는 인간들보다 더 더러워!!"

튜멜은 붉어진 얼굴로 소리를 지르며 검집을 치켜들었고, 빌라인은
두 번째 매를 맞지 않으려고 몸을 움츠렸다. 튜멜은 빌라인을 때리지
않았다. 대신에 이언을 노려보았다.

"명예가, 예절이, 도덕이 허울 좋은 위선이라고? 그럼, 그런 것들이
없으면 이 자리에 서 있지도 못하는 시절을 보냈던 난 뭐지? 그런 것
들이 유일하게 나를 지켜주던 내 어린 시절은 뭐지? 그럼 난 어째서
살아가고 있는 거지? 그럼 어째서 난 내 어머니를 잃어야 했던 거지?
태어나서 한 번도 어머니의 품에 안겨보지 못했던 나는 뭐지? 넌 전쟁
터에서 형제를 잃었다고? 형제를 스스로 죽여야 했다고? 전쟁터도 아
닌 곳에서 싸우며 살아야 했던 내 인생은 뭐지? 크흐흑……!"

튜멜은 기어코 무릎을 꿇으면 오열했다. 결혼할 나이의 사내가, 그
것도 귀족이 타인들 앞에서 울고 있었다. 튜멜은 부끄럽다고 느끼지
못했다. 그저 숨이 막혔고, 한 번이라도 마음껏 호흡하고 싶었다. 튜
멜에게 다가간 레미는 튜멜의 손에서 롱 소드를 치우려 했다. 하지만
튜멜은 필사적으로 롱 소드의 손잡이를 쥐고 있었다.

밤하늘에는 별들이 미소 짓네요.

밤하늘은 정말 아름다워요.

어떤 꿈을 꾸고 싶나요?

웃으면서 잠들어요.

그래야 예쁜 꿈을 꾸게 된답니다.

사랑하는 나의 아기.

요람 속에서 웃고 있네요.

웃으면서 잠들어요.
그래야 예쁜 꿈을 꾸게 된답니다.

난처한 얼굴로 튜멜의 팔에 매달려 있던 레미는 자신도 모르게 주저앉았다. 소리없이 다가온 카라는 바닥에 앉았다. 카라는 조용히 노래를 부르며 튜멜을 안아주었다. 그녀의 가슴에 얼굴을 묻은 튜멜은 너무나 오랫동안 참고 있었던 울음을 터뜨렸다. 튜멜이 끅끅거리면서 울고 있는 동안에 카라는 낮고 조용한 목소리로 자장가를 불러주고 있었다.

"어, 엄마……."

튜멜은 자신이 그렇게 듣고 싶었던, 하지만 한 번도 듣지 못했던 자장가를 들으며 울었다. 가슴을 막고 있던 모든 것들을 뱉어내고 싶었다. 낮고 조용한 자장가 소리라면 더럽게 토해내는 소리를 감춰줄 것만 같았다. 카라는 가만히 눈을 감고서 세상에서 가장 슬픈 자장가를 부르고 있었다.

〈 4권으로 이어집니다 〉

설정 자료집

Ⅰ. 국가 및 수도 일람표

* ':' 표기 이후 표기되는 지명은 수도를 의미함.

1. 대륙 서부

대륙의 서부는 지도를 기준으로 동서 방향으로는 '중앙산맥'을, 남북으로는 '샤웬(Shawenn) 산맥'을 기준으로 서쪽 지역을 의미한다. 크게 '아메린 고지(Amerin Highland)'와 샤웬 평야가 있는 '샤웬 반도'로 구성되어 있다.

◆아메린(Amerin):에벨리나(Evelina)

2. 대륙 중부

대륙의 중부는 중앙산맥에서 녹해(Green Sea)에 이르는 지역으로 가장 넓은 지역이다. 보통 샤웬 산맥이 끝나는 퀸즈 베이(Queen Bay)를 시작으로 아피아노 반도(Apyano Peninsula)까지 이르는 해안선 위쪽을 지칭한다. 가장 많은 국가들이 모여 있는 지역이다.

◆크림발츠(Krimwaltz):하리야나(Hariyana)

◆아피아노(Apyano):아피아노아(Apyanoa)

◆스톨츠(Stoltz):레카야(Lakkaya)

◆베일 칸토 연합(Veil Canto Unoin):4개의 Canto(속주)가 모인 국가. 조세권, 외교권은 쥬트 베일이 갖고 있고, 지역 방어만을 각 칸토가 위임받고

있다. 쥬트 베일의 수도 베일라렌만을 '수도'라고 칭하며, 각 칸토들의 이름은 칸토 시(Canto-City)의 이름을 따른다. 즉, 네제브는 네제브 시를 중심으로 하는 특정 지역의 칸토를 의미한다. 대륙에서는 아직 이런 식의 지역 자치 개념이 확립되지 않았기 때문에 네제브의 수도는 네제브라는 식으로 이해하고 있다.

- 쥬트 베일(Jut-Veil) : 베일라렌(Veil-Laren)
- 네제브(Nerserv) : 네제브
- 슈비츠(Schwitz) : 슈비츠
- 칼렌(Kalen) : 칼렌

3. 대륙 북부

대륙 북구는 오직 라이어른 영토가 펼쳐져 있는 지역만을 의미한다. 대륙에서 유일하게 북해(Nord Sea)와 백해(White Sea), 두 개의 바다를 갖고 있다.

◆ 라이어른 맹약국(Reiern Confhederaziate Straaten)

6개 국가가 '피의 맹약'이라는 맹약 아래 모인 연합 국가. 각국이 외교권을 제외한 모든 국가 권력을 갖고 있다는 점에서 칸토 연합 제도와는 다르다. '종주국'이라는 의미는 발트하임이 대륙의 타 국가들에 대한 외교권을 대표로 행사한다는 것을 의미한다. 맹약국들은 각국의 내정에 간섭하지 않는다는 원칙을 갖고 있지만, 현실적으로는 종주국의 발언권이 암묵적으로 강한 편이다.

· 서부 3국

◇발트하임(Waldheim):아인돌프(Eindolf)

◇페임가르트(Peimgart):란트가르트(Landgart)

◇브레나(Brena):테겔(Tegel)

· 동부 3국

◇뤼막(Luimak):뤼부룩(Ruiburg)

◇게일(Geil):게일란트(Geilland)

◇노드 게일(Nord-Geil):슈렌스비 홀스탈(Schrenswig-Holstain)

4. 대륙 동부

대륙 동부라고 함은 야르 산맥(Jaar Mts.) 동쪽의 광범위한 지역 전부를
지칭한다.

◆폴리안(Pollian):상트 폴로나(Sangt-Pollona)

◆카민(Kamin):루친(Ruzyne)

◆슬라이브(Slaiv):알려진 바 없음

◆발헤니아(Valhenia):욥(Yoff)

◆파니온(Panion):알려진 바 없음

5. 북해 이북

대륙 북부 지역에서 '북해협(Nord Straits)' 너머를 의미하며, 섬인지 본토
대륙과 연결된 땅인지조차 명확하게 밝혀진 바가 없다. 본토 대륙인이 건너간
예는 극히 드물기 때문에 본토의 지도에서는 공백으로 남아 있는 지역이다.

◆ 스베린(Swerin) : 고테부룩(Goteburg)

6. 남쪽 대륙

녹해 이남의 대륙을 지칭한다. 거친 사막 지역으로 이루어져 있으며 사막 너머로 횡단할 만한 기술이 발견되지 않고 있다.

◆ 카라타고아(Khjaratagoha) : 단일 도시 국가

Ⅱ. 국가 자료

폴리안(Pollian)

· 수도 : 상트 폴로나(Sangt-Pollona)

· 건국 년도 : 하페우스 3세력 537년 8월 8일

· 정치 : 절대 군주국

· 인구 : 680만 추정

· 통화 : 1훼린트(Forintt) / 100휠러(Filer)

· 언어 : 라이어른 어(Reieritch, 폴리안식 발음과 악센트, 어휘 포함)

· 건국 영웅 : 엘릿츠 '암검' 폴리안(Elritz 'Dark Sword' Pollian)

· 왕성 : 엘리츠 성(Elritztom)

· 행정 구역 : 4개 지방 행정 구역

· 표어: "일어서라! 검을 잡아라! 싸워라!"

(건국 영웅 폴리안 가문의 가훈)

주요 기념일

1월 1일, 2일: 새해

2월 첫째 월요일: 폴리안 정교회 축일

3월 4일~8일: 봄 축제

6월 마지막 일요일: 안식일

7월 첫째 일요일: 재의 참회일(안식일 마지막 주간)

8월 8일: 건국 기념일

9월 19일: 건국 영웅 탄생일

10월 11일, 12일: 추수 감사절

11월 2일: 악마의 날

12월 3일: 농휴 기념일

12월 30일, 31일: 연말 축제

보유 기사단

진홍의 기사단: 4개 연대(중앙 기사단 제1군)

중앙 기사단 제2군: 4개 연대

비고

아메린, 크림발츠와 함께 대륙의 군사 강국. 동쪽의 미족 왕국 Kamin과의 잦은 국경 충돌로 인하여 대륙에서 가장 전쟁이 잦은 국가라는 평가를 받는다. 실제로 건국이래 3년 이상 전쟁이 없었던 기간은 아직까지 한 번도 없었다.

중앙산맥이 좁고 높은 형태로 험준하다면, 중앙산맥에서 이어져 폴리안을 지나는 야르 산맥은 전체 높이가 조금 낮아지는 대신에 옆으로 넓게 펼쳐지는 형태를 갖는다. 폴리안은 이렇게 비스듬히 펼쳐진 산악 지형의 끝에 위치하고 있다. 영토의 절반은 산악 지형이고 나머지 절반은 척박한 토양이다.

라이어른에 많은 비와 온난한 기후를 가져다 주는 대해의 해양성 기후의 혜택을 받지 못하며 대신 북극에서 백해로 가로질러 내려오는 차가운 냉대 기후의 영향을 받는다. 짧고 건조한 여름과 눈이 많은 긴 겨울이 폴리안 기후의 가장 큰 특징이며, 봄과 가을은 유난히 짧다.

종교적으로 대륙의 거의 모든 국가와 적대적인 상태를 지금껏 유지하고 있는데 그 근원적인 원인은 정교회라고 할 수 있다. 언제부터 폴리안 특유의 독자적인 종교가 발원했는지에 대해서는 지금도 확실하게 밝혀진 바가 없다. 대체적으로 제국이 분열될 당시에 분리된 종파가 폴리안이라는 지역적 특수성을 바탕으로 독자적인 종교로 발전했을 것이라는 것이 일반적인 의견이다.

아피아노에 있는 중앙 대교국으로부터 언제나 이단 취급을 받고 있지만 현실적으로 중앙 대교국의 영향력은 전혀 미치지 못한다. 속설에는 폴리안과 직접적으로 국경을 마주하고 있는 스톨츠 측에서 중앙 대교국에게 발언을 조심해 줄 것을 요청했다는 소문도 있다. 중앙 대교국에서 폴리안에게 이교국 혐의를 씌우지 못하는 것은 전적으로 폴리안의 강대한 군사력에 기인한다는 것이 정설이다.

정교회가 기존 종파에 가장 큰 차이를 보이는 부분은 '자기를 희생하여 죽음을 맞이하는 것만이 신앙의 참된 완성' 이라고 보는 시각에 있다. 즉, 기

꺼이 죽으려 하지 않는 성직자는 참된 성직자가 아니라는 논리가 중앙 대교
국에서 이단 혐의를 받는 것이다. 이러한 민족 특유의 기질을 바탕으로 폴
리안은 국가적인 희생을 가장 큰 미덕으로 삼으며, 폴리안의 병사들은 대륙
을 통틀어 투항 및 포로가 극히 드문 비정상적인 군대라는 평가를 받는다.

아메린과는 다른 성격으로 군사 문화적인 성향이 강하다. 폴리안 인들은
국왕, 성직자, 귀족, 그리고 한 가정을 이끄는 가장의 자격은 전쟁터에서 얻
어진다고 굳게 믿는다. 때문에 전쟁 경험이 없는 자들은 정당한 국민으로
대우받지 못한다. 대륙의 다른 국가들이 폴리안을 비난할 때 자주 쓰는 말
은 '폴리안에서 최고의 미남은 얼굴에 칼자국 흉터를 가진 남자다. 귓바퀴
가 하나쯤 잘려 나간 남자에게는 여자들이 줄을 서게 된다' 라는 소문이다.

물론 이것은 극단적으로 폴리안의 국민성을 과장한 것이지만 대륙인들이
폴리안을 생각하면 가장 먼저 떠오르는 말이기도 하다.

특별한 특산물도 없으며 식량 자급 사정이 좋지 않아서 타국에서의 수입
에 의존하고 있지만 폴리안과 군사적 충돌을 달가워하지 않는 국가들이 많
기 때문에 식량 문제는 생각보다 심각하지는 않다. 유일하게 국가적인 수출
품목은 지나치게 호전적인 용병들인데, 베일과 함께 양대 용병 수출국이다.

전반적으로 민족성과 문화, 종교 면에서 대륙의 다른 국가들과는 확연한
차이를 보이게 되는 국가이다.

Ⅲ. 문장(Coat of Arms)

문장은 약식 문장(Arms)과 대문장(Achievement)으로 나뉘어진다.

대문장을 구별하는 가장 큰 차이점은 문장에 보호수(Supporters), 스크롤(Scroll), 가훈, 또는 좌우명(Motto), 왕관(Crown:왕족에게만 허용된다), 투구(Helmet:주로 기사 가문에서 사용한다), 그리고 마지막으로 가문에 따라 패넌(Pennon)이나 배너(Banner) 등의 유무로 구별한다.

언제부터 문장이 사용되었는지는 확인할 길이 없으나, 최소한 제국을 세운 하페우스 3세 시대 이전부터 사용되었다는 것은 확실하다.

문장은 귀족과 왕족의 지위와 권위, 전통을 상징하며 그렇기 때문에 문장 사용에 있어서 엄격한 규칙을 따른다.

첫 번째 규칙으로 문장은 오직 귀족 남자에게만 사용이 허용된다는 점이다. 문장에 대한 귀족들의 점유권은 귀족의 지위가 높을수록(그 정점에 국왕이 있다), 그리고 부자 관계에서는 아버지에게, 그리고 아들들 끼리에서는 적자가, 적자들 사이에서는 장남이 그 권리를 인정받는다.

여자의 경우 다음 세 가지 경우에 한하여 문장을 사용할 권리를 얻는데, 그 첫 번째 경우는 여왕으로서 즉위했을 경우(여왕의 왕위 승계를 인정하는 크림발츠에 국한된다)인데, 이 경우에는 남자와 똑같이 문장의 모든 권한을 인정받는다.

두 번째 경우는 여자가 가문을 대표할 때(아들이 없는 상황에서 남편 사망, 또는 미혼의 장녀로 가문 승계시) 문장 사용이 허용되는데, 이 경우에는 문장(Arms)이라고 부르지 않고 펜던트(Pendant)라고 부른다. 이 이름의 유래는 가문의 문장을 목걸이 장식으로 만드는 경우가 많기 때문에 붙여졌다. 문장과는 달리 방패형은 사용할 수 없으며 통상적으로 좁고 세로로 긴 형태의 마름모꼴(Lozenge)이 보편적이지만, 특이한 형태로 원형, 타원형, 직사각형도 인정받는다. 펜던트에는 스크롤과 좌우명 이외의 모든 장식이 금지되어 있다.

여자가 문장을 사용하는 세 번째 경우는 여자가 결혼을 하는 경우인데, 여자 쪽 가문이 남자 쪽 가문과 동등하거나 지위가 높을 경우 남자 쪽 가문의 문장에 정렬시키는 경우에 사용된다. 이 경우 아버지의 문장이 그대로 사용된다. 정렬을 하게 되는 경우에 여자 쪽 가문은 자동적으로 시니스터(Sinister)가 되며 문장을 정면에서 보았을 때 왼쪽에 위치한다. 남자 쪽 가문은 자동적으로 베이스(Base), 혹은 덱스터(Dexter)가 된다.

이러한 문장들은 귀족들의 가계도에 관한 거의 모든 정보를 포함하게 되며, 그러한 이유 때문에 유지 관리에 세심한 주의를 요하게 된다. 만의 하나 문장이 훼손되었을 경우에 최악의 상황으로 귀족 가문의 지위를 박탈당할 수도 있다.

자국의 모든 문장들은 왕실 문장관(Arms Administrator of Royal Keep)이 수집, 분류, 정리한 문장록(Rolls of Arms)에 등록된 경우에만 인정받으며, 같은 형태의 문장은 절대로 인정받지 못한다. 또한 문장관의 승인 없이 문장을 사용할 경우, 그 문장의 사용 권한을 갖는 가문의 적자로서 장남이라 하더라도 최고 극형을 선고받을 수 있다. 즉, 가문의 승계는 문장관에게서 문장 사용을 승인받는 절차를 거쳐야 함을 의미하며, 이것은 왕실에서 귀족들의 가문 승계를 통제할 수 있는 막강한 권한을 갖게 된다는 것을 의미한다. 다시 말해서 극단적인 방법이지만 왕실에서 문장 사용을 승인하지 않음으로써 왕실과 적대적인 가문의 지위를 약화시키는 방법도 가능하다. 물론 이 경우에는 귀족원과 해당 가문의 반발로부터 왕실을 보호할 아무런 장치가 없다.

문장 사용에 관한 규칙뿐 아니라, 문장을 구성하는 방식에도 엄격한 규정이 존재한다.

우선 문장에 사용될 수 있는 색깔은 5색 문장 형식과 8색 문장 형식으로 구별되는데, 이 방식을 채택하는 것은 각국 왕실 규범에 의존한다.

가장 기본적으로 문장에 사용되는 색깔은 청색, 적색, 갈색, 검정 색, 녹색 등 5가지이며, 8색 문장 형식의 경우에는 이 5색 문장 형식에 다시 적갈색, 자주색, 주황색이 포함된다. 여기에 금, 은, 동으로 대표되는 3색을 추가할 수 있으며 금색은 노란색으로, 은색은 흰색으로 표현이 가능하다. 특별한 경우를 제외하면 이러한 색깔을 제외한 색은 거의 사용되는 경우가 없다.

수호수로 사용될 수 있는 동물 역시 한정되어 있으며, 그 동물들이 취하고 있는 자세도 몇 가지 예시로 정의되어 있다. 대표적인 자세로는 앞발을 들고 뒷발로 서 있는 자세인 램펀트(Rampant), 앞발을 들고 수평으로 걷는 자세인 패선트(Passant), 패선트 자세에서 얼굴을 정면으로 향한 패선트 가던트(Passant Guardant)가 있으며, 이 세 가지 자세가 기본형으로 인정받는다. 그 외의 자세들은 특별한 경우를 제외하고 사용되지 않는다.

수호수의 종류는 국가, 혹은 지역별로 다른데 가장 많이 쓰이는 것은 사자와 독수리이다. 사자는 주로 라이어른의 왕실과 귀족들이 즐겨 사용하며, 크림발츠에서는 독수리를 즐겨 사용한다. 단, 크림발츠의 왕실은 전통적으로 쌍두 독수리를 사용한다.

아메린 왕실은 대륙에서 유일하게 유니콘(Unicorn)을 사용하고 있으며, 대륙의 다른 국가에서는 보편적인 사자와 독수리를 사용한다. 특이한 형태의 수호수는 불도마뱀이나 와이번(Wyvern), 물고기, 황소, 늑대, 곰, 야생마, 수사슴을 사용하는 경우도 있으나 극히 드물다. 수호수들은 다른 장식들과 마찬가지로 약식 문장에서는 사용하지 않는 것이 원칙이다.

가문의 문장에는 또한 적자의 서열을 표시할 수 있다. 장남은 십자가, 차남은 태양, 삼남은 세잎 클로버, 사남은 마름모, 오남은 5개의 끝을 가진 별, 육남은 6장의 꽃잎을 가진 꽃, 칠남은 7개의 깃털 펜, 팔남은 8개의 바퀴살

을 가진 수레바퀴, 구남은 9개의 꼬리를 가진 새, 십남은 X 자형으로 교차
된 2개의 손바닥으로 표현된다. 서자는 적자의 장남보다 나이가 많을 때 한
하여 문장을 소유하게 되는데, 이 경우에는 거꾸로 세워진 십자가와 방패
테두리에 검정 색 보저(Bordure)를 넣는다. 두 번째 서자부터는 어떠한 경
우에도 문장을 상속받지 못한다.

　기사단의 경우에도 문장을 사용할 경우가 많은데 보통 왕실의 문장을 기
본으로 하거나 기사단 창건자 가문의 문장을 따온다. 기사단 문장의 가장
큰 특징은 방패를 감싸는 망토와 방패 아래로 교차되는 검 또는 창, 그리고
투구 장식을 들 수 있다. 그리고 기사단의 문장은 보편적으로 왼쪽으로 45
도 기울이는 것이 보통이기 때문에 쉽게 식별할 수 있다. 이러한 전통은 전
쟁터에서 나온 것으로, 문장을 새겨 넣은 방패로 상체를 방어할 때 방패가
기울어지는 모습에 근거한 것이다. 대륙을 통틀어 기사단 문장들 중에서 이
규칙에 벗어나는 문장을 가진 기사단은 없다. 또한 달리 말해서 일반적인
가문이 기울어진 문장을 사용하는 경우도 없다.

Reiern C. S. 라이어른 맹약국
◆Illustrated by KWON◆
Swerin
Nord Straits
북해협
Nord Sea
북해
Kenigs Is. 케니히스 섬
Keniggart 케니히가로트
Klain Is. 클라인 섬
Holden Is. 홀덴 섬
Putz Is. 푸쯔 섬
Tur Is. 루르 섬
Kielath 킬라스
Brena
Beren 베렌
Boden 보덴
Berain 베라인
Eisenbach 아이젠바흐
Kreuzen 쿄로이젠
Jagerheim 야거하임
Grand Sea
대해
Tegel 테겔
Ergensheimer 에르겐스하이머
Jutland 유틀란토
Cux Bay 쿡스 만
Bergen 베르겐
Mannsburg 만스부룩
Cuxhaven 쿡스하벤
Peimgart
Luimak
Osna 오스나
Krombach 크롬바흐
Odensa Kenig 오덴사 케니히
Ruiburg 휘부룩
Gernshaven 게론스하벤
Altarheim 알타하임
Landgart 랜트가르트
Jaar R. 야르 강
Uls 울스
Erosburg 엠스부룩
Wuppertal 북와탈
Effendorf 에펜도르프
Kappele 카펠
Nord Geil
Enshenden 엔스헨덴
Ruiken-Staten 뤼켄 슈타텐
Waldheim
Schrenswig-Holstein 슐렌스비흐스타인
Bochshaven 보흐스하벤
Grosruhe 그로스루에
Messenswig 메센스비히
Wecks 벡스
Glucks 글룩스
Eindolf 아인돌프
Hafeus-Heim Staten 하페우스 3세 출생 시
Wensheim 벤스하임
Ekewald Forest 에케발트 대산림
Ressen R. 레센 강
Ihar R. 이아르 강
Teritz 테릿츠
Achsen 악센
Ekewald 에케발트
Geil
Whielderland 휠더란트
Geilland 가일란트
Rattell 라트에일
Riesen 리센
Black Plain 검은평원
Teilburg 테일부룩
Braun 브라운
Pinneberg 피네벡
Weinburg 바인부룩
Osterstaten 오스터슈타텐
Heutefrau 호아테프라우
Oppenbach 오펜바흐
Jungshorn 움스호른
Ende-Staten 엔데슈타텐
Mid Mts. 중앙산맥

Krimwaltz 크림발츠

Chauant

Krimwaltz Highlands

Loire

TooAng

Plain Des Midde

Queens Bay 퀸즈 만

Green Sea 녹해

Xenon 세농
Jeraui 제라뉴
El'Arent 엘 아렝
Miro R. 마로 강
Dordogne 도르도뉴
Montpestin 몽파스탱
Geudens 고댕스
Ryucion 루시옹
Chamber 샹베리
Margaux R. 마곡 강
Arc-de-Emte R. 아크 드 엠테 강
Chaubernac 쇼베로낙
Roone 론
Chauant 쇼앙토
Axi-sant-Conte 악상트콩테
Reims 랭스
Joxe 조쎄
Quentin 캉땡
SSerant 세로앙 (북부광역주둔지)
Axi-Les-Basin 악시레스 바탱
Franse R. 프랑세 강
Il de Ratian 일 드 라리앙
Tuilrouse R. 틸레즈 강
Dijot 디종트
Leslon 레슬론 (서부광역주둔지)
Ardenes 아르댄뉴
Axi-ent-franse 악시앙트프랑세
Revue 리뷰
Loire 루아르
Worster 우스터 (강해험련 아메린 군사도시)
Bloor 블루아 (아메린 영토 강해합병)
Hariyana 하리야나
Saute-Sant 소생
Berny 베르뉘
Fragzin R. 프락친 강
La Douse 라 루즈
La Luegne 라 뤼뉴
Neuloire 뉘누아로
Sant-Mont 샘몽트
Baskin 바스캥
TooAnt 룩앙
Auxe 오쎄
Wheat Plain 밀평원
Fehrin 퀘린
Sant Nael 생나엘
Wydhiren 위디렌
Le Puy 르 퓌
Champagnmant 샴파뉴망트
Calais 칼레
Dél-raa 델라아 (창기병 결성지)
Wydhiren R. 위디렌 강
Laval 라발
Quimper R. 쟁페르 강
Nael 나엘
Clersant 클레르상트
Sant-Dogne 상도뉴
Mare 마레
Quimper 쟁페르
Clertel 클레르텔
Regionnabour 레지옹 랑 (외인항구)

◆Illustrated by KWON◆